Aline Sax

In einem Leben wie diesem

Weitere Bücher von Aline Sax im Arena Verlag:
Eine Welt dazwischen

Aline Sax

In einem Leben wie diesem

Aus dem Niederländischen
von Stefan Häring und Verena Kiefer

Arena

Die Originalausgabe erschien 2007 unter dem Titel
»Schaduwleven« bei Clavis Uitgeverij.

Die Übersetzung dieses Buches wurde gefördert vom Flämischen Literaturfonds
(Vlaams Fonds voor de Letteren – www.vfl.be)

Vlaams
Fonds
voor de
Letteren

In neuer Rechtschreibung

1. Auflage 2008
Für die deutschsprachige Ausgabe:

Aus dem Niederländischen von Stefan Häring und Verena Kiefer
Covergestaltung: Frauke Schneider, Foto: © gettyimages
Gesamtherstellung: Westermann Druck Zwickau GmbH
ISBN 978-3-401-06092-7

www.arena-verlag.de

28. Februar 1913

Liebster Alexander,

ich kann nur hoffen, dass du diesen Brief geöffnet hast und ihn jetzt liest.
Bitte lies weiter. Mehr verlange ich gar nicht.
Ich weiß, dass du mich vergessen willst. Dass du mich vielleicht sogar aus deinen Erinnerungen löschen möchtest. Und ich nehme es dir nicht übel. Nicht mehr. Ich habe – zumindest bis vor einigen Monaten – nichts von dem bereut, was ich getan habe. Weil es zu mir passte. Aber selbst das ist jetzt nicht mehr wahr. Abscheuliche Dinge sind geschehen und ich wünschte, ich könnte die Zeit zurückdrehen. Aber es gibt keinen Weg zurück. Inzwischen ist alles so miteinander verstrickt, dass es unmöglich zu entwirren ist. Ich will dich nicht um Hilfe bitten. Ich will dich nicht um Vergebung anflehen. Ich will mich nicht in dein neues Leben drängen. Ich möchte nur, dass du liest, was ich geschrieben habe, und dass du versuchst, mich zu verstehen. Denn du bleibst mein Bruder, Alexander. Mein Zwillingsbruder. Und auch, wenn du es vielleicht nicht willst, wir bleiben AdrianAlexander. Ich spüre, dass in mir immer noch ein Stück von dir lebt, und ich bin sicher, dass es umgekehrt genauso ist. Du bist der Einzige, der mich verstehen kann. Du bist der Einzige, den ich noch habe, Bruder. Meine ganze Welt ist zusammengebrochen.

Vielleicht lachst du mich jetzt aus. Du, mein letzter Strohhalm. Du denkst bestimmt, ich sei selbst schuld, und vielleicht ist dem auch so. Ich möchte nur, dass jemand weiß, was ich getan habe, und vielleicht auch versteht, wie es so weit hat kommen können. Das ist alles, worum ich dich bitte.

Alles Liebe,
Adrian

Eins

Ich war schon seit einiger Zeit wach, machte aber keine Anstalten aufzustehen. Ich faltete die Hände hinter meinem Kopf und betrachtete Jacks Arm, der über meinem Bauch lag. Er hob und senkte sich im Rhythmus meines Atems. Der Morgen war schon weit fortgeschritten, wie ich an den Geräuschen draußen hörte. Ich konnte sie allesamt voneinander unterscheiden. Die Pferdehufe, den *elevated train,* Kinderstimmen, die Reime sangen. Das Rumpeln der Handkarren der Verkäufer. Die dumpfen Schläge eines Mattenklopfers auf einen Strohsack. Über uns erklangen die Schritte der Nachbarn und das Rattern der Nähmaschinen. Das Trippeln von Tauben auf der Feuertreppe. Jacks ruhige Atemzüge ganz nah. Ich filterte die Geräusche und lauschte jedem einzelnen. Ich gab ihnen Namen, stellte mir die dazugehörigen Bilder vor und wanderte dann zum nächsten. So musste man in New York leben. Man musste die Dinge filtern, um sie sortieren zu können. Nicht einfach alles auf sich zukommen lassen. Dann hörte man nur das Chaos, das all diese Geräusche zusammen verursachten. Die Harmonie fehlte.

In Belgien hatte ich stundenlang neben unserem Kornfeld gesessen und allen Geräuschen gleichzeitig gelauscht. Dem Zwitschern der Vögel und dem Zirpen der Grillen. Dem Wind, der durch die Ähren säuselte und dem Rascheln einer Feldmaus oder eines Eichhörnchens. Die Geräusche waren nicht aufdringlich und sie passten alle zusammen. Sie bildeten ein Ganzes. Die Geräusche von New York bissen sich. Sie machten einen rasend. Bis man sie gesondert anhörte. Dann erzählten sie ihre Geschichten.

Ich hörte zögerliche Schritte auf der Treppe. Jemand schleppte einen Koffer hinauf. Zwei Schritte und ein Rumsen. Schnellere Schritte eilten ihnen voraus und warteten ungeduldig auf dem Treppenabsatz. Zwei Schritte und ein Rumsen. Ich versuchte herauszufinden, wer in diesem Haus wohl Koffer herumschleppte. Ein Schlurfen auf dem Flur. Gerede. Sie gingen nicht weiter nach oben. Neue Nachbarn vielleicht. Die Wohnung neben uns stand schon drei Tage leer. Das war lang für einen Ort in der Lower East Side, an der die Bevölkerung aus den Häusern quoll.

Ich wollte umziehen. In eine Gegend, in der weniger Menschen wohnten. Ich mochte keine Menschen, jedenfalls nicht, wenn sie in Gruppen auftraten. Ich hasste Massen. New York war eigentlich eine schreckliche Stadt für mich. Aber ich hatte gelernt, lernen müssen, dort zu leben. Oder lernen wollen? Was tat man nicht alles für jemanden, den man liebte ... Der Arm auf meinem Bauch bewegte sich, aber Jack wachte nicht auf. War es seine Schuld, dass ich so lange im Bett lag? Früher war ich immer noch vor den Vögeln wach gewesen und aus dem Bett gesprungen. Ich habe den Morgen geliebt, rein und ruhig. Tau und erwachende Natur. Ohne andere um mich herum. Ohne Alexanders Morgenmuffeligkeit. Alles und jeder schlief noch. Ich habe es genossen, als Einziger wach zu sein. Jetzt wachte ich erst auf, wenn die meisten schon einen halben Arbeitstag hinter sich hatten. Mein

Lebensrhythmus hatte sich verändert. Ich arbeitete zu anderen Zeiten als früher, aber ich fragte mich, ob das die einzige Ursache war. Jack war immer ein Langschläfer gewesen. Hatte ich das von ihm übernommen? Ich hatte mich verändert – und ich fragte mich, ob das gut war. Hieß Veränderung in meinem Fall Verbesserung oder Verschlechterung? Jack hatte sich in den flämischen Adrian verliebt, aber liebte er auch den amerikanischen? Was hatte mich verändert? Jack oder Amerika?

Ich schob mich vorsichtig unter seinem Arm hervor, streckte mich und suchte auf dem Boden nach einer Hose, die ich schnell überstreifte. Ich huschte aus der Wohnung und ging zur Toilette auf dem Flur. Nicht nur mein Leben und das Land, in dem ich es jetzt lebte, hatten sich verändert, sondern auch meine Persönlichkeit, überlegte ich beim Pinkeln. Und das war nicht schlecht. Es war anders. Solange Jack es gut fand, war es mir auch recht.

Ein Mann zog den Vorhang zur Seite, als ich gerade herauskommen wollte.

»Oh, Verzeihung«, murmelte er und trat verschämt ein paar Schritte zurück. Ich hatte ihn noch nie zuvor gesehen.

Mit einer kurzen Kopfbewegung deutete ich an, dass ich es nicht schlimm fand, dass er ein wenig voreilig den Vorhang zurückgezogen hatte. Als ich wieder vor unserer Wohnung stand, konnte ich es nicht lassen, einen Blick durch die geöffnete Tür der Nachbarn zu werfen. Eine Frau befand sich in der Mitte des Raumes und sah mir geradewegs ins Gesicht. Ich lächelte, öffnete unsere Tür und überlegte dann, dass es eigentlich ein wenig unhöflich war, sie nicht zu begrüßen. Ich drehte mich wieder um.

»Guten Tag. Ich bin Adrian.« Es klang idiotisch, aber mir fiel nichts anderes ein. Die Frau lächelte.

»Mary. Mary Cooper.«

»Ziehen Sie hier ein?« Lächerliche Frage.

»Wir sind gerade erst mit dem Schiff angekommen. Der *immigration service officer* hat uns diese Wohnung zugewiesen. Ich würde Ihnen gern eine Tasse Tee anbieten, aber wir haben noch nicht ausgepackt.«

Ihr Englisch war noch rein. Noch nicht vom amerikanischen Akzent angegriffen.

»Sie können gern auf eine Tasse Kaffee zu uns kommen. Tee haben wir nicht.« Ich sagte es, ohne nachzudenken. Sie war mir wegen ihres Akzents sympathisch.

»Wir müssen noch auspacken, wir . . .« Aber ihr Protest war nur halbherzig.

»Ellis Island laugt einen ganz schön aus. Sie sollten ein wenig ausruhen, bevor Sie sich in die Arbeit stürzen.« Sie schenkte mir ein dankbares Lächeln, weil ich ihre Situation verstand.

»Das ist unsere Tochter Angela.« Sie schob ein etwa sechsjähriges Mädchen nach vorn.

»Hallo Angela«, sagte ich. Das Mädchen antwortete nicht, aber es sah mich forschend an.

»Sie spricht nicht. Sie kann es, aber sie tut es nicht«, sagte ihre Mutter entschuldigend.

Herr und Frau Cooper setzten zögernd einen Fuß über die Schwelle und sahen sich um. Ich betrachtete unsere Wohnung mit ihren Augen. Wenn man hereinkam, stand man schon gleich im mittleren der drei kleinen Zimmer. Das war unsere Küche und unser Waschraum. Links befanden sich zwei große Steinbecken, über denen unsere Wäsche zum Trocknen hing. Direkt gegenüber der Tür war der Ofen, auf dem einige schmutzige Tassen vom Abend zuvor standen. Auf dem Regal darüber befanden sich einige Küchenutensilien und ein paar Teller und Becher. In der Wand zwischen dem mittleren und dem vorderen Zimmer war ein Fenster ohne Glas. Ich führte sie ins vordere Zimmer, in dem der Tisch und das Sofa fast den gesamten Platz einnahmen. Auf dem Sims eines zugemauerten Kamins stand eine kleine Uhr, daneben hingen Regale mit einigen Büchern und Schallplatten sowie dem Grammofon, dem Prunkstück unserer Wohnung.

Ich fragte mich, ob ihnen unsere Wohnung wohl groß oder klein vorkäme. Als ich hier zum ersten Mal gestanden hatte, fand ich sie klein und beklemmend. Zu Hause hatten wir einen Bauernhof besessen und nur wenige Möbel, wodurch das Wohnzimmer noch größer gewirkt hatte. Im Vergleich dazu war diese Wohnung mir wie ein popeliger, enger Raum vorgekommen. Bis ich hörte, dass andere Familien zu acht auf derselben Wohnfläche lebten. Mittlerweile hatte ich mich daran gewöhnt.

Herr und Frau Cooper nahmen auf unserem Sofa Platz, als hätten sie Angst, es schmutzig zu machen. Zuvor hatten sie sich bewundernd umgeschaut, sichtlich bemüht, den Blick nicht zum Schlafzimmer wandern zu lassen, wo Jack noch immer in die Laken verheddert schlief.

Ich ging zurück zum mittleren Zimmer, zog schnell ein ordentliches Hemd an, machte Feuer im Herd, mahlte Kaffeebohnen, spülte die schmutzigen Tassen und bedauerte schon, sie eingeladen zu haben. Ich wusste nicht, was ich sagen sollte ...

»Wie war die Reise?«, fragte ich daher, während ich wieder ins vordere Zimmer kam und mich auf einen Stuhl setzte.

»Gut«, sagte der Mann ausdruckslos. »Wie lange wohnen Sie hier schon?«

»Zwei Jahre.« Ich hatte aufgehört, die Tage zu zählen. »Ich komme aus Belgien«, kam ich der nächsten Frage zuvor. »Mein Bruder ist später nachgekommen, aber er konnte ... sich nicht an New York gewöhnen und ist weiter ins Inland gezogen, auf der Suche nach Ackerland.« Ich wusste nicht, weshalb ich ihnen das erzählte. Es interessierte sie bestimmt nicht, aber ich wollte nicht, dass das Gespräch stockte. Die Frau hatte wohl dasselbe Bedürfnis. Sie erzählte von ihrem Heimatort mit einer Bitterkeit, die, wie ich wusste, nach ein paar Monaten verschwunden sein würde. Abstand schafft Liebe. Abstand verändert die Erinnerungen. Ich sagte nichts. Ich hörte zu und nickte, als würde ich ihr zustimmen. Ich sah zu Angela, die am Fenster stand und hinausschaute. Sie hatte eine Puppe unter den Arm geklemmt, genau so eine, wie Charlotte eine gehabt hatte. So hätte meine kleine Schwester vielleicht auch auf ihr neues Leben geblickt, wenn sie nicht vor unserer Abreise krank geworden wäre. Charlotte war jetzt schon zwei Jahre älter als in meiner Erinnerung. Ich kannte ihre kindliche Handschrift aus den Briefen, aber ihr Gesicht kannte ich nicht mehr.

»Adrian ... Oh ... *Hello.*« Jack hielt die Kaffeekanne, die ich vollkommen vergessen hatte, in der Hand. Seine Haare standen nach allen Seiten ab und er hatte sich nicht die Mühe gemacht, mehr als eine Unterhose überzustreifen. Die Frau richtete den Blick sofort auf ihre Schuhe. Ich stand auf, um ihm den Kaffee aus der Hand zu nehmen.

»Zieh dir was an«, flüsterte ich ihm zu. »Unsere neuen Nachbarn.«

Ich stellte Jack vor, während ich Kaffee einschenkte. Wir besaßen nur vier Tassen, aber Angela durfte sowieso noch keinen Kaffee trinken. Ich suchte nach etwas, was wir ihr geben konnten, aber wir hatten weder Kekse noch saure Drops oder sonst etwas. Nur ein Glas Wasser. Ich bekam kein Dankeschön.

Ich war froh, dass Jack wach war. Jetzt konnte er die Konversation übernehmen. Er war viel gewandter im Umgang mit Menschen als ich. Ich stellte mich neben Angela.

»Ganz schön lebhaft auf der Straße, was? War bei euch zu Hause auch so viel los?« Sie sagte nichts, bewegte sich nicht einmal.

»Nein, in meinem alten Dorf auch nicht. Hier scheint es manchmal so, als würden die Leute nie schlafen und hätten nichts anderes zu tun, als über die Straße zu laufen.« Ich spürte, dass sie zuhörte, dass sie mich verstand.

Plötzlich sah ich, wie JoAnne sich unten auf der Straße geschickt einen Weg durch die Menge bahnte. Sie war wie die Prostituierten angezogen, die an den Straßenecken auf Kundschaft warteten. Aber ihr hektischer Schritt passte nicht zu ihrer Kleidung. Die dunkelbraunen Haare fielen ihr in Locken über die Schultern. Ich fragte mich, weshalb sie es so eilig hatte. Sie schaute nicht hoch, als sie unser Haus betrat. Ich folgte ihr in Gedanken durch den Flur, die Treppen hinauf und ging zur Tür, um sie rechtzeitig zu öffnen.

»Guten Tag, JoAnne«, begrüßte ich sie mit einem Lächeln. Ihr Gesicht war schwarz verschmiert und von hellen Schlieren durchzogen, die dem Lauf ihrer Tränen folgten. Hals und Schultern waren verschwitzt und mit Ruß bedeckt.

»Was ist los?!« Sie vergrub ihren Kopf an meiner Schulter. Ungeschickt legte ich ihr eine Hand auf den Rücken, die andere noch immer am Türknauf.

»Der Klub«, flüsterte sie in mein Hemd. Ich führte sie ins vordere Zimmer.

»JoAnne, ist alles in Ordnung?«, fragte Jack beunruhigt.

»Wir sollten jetzt gehen«, sagte Frau Cooper unbehaglich. »Vielen Dank für den Kaffee. Komm, Angela.« Noch ehe wir sie zur Tür begleiten konnten, flüchteten sie in ihre eigene Wohnung. Ich setzte mich neben JoAnne aufs Sofa.

»Was ist passiert?«, drängte Jack.

JoAnne rieb sich kurz die Augen und versuchte, sich so zu beherrschen, wie wir es von ihr gewohnt waren.

»Der Klub . . . der Nachtklub ist heute Morgen bis auf den Grund niedergebrannt«, sagte sie heiser. Ich starrte sie entgeistert an, wusste nichts zu sagen. Sollte ich um Erklärungen bitten? Schweigen? Sie trösten?

»Es war eigentlich noch Nacht. Ich schlief und auf einmal hörte ich Lärm und sah Rauch«, fuhr sie da schon fort. »Ich hatte meine Kleider noch an und lief schnell hinaus. Die ganze Straße hatte sich vor dem Klub versammelt, ebenso der gesamte Gasthof. Aber niemand tat etwas. Manche murmelten sogar, das sei der Wille Gottes. Sie waren froh, dass ›dieses Haus der Schande‹ verschwand. Der Boss und ein paar Mädchen standen auf der Straße, aber es gelang mir nicht, sie zu zählen. Ich konnte nicht sehen, ob jemand fehlte. Es war so seltsam. Die Fassade war noch vollkommen unversehrt, man sah kaum, dass es brannte. Nur hinter den Fenstern leuchtete eine orangegelbe Glut und aus dem Dach quoll Rauch. Aber es schienen keine echten Flammen zu sein, es schienen . . . Ich weiß nicht . . . Gaslampen oder so. Die Buchstaben an der Hauswand verbogen sich und zerflossen wie Wachs. Jemand fragte sich laut, wo Polizei und Feuerwehr blieben, wenn man sie brauchte, und Mister Anderson schrie immer nur, sein Gasthof würde auch noch abbrennen, das Feuer übergreifen. Dann erst kam die Feuerwehr, aber die tat auch nichts! Die Männer machten nur die umliegenden Häuser nass.

Es war schrecklich. Die Scheiben zersprangen. Und da war dieser ... brüllende Lärm. Balken krachten, als würde der Klub einstürzen. Aber man sah nichts, nur die Fassade und die Glut. Plötzlich erschien eine Gestalt hinter einem der Fenster im dritten Stock. Sie schrie und hustete. Es war Veronica! Sie weinte und rief, aber niemand rührte sich.

›Spring‹, schrien die anderen Mädchen, ›so spring doch!‹ Und das tat sie.« JoAnne schwieg und versuchte, ihr Schluchzen zu bezwingen, aber ihre Schultern zuckten verräterisch. Ich legte meinen Arm um sie, Jack seine Hand auf ihr Knie. Wir schwiegen und ich hatte nicht länger das Gefühl, unbedingt etwas sagen zu müssen.

»Sie sprang«, sagte JoAnne heiser. »Ich habe geschrien, meine Augen geschlossen. Aber der Aufprall war lauter als das Lodern der Flammen. Er übertönte sogar das Geschrei der anderen Mädchen. Sie wagten nicht, zu ihr zu gehen. Also ging ich. Ich konnte sie doch nicht einfach dort liegen lassen? Sie fühlte sich so schlaff an, als hätte sie keine Knochen mehr, wie eine Lumpenpuppe. Aber ich sah kein Blut. Nur Ruß. Ihre Haare waren versengt, ihr Gesicht auch. Schwarz. Ihre Haut ... Ihre Haut blätterte ab. Fast wie die Tapete im Gasthof, weißt du noch, Adrian? Sie roch nach Feuer und nach etwas anderem. Es war ein süßer, penetranter Geruch. Ich weiß nicht, warum, aber ich erwartete, dass sie husten und aufwachen würde, wie Menschen, die fast ertrunken wären. Ich sagte ihr ständig, sie solle husten. Es klingt lächerlich, ich weiß. Aber ich wiederholte es immer wieder, obwohl ich wusste, dass sie tot war. Es war, als sei ich ganz allein dort. Die anderen schwiegen, niemand schrie mehr, das Brüllen des Feuers war verstummt. Ich weiß nicht, was in der Zwischenzeit geschah, warum niemand mir sagte, es sei sinnlos, was ich tue, und dass es doch nichts mehr nutze. Aber plötzlich sah ich die Polizei. Ich wollte nicht verhört werden, ich wollte nicht verhaftet werden. Also habe ich sie allein gelassen und bin hierher gerannt.«

Sie schaute mich an. »Ich habe sie allein gelassen.« Ich sagte nichts und streichelte über ihren Rücken.

»Du hast es richtig gemacht«, flüsterte Jack.

Angela stand in der Türöffnung. Ich hatte sie nicht bemerkt. Sie war zurückgekommen und starrte JoAnne schweigend an. Mit großen dunklen Augen. Ein seltsamer, etwas gruseliger Blick, als wolle sie JoAnne beschwören. Sie rührte sich nicht, blinzelte noch nicht einmal.

»Du konntest nichts mehr für sie tun«, sagte ich unbeholfen.

»Was soll ich denn jetzt machen?« JoAnne sah uns verzweifelt an. »Ich habe kein Geld. Nichts. Und keine Arbeit mehr.«

»Du bleibst bei uns. Du kannst hier schlafen, hier wohnen. Wir finden schon eine Lösung.« Jack hatte einen Ton und einen Blick, gegen den man machtlos war.

»Veronica war noch keine fünfzehn. Ihre Eltern wussten nicht, dass sie im Klub tanzte. Sie sprach fast kein Wort Englisch. Und doch war sie schon fast ihr ganzes Leben hier. Wie seltsam, dass sie sich die ganze Zeit mit Italienisch behelfen konnte.«

»Möchtest du Kaffee?« Jack stand auf und schenkte seine Tasse noch einmal voll. JoAnne umklammerte die Tasse, als sei ihr kalt.

»Der Boss meinte, das Feuer sei gelegt worden.«

Ich runzelte die Augenbrauen.

»Erpresser, die nicht bezahlt wurden.« Sie sagte es, als habe sie gewusst, dass dies geschehen werde.

Zwei

»He, Schwuler! Willst du ihn lecken?« Ich blickte in die Richtung, aus der die Rufe kamen. Ein paar Halbwüchsige, die ihre Kappen verkehrt herum aufgesetzt hatten, machten obszöne Gebärden. Einer von ihnen griff sich zwischen die Beine. »Na los, willst du ihn lecken?« Sie machten eklige Schmatzgeräusche. Die *Downstreetboys*. Diese Typen hatten nichts Besseres zu tun, als »Bande zu spielen«, Leute zu provozieren und sich mit anderen Jungenbanden zu prügeln. Sie waren nicht gefährlich, zumindest nicht wirklich. Nicht wie die *echten* Banden, die von Pellucci zum Beispiel. *Das* waren die großen Kerle. Die hier waren kleine Jungs, die später vielleicht einmal zu Pelluccis Männer gehören würden. Vorläufig mussten sie sich damit begnügen, wehrlose Opfer zu belästigen. Der Mann, der Zielscheibe ihrer Beschimpfungen war, ging ungerührt weiter. Er trug einen grünen Anzug und eine rote Krawatte. Er fiel auf und das lag in seiner Absicht. Ich kannte ihn und wusste, wohin er ging. Aber ich verlangsamte meinen Schritt, damit er mich nicht entdeckte. Es war besser, nicht mit ihm gesehen zu werden. Ich verachtete die Downstreetboys, aber ihre Aufmerksamkeit wollte ich trotzdem nicht auf mich lenken. Casey ignorierte ihre Rufe und Gebärden, er war daran gewöhnt. Er entschied sich ganz bewusst dafür, sich in auffälliger Kleidung und den deutlichen Kennzeichen einer *fairy* auf die Straße zu begeben. Die Farben seines knalligen Anzugs und seiner Krawatte bissen sich. Sein blondiertes Haar war mit viel Brillantine zurückgekämmt und auch sein Gang passte vollkommen in das Klischeebild, das die Leute von einer *fairy* hatten. Sogar ich hatte Abscheu empfunden, als ich ihm das erste Mal begegnet war. Dennoch war es bloß eine Maske. Courage. Und weibliche Neigungen. Aber vor allem Courage, das Lächerlichmachen traditioneller Mann-Frau-Eigenschaften und der Schrei nach Aufmerksamkeit. So hatte Jack es ausgedrückt. Hinter dem provozierenden Äußeren steckte ein kreuzbraver Mann, der es zwar nicht allzu genau nahm mit den moralischen Werten, aber sensibel und aufmerksam war. Ich mochte Casey. Er war herzlich und hatte ein einnehmendes Wesen. Eigentlich wäre ich gern mehr mit ihm herumgezogen. Aber in aller Öffentlichkeit traute ich mich nicht.

Ich kaufte einen Becher Wasser, um ihm ein wenig Vorsprung zu lassen und setzte dann meinen Weg zu *The Little Cat* fort. Ich hatte Zeit genug für einen Umweg.

The Little Cat war die Bar, in der ich arbeitete, gemeinsam mit Frenchy. Tagsüber war es ein normales Lokal, in dem die Arbeiter während ihrer kurzen Mittagspause schnell ein billiges warmes Essen hinunterschlangen. Abends kamen Junggesellen und Pärchen, die keine Küche hatten, um dort preiswert und einfach zu Abend zu essen. Und danach, wenn diese anständigen Gäste das Lokal verlassen hatten, wurde *The Little Cat* zu einer quirligen Bar mit Varieté. Ich brauchte jetzt noch nicht zu bedienen, aber Robert hatte große Neuigkeiten und wollte sie uns unbedingt zu dieser frühen Stunde in *The Little Cat* erzählen. Ich hatte keine Ahnung, worum es ging. Robert war ein Freund von Jack und genau wie Casey Stammgast in *The Cat* – abends und nicht tagsüber . . .

Ich schlängelte mich geschickt zwischen Verkäufern und ihren

Handkarren hindurch. Das war gewöhnungsbedürftig, wenn man neu in dieser Gegend war. Aber ich kannte sie mittlerweile durch und durch. Ich gehörte jetzt hierher. Jedes Mal, wenn ich frisch angekommene Immigranten sah, die sich am ersten Tag ihres neuen Lebens mit ihrem gesamten Hab und Gut durch die Straßen schleppten, bekam ich dieses überwältigende Gefühl. Ich war ein Amerikaner! Dies war meine Stadt. Es war nicht mehr Jacks Straße, Jacks Haus, Jacks Leben. Es gehörte uns. Mir. Alles. Anfangs, als ich hier vor fast zweieinhalb Jahren mit dem Schiff angekommen war, hatte ich so gern amerikanisch aussehen wollen. Ich erinnerte mich an das eine Mal, als ich von einer englischen Immigrantin angesprochen worden war. Ich war gerade frisch mit dem Schiff angekommen und sie hatte sich mit mir unterhalten, als wäre New York *meine* Stadt. »Sie haben eine wunderbare Stadt«, hatte sie gesagt. Ich war voller Stolz gewesen und zugleich hatte ich sie heimlich ausgelacht, weil ich sie so leicht an der Nase hatte herumführen können.

Ich war kaum drei Monate im Land gewesen, da wollte ich die Menschen glauben machen, dass ich schon mein Leben lang hier wohnte, genau wie Jack. Und dennoch war es mir gleichzeitig wichtig gewesen, die New Yorker wissen zu lassen, dass ich aus Belgien kam. Dass ich mehr kannte als ihre enge, beklemmende Stadt. Dass ich mehr erlebt hatte als sie. Es war ein zwiespältiges Gefühl gewesen. Ich hatte zu beiden Welten gehören wollen.

Jetzt brauchte niemand mehr zu wissen, woher ich stammte. Die Leute, die mich kannten, wussten es. Das reichte. Und ich sah wie ein Vollblutamerikaner aus, das wusste ich. Ich wusste, dass ich den selbstsicheren Eindruck machte, den ich einst bei Jack bewundert hatte. Voller Versprechen und Möglichkeiten. So fühlte ich mich auch.

Die Straßen waren überfüllt. Die Lower East Side war allerdings auch der dichtbevölkertste Teil New Yorks. Hierher wurden die Immigranten gebracht. Es war eines der armseligsten, aber auch lebendigsten Viertel. Man hörte unzählige Sprachen durcheinanderschwirren und jeder verkaufte alles, was man sich nur vorstellen konnte. Wie das ging, ohne dass auch jeder *kaufte*, blieb mir ein Rätsel. Die Kinder spielten Fangen zwischen den Karren der Verkäufer. Zwölfjährige Mädchen übernahmen die Rollen ihrer Mütter und schleppten die Kleinen hinter sich her oder hievten sie auf ihren Schoß, während sie, wie ihre Mütter, den neusten Klatsch und kleine Geheimnisse austauschten. Das Geschrei der *newsies*, der Zeitungsjungs, konnte den Lärm der Verkäufer nicht übertönen. Regelmäßig wurde alles plötzlich überstimmt vom Donnern des *elevated train,* der auf seiner Trasse hoch über den Straßen vorbeirauschte. Aber niemand hielt inne, niemand erschrak, niemand schwieg, um den Zug und sein Dröhnen vorbeiziehen zu lassen. Ab und zu versuchte ein Pferd, durch die Menge zu drängen. Die Vordächer der Läden schützten im Sommer vor der Sonne und im Winter gegen den Regen. Darüber flatterten große weiße Unterhosen im Wind. Auf jeder Etage wurden die Feuertreppen genutzt, um Matratzen und Laken zu lüften. Durch all die Bettwäsche wirkten die Häuser wie Bäume im Winter nach einem Schneeschauer.

Ich mied die Allen Street, wo die »Vergnügungsdamen« ihre Zimmer unter den Gleisen des *elevated train* hatten, und lief über die Delancey Street und die Kenmare Street in The Bowery. Immer wieder überwältigten mich die vielen Werbeschilder und Leuchtreklamen, die nach Kräften um Aufmerksamkeit schrien. Theater drängten sich in den Straßen und Bars reihten sich aneinander. In eine dieser Bars wollte ich.

Niemand wartete davor, also versuchte ich es an der Tür, die zu meinem Erstaunen offen war. Robert stand hinter dem Ausschank. Casey saß schon auf einem Barhocker. Auf dem Tresen lag bäuchlings ein junger Mann, die Füße in der Luft, wie eine Elfe im Gras. Sie drehten sich nach mir um, als ich hereinkam.

Ich begrüßte sie und ging zum Ausschank.

»Tag French«, sagte ich und gab dem jungen Mann einen Kuss.

»Hey Adrian, wie geht's?«

»Gut. Wo ist der Chef?« Frenchy arbeitete auch als Kellner in *The Little Cat*. Er war der bestaussehende junge Mann, den ich kannte. Er und Jack waren schon seit Jahren befreundet und das war für mich nicht immer leicht. Sie teilten ein Stück Vergangenheit und Frenchy war charmant und attraktiv und ein unverbesserlicher Flirter. Aber Jack ließ sich nicht von ihm einwickeln, im Gegensatz zu den meisten anderen. Für Jack kam ich an erster Stelle –zumindest versicherte er mir das immer.

Frenchy war jedenfalls ein besonderer Knabe und auch ich war häufig von seinem Charme beeindruckt. Er antwortete nicht auf meine Frage, sondern sah mich mit funkelnden Augen an.

»Erzähl es ihm! Erzähl es ihm!«, girrte Casey und wippte auf dem Barhocker auf und nieder.

»Ich bin der neue Chef von *The Little Cat«,* sagte Robert mit einem selbstzufriedenen Grinsen. »Ich habe die Bar übernommen.« Ich dachte, er mache einen Scherz, aber sein Gesicht strahlte aufrichtig und auch Casey war ganz aufgeregt. Frenchy grinste als Antwort auf meinen erstaunten Blick.

»Du spinnst! Von welchem Geld denn?«

»Ein Onkel von mir, von dem ich nicht einmal wusste, dass ich ihn habe, ist gestorben. Das Geld, das ich geerbt habe, hat gerade gereicht, um die Bar zu kaufen.« So ein Glück konnte man also im Leben haben! Es versetzte mir einen kurzen neidischen Stich. »*The Little Cat* wird groß!«, fuhr Robert begeistert fort. »Das wird eine fantastische neue Bar! Eine für uns. Für Männer wie wir.« Er strahlte. Ich nahm auf einem Barhocker neben Casey Platz.

»Ich bin ganz Ohr.«

»Aber es ist nicht nur allein meine Bar, Jungs, es ist *unsere* Bar. Ihr seid meine Freunde! Wir machen gemeinsam etwas Großes daraus und wir teilen den Gewinn. Ihr seid keine Angestellten, sondern Teilhaber!«

»Oh Gott. Ich habe eine Bar!«, rief Frenchy aus und wackelte mit den Füßen. Ich konnte es noch nicht richtig glauben. Wie konnten wir um Himmels willen auf einmal eine Bar besitzen? Wir vier? Wie hatte Robert den Chef so weit gekriegt, *The Cat* an ihn zu verkaufen? Und warum? Die Geschäfte gingen gut. Und woher wollte Robert das Geld nehmen, um den Laden am Laufen zu halten? Warum wollte er *unsere* Bar daraus machen, wenn *er* dafür bezahlt hatte? Zu viele Fragen, die ich nicht zu stellen wagte.

Robert schenkte uns etwas zu trinken ein.

»Ich will eine Bar, zu der die Herren der Oberschicht kommen, zum *out slumming**, wo sie das Gefühl haben, *dies* ist das echte Leben, auf das sie so neugierig sind. Hier spüren sie, dass sie *wirklich* leben. Hier wollen sie ihr Geld hintragen, für Getränke und Jungs aus dem Volk. Eine Bar, in der auch diese Jungs aus dem Volk nach ihrer Arbeit aufatmen können, wo sie ihrem eintönigen Leben entfliehen können. Wo sie sich als Gleiche zwischen

---

* Viele Männer aus höheren gesellschaftlichen Klassen machten »touristische« Ausflüge in die Arbeiterviertel, um dort das Leben der untersten Klassen zu erleben. Für viele Homosexuelle der gehobeneren Schicht war es zudem eine Möglichkeit, ihrem eigenen Umfeld zu entfliehen, damit sie nicht erkannt und angeprangert werden konnten.

den hohen Herren bewegen können. Wo sie jede Menge trinken und glauben können, sie hätten es geschafft. Ich will eine Bar, in der heterosexuelle Männer bedauern, dass sie verheiratet sind, wo sie *vergessen* können, dass sie verheiratet sind. Eine Bar, in der *fairys* mit jedem mitgehen können, ohne anschließend verprügelt oder ausgeraubt zu werden.« Caseys Lächeln wurde breiter. »Ich will eine Bar, in der man sich sicher fühlt. Wo niemand Polizeirazzien fürchten muss und jeder unbekümmert tun kann, was er will, sein kann, wer er ist, und so viel Geld ausgeben kann, wie er nur will. Ich will, dass *The Cat* ein Begriff wird.«

Wir schwiegen, obwohl Robert zu Ende geredet hatte. Wir versuchten uns vorzustellen, wie eine solche Bar aussehen würde. Es war eine verlockende Aussicht. Eine unglaubliche Aussicht.

»Ich mache mit. Ich bin ganz klar dabei!«, sagte Casey.

Frenchy und ich nickten.

»Schön zu hören, Jungs.«

»Aber wir brauchen einen neuen Namen. Es muss deutlich werden, dass sich etwas geändert hat«, sagte Frenchy.

»The Fairy Cat«, schlug Casey sofort vor.

»Sagte Robert nicht gerade eben: *keine* Polizeirazzien?«, scherzte Frenchy. Er legte seine Hand auf Caseys Arm.

»The Black Cat? Wir begannen, alle durcheinander Namen zu rufen, ohne den anderen richtig zuzuhören. Frenchy und Casey machten ein Spiel daraus, den schockierendsten Namen zu kreieren. Wir mussten etwas Neues finden und doch den Ruf von *The Cat* wahren – schließlich gab es bereits Stammgäste, die auf jeden Fall wiederkommen sollten. Der neue Name musste unauffällige Hinweise auf die Art des Klubs enthalten, klar erkennbar für Insider, aber normalen Passanten verborgen. Schließlich einigten wir uns vorläufig auf *The Fancy Cat*.

»Und die Katze an der Fassade bekommt eine rote Krawatte!*«, sagte Casey. Wir stimmten begeistert zu. Das war deutlich und wirkte doch unschuldig. Ideal.

Frenchy hatte etwas auf einen Zettel gekritzelt und zeigte es uns jetzt.

Spezialität: Meeresfrüchte, stand dort in großen Buchstaben. Casey brüllte vor Lachen. »Perfekt, perfekt!« Spielerisch tippte er auf Frenchys Nase. »Meeresfrüchte« war ein Codename für Matrosen, die aus nicht unerfindlichem Grund als Sexsymbol schlechthin galten. Ein Begriff, der von den Gästen, die wir erreichen wollten, nicht missverstanden werden würde.

»Was machen wir eigentlich mit dem Essen? Können die braven Arbeiter und anständigen Familien immer noch hier zu Mittag und Abend essen?«

»Kannst du kochen?«, fragte mich Robert.

»Ein Omelett, Bohnen und Reis.«

»Kann Jack kochen?«

»Nicht besser als ich.«

»*The Cat* hat einen Koch. Der kann doch bleiben?«, sagte Frenchy.

»Verheiratet«, antwortete Casey mit einem Schmollmund.

»Wenn wir erreichen, was wir erreichen wollen, brauchen wir die anständigen Familien nicht mehr. Wir werden bald aus allen Nähten platzen vor lauter Geld. Stell dir all die Kerle vor, die hier vom Leben kosten werden!«, sagte Robert.

»Mhmm, ich bin verrückt nach Geld«, sagte Frenchy und zappelte wieder mit den Füßen in der Luft.

»Wir machen erst um sechs Uhr auf und arbeiten die ganze Nacht durch«, fuhr Robert fort.

---

* Die rote Krawatte galt häufig als Erkennungszeichen der homosexuellen Szene.

»Am Samstag schließen wir erst, wenn der letzte Gast gegangen ist. Wir werfen niemanden raus. Niemand soll hier nachts vor verschlossenen Türen stehen!«

Roberts Traum wirkte allmählich ansteckend. Auf einmal sah ich es vor mir, und was ich sah, gefiel mir. Ich war nach Amerika gekommen, um reich zu werden. Stinkreich würde ich werden ... Dank der tollsten Bar von Manhattan. Ich sollte Teilhaber werden. Ich wusste nicht genau, was das bedeutete, aber es klang vornehm.

»Ich hatte gehofft, ihr würdet weiterhin hier arbeiten«, sagte Robert mit einem feinsinnigen Lächeln, »wie ... ihr es jetzt tut?« Er zielte auf unsere Flirterei mit den Gästen. Wir grinsten. Selbstverständlich.

»Aber, äh ... Frenchy ... Ich möchte nicht, dass jeder deiner Gäste denkt, all meine Kellner seien käuflich, in Ordnung?« Frenchy nickte.

»Vielleicht können wir ein paar Jungs in der Hinterhand halten?«, schlug Casey vorsichtig vor.

»Ich will eine Bar, kein Bordell«, sagte Robert resolut. »Wenn die Gäste mehr wollen als nur trinken, sollen sie das gefälligst untereinander regeln. Wir halten die Hinterzimmer frei, aber ich werde nicht mit Ware handeln.« Ich konnte nicht glauben, dass wir da saßen und so sachlich über eine neue Bar redeten, als könnten wir wirklich alles selbst regeln. Aber wir konnten! Wir brauchten es nur zu sagen.

»Casey, für dich hätte ich auch einen Job. Willst du die Shows organisieren?«

Casey schnellte hoch, sprang von seinem Stuhl und machte ein paar Tanzschritte.

»Geht klar! Ich weiß, was die Gäste wollen! Ich mache eine fantastische Show daraus. Tosend! Verwegen! Wirbelnd! Ich bringe jeden Zuschauer in Ekstase!« Robert lachte.

»Wusste ich es doch. Brauchst du die aktuellen Tanzdamen?«

»Ab mit ihnen!« Casey machte eine Wegwerfgebärde mit der Hand und setzte sich wieder auf seinen Hocker. Ich lächelte.

»Wir müssen die Wände mit dunkelroten Tüchern behängen«, träumte ich.

»Wir brauchen einen Portier in Uniform, der nur die richtigen Leute reinlässt.«

»Kissen auf allen Stühlen.«

»Kerzen.«

»Lämpchen auf dem Boden.«

»Einen glatten Tresen, über den die Gläser gut rutschen.«

»Schachbretter als Tischplatten.«

»Frische Blumen!«

»Weihrauch!«

»Eine beleuchtete Fassade!«

»Sandwichmänner!«

»Reklameschilder in der Stadt!«

Unsere Fantasie war nicht mehr zu bremsen. Wir trafen keine konkreten Vereinbarungen mehr, sondern träumten. Wir sahen es haarscharf vor uns. Wir rochen den Duft von Likör, schmeckten das Geld und spürten den Schauder des Erfolgs.

Als einzig Konkretes beschlossen wir an diesem Tag noch, dass wir *The Little Cat* noch eine Zeit lang offen halten würden, bis wir alles für unsere *Fancy Cat* geregelt hätten. Und wir mussten natürlich irgendwie an Geld für unsere neuen Träume kommen.

Gegen elf Uhr traf der Koch ein und Frenchy und ich legten los. *The Little Cat* öffnete und die Arbeiter kamen zum Mittagessen. Frenchy und ich trugen auf, so wie wir es in den vergangenen zwei Jahren jeden Tag zusammen getan hatten. Aber in Gedanken bediente ich schon ein ganz anderes Publikum. Und die Einrichtung sah dabei ganz *fancy* aus.

Drei

Adrian, verdammt, wenn ich könnte, dann hätte ich dich entlassen«, seufzte Robert. Ich entschuldigte mich, machte mir jedoch nicht die Mühe zu erklären, weshalb ich zu spät war. Robert benahm sich schon ganz wie ein überpünktlicher und für alles verantwortlicher Chef. Aber gut, er arbeitete jetzt im Klub genauso hart wie wir, also machte ich ihm keine Vorwürfe.

Es war wahnsinnig voll in *The Little Cat*. Auf der Bühne hinten leierte eine Frau ein Lied, begleitet von einem Mann am Klavier. Ich blieb nicht stehen, um ihr zuzuhören. Sie kannte kaum vier Lieder und die sang sie den ganzen Abend ununterbrochen, manchmal sogar einfach durcheinandergehaspelt. Und der Pianist war auf einem Ohr taub. Casey würde die Shows von *The Cat* sicher auf ein höheres Niveau bringen, daran zweifelte ich nicht. Ich konnte es kaum erwarten, in *The Fancy Cat* zu arbeiten . . .

Ich nahm ein Tablett und ging zu den ersten Gästen, die mich herbeiwinkten. Frenchy lächelte mir im Vorbeigehen liebevoll zu. Mir wurde schnell brütend heiß. Die schale Wärme des Nachsommers wurde noch unerträglicher durch die Hitze zu vieler Menschen auf einem Haufen. Es waren unglaublich viele Leute da und ich arbeitete wie verrückt. Ich lief hin und her, merkte mir Bestellungen und rechnete auf einem Zettel am Ausschank aus, wie viel ich bekam. Ich lächelte liebenswürdig, reagierte gefällig, lachte über Witze und verstreute großzügig Augenzwinkern. Ich gab doppeldeutige Antworten und kicherte, nahm Trinkgelder an, die in meine enge Hose gestopft wurden, und tat, als machten mich zweideutige Vorschläge verlegen. Ich war ein erstklassiger Schauspieler geworden in *The Little Cat*. Und das brachte mir mehr ein, als den vielen gescheiterten Existenzen, die auf der Suche nach *der* Rolle am Broadway die Theater durchstreiften.

»Glaubst du, Jack würde für uns arbeiten wollen?«, fragte mich Robert, als er die Bestellung, die ich ihm durchgab, hastig bereitstellte. Während er flink arbeitete, plante er unverdrossen weiter und bekam neue Ideen, überschlug seine Kosten und berechnete, wie viel er leihen musste. Er arbeitete in *The Little Cat,* aber er lebte schon in *The Fancy Cat*.

»Wir brauchen einen Türsteher, der unerwünschte Gäste draußen hält.«

Ich zuckte mit den Schultern. Jack war Hotelportier, aber das war doch eine ganz andere Art von Arbeit. Und er war nicht gerade ein Baum von einem Kerl.

»Er kann gut mit Menschen umgehen und kennt die Sprache.«

»Ich kann ihn fragen, aber ich fürchte, er will weiterhin beim Hotel arbeiten.«

Robert notierte dies im Kopf und stellte die Gläser auf mein Tablett. Casey saß auf einem Barhocker und half ihm bei der Planung.

»Wir haben ausgerechnet, wie viel Geld wir brauchen, um alle Veränderungen durchzuführen«, sagte er. »Hast du zufällig ein paar Goldbarren unter deiner Matratze?« Ich schüttelte lachend den Kopf und machte mich wieder an die Arbeit. Vielleicht sollte ich Casey fragen, ob er etwas für JoAnne wusste. Vielleicht konnte er sie ja für seine neue Show gebrauchen. Wenn sie noch tanzen *wollte*. Und wenn es zu Caseys Plänen passte.

The Little Cat hatte viele Stammgäste, die ich in den vergangenen beiden Jahren gut kennengelernt hatte. Frenchy war ihr Liebling, aber ich war ein würdiger Zweiter. Sie bezogen mich in ihre Gespräche ein und ich erfuhr eine ganze Menge. Oft ging es um Angelegenheiten, die mich nicht im Geringsten etwas angingen oder die mich absolut nicht interessierten. Aber das ließ ich mir nicht anmerken. Ab und zu hörte ich etwas, das Frenchy gebrauchen konnte. Ich sah sie sitzen, ich sah sie lachen, reden, flirten. Sie amüsierten sich und hatten noch keinen blassen Schimmer davon, was für ein fantastischer Treffpunkt dies in Kürze werden würde. Wenn sie *das* hier schon so genossen ...

Ein Mann kam herein. Einen Augenblick blieb er in der Tür stehen und betrachtete die Bar. Langsam, als gehöre ihm das Etablissement, sah er sich um. Er wühlte in seiner Tasche und steckte sich einen Zigarillo an. Er nahm einen Zug, blies aufreizend langsam den Rauch durch die Lücke aus, wo einmal seine Schneidezähne gewesen waren. Dann begab er sich zu einem freien Tisch. Diese fehlenden Vorderzähne ... Das war der Kerl, von dem mir Jack erzählt hatte. Ich winkte Frenchy heran.

»Jack bat mich, dir eine Nachricht zu übermitteln«, sagte ich leise. Ein verschwörerisches Lächeln umspielte Frenchys Lippen. »Der Mann, der gerade hereingekommen ist« – ich zeigte verstohlen auf ihn – »hat den Sohn seines Cousins getötet, als der ihm beim Umzug half. Er ließ den Ofen los, den sie die Treppe hinaufschleppten. Der arme Junge bekam das Ding auf den Kopf und unser Mann hier hat ihn damals in Panik in den East River geworfen.« Frenchy grinste.

»Fette Beute. Wie hat Jack davon erfahren?« Ich zuckte mit den Schultern. »Sag ihm, er sei ein Prachtkerl«, raunte er mir zu und bewegte sich unauffällig auf den Tisch zu, an dem der Mann saß.

Jack hatte es mir nie genau erklärt. Aber er ging davon aus, dass ich inzwischen selbst ausgeknobelt hatte, wie sie ihre kleinen Extras verdienten. Es war nicht das erste Mal, dass ich Informationen weitergab. Wenn Jack etwas erfuhr, ließ er es Frenchy über mich wissen. Sie schirmten mich nicht länger ab wie am Anfang, aber sie bezogen mich auch nicht näher in ihre Geschäfte ein. Ich *wollte* übrigens nicht einmal mitmachen. Schließlich war das etwas, was sie zusammen aufgebaut hatten. Aber es beruhigte mich, dass ich davon wusste. Es unterdrückte meine Eifersucht. Denn auch wenn ich für Jack an erster Stelle kam, waren die Vergangenheit, die er mit Frenchy teilte, die kleinen Geschäfte, die sie miteinander organisierten, etwas, wozu ich nie ganz gehören würde. Ich war schließlich erst später hinzugekommen und das würde auch immer so bleiben. Sie hatten mir eine ganze Weile nichts von ihren Nebeneinkünften erzählt. Das hatte wehgetan. Jetzt hielten sie mich nicht länger außen vor und eigentlich profitierte auch ich von ihren Geschäften. Jack und Frenchy trafen eine ganze Menge Männer in Bars und auf Festen, im Hotel, in dem Jack als Portier arbeitete, in den öffentlichen Bädern und in Parks. Sie knüpften ungeheuer schnell Kontakte mit anderen Männern und es gelang ihnen immer irgendwie herauszubekommen, was diese Kerle gern geheim halten wollten. Frenchys hübsches Gesicht lockte sie in ein Hinterzimmer oder in einen abgelegenen Wald. Aber sie wurden nicht so bedient, wie sie es sich erhofft hatten. Es kostete sie eine ordentliche Stange Geld, aber sie bekamen nichts dafür. Frenchy und Jack waren scharf auf Geld. Sie waren verrückt nach Grammofonplatten und neuen Anzügen, nach Duftwässerchen und Gedichtbänden. Und das Geld brannte ihnen in den Taschen. Ich musste Jack zum Sparen zwingen und dazu, dass er unsere Miete zur Seite legte. Und es war schon mehr als einmal geschehen, dass Frenchy am Monatsende plötzlich merkte, dass er seine Miete nicht würde zahlen können und er dann schnell Geld verdienen musste.

Ich sah ihn mit dem Mann in Richtung Hinterzimmer verschwinden. Das war wirklich eine fette Beute. Wie viel Geld konnte er verlangen, um so eine Geschichte für sich zu behalten?

Aus den Augenwinkeln hatte ich Harwood eintreten sehen. Da Frenchy weg war, konnte ich ihn nicht länger ignorieren und ging zu ihm.

»Hallo Schatz«, schmeichelte er. Ich lächelte gezwungen. Er war ein verwöhnter Kerl, der dachte, er könne jeden um den Finger wickeln, weil er Geld hatte. Und bei Jack klappte das leider auch. Obwohl es die Frage war, wer von den beiden den anderen mehr ausnutzte ...

»Was soll es sein?«

»Whiskey natürlich. Und für dich, Herzchen?«, fragte er den Jungen, den er bei sich hatte.

»Dasselbe«, murmelte der schnell. Er fühlte sich eindeutig nicht wohl. Harwood hatte einen sechsten Sinn für Jungs, die selbst noch nicht genau wussten, dass sie Mädchen weniger aufregend fanden als ihre Freunde. Er liebte es, sich ihrer anzunehmen. Neugeborene, nannte er sie. Ich lächelte dem Jungen ermutigend zu. Ich wusste, wie seltsam es war, wenn man das erste Mal hierherkam.

»Und bring auch etwas für dich mit«, sagte Harwood und gab mir einen Klaps auf den Hintern, als ich wegging.

Ich brachte ihnen die Getränke.

»Setz dich.«

»Frenchy ist ... ich kann wirklich nicht lange bleiben.« Aber ich hatte gelernt, Harwood nicht zu widersprechen. Er war ein guter Gast.

»Wie heißt du?«, fragte ich den Jungen, um es ihm ein wenig leichter zu machen.

»Francis.« Er war wirklich noch sehr jung. Vierzehn oder so. Und er sah ordentlich aus. Keiner von den Knaben, die sich für Geld gebrauchen ließen. Ein Junge, der sich hier nicht am richtigen Ort wähnte, aber es dennoch war. Harwood hatte ihn neu eingekleidet. Sein Kragen war strahlend sauber.

»Adrian.« Die Hand, die meine schüttelte, war klamm.

»Wie geht es meinem *Jack of the Hearts?«,* fragte Harwood.

»Gut.«

»Fickst du meinen Liebling noch?«

Ich ignorierte seine Bemerkung. Er lehnte sich zurück und zündete eine Zigarette an.

»Ich hörte von Robert, was ihr mit *The Cat* vorhabt. Wunderbar, wirklich wunderbar. Ich möchte euch gern helfen. Eine solche Initiative verdient jede Unterstützung. Robert sagte mir auch, er müsse erst Geld auftreiben, bevor er diesen Laden hier schließen und mit dem Umbau anfangen kann. Sag mir, wie viel ihr braucht, und ich regle das. Ich werde das Geld irgendwo leihen, und wenn ich dann mit eigenen Augen eure neue *Cat* bewundern kann, bekommst du es.«

Ich fragte mich, weshalb er mir das erzählte und nicht Robert selbst. Was wollte er von mir im Austausch? Oder tat er es nur, um seinem neuen kleinen Freund zu imponieren? Ich stellte keine Fragen, sondern nickte.

»Das ist unglaublich nett von dir, Terrence«, sagte ich.

»Hier hast du schon mal einen kleinen Vorschuss. Den Rest bekommst du, wenn ich gesehen habe, dass die neue *Cat* wirklich existiert.« Prahlerisch zog er einige Zehndollarscheine aus der Tasche und wedelte damit vor meiner Nase herum. »Und sag Jackie, er soll mich mal besuchen. Es ist schon *so* lange her, seit ich ihn zuletzt gesehen habe. Ich fange schon an, unruhig zu werden.« War das der verborgene Haken? Ich nahm die Scheine schnell an, bevor er sie zurückziehen würde.

»Wirklich nicht nötig. Er kann auf sich selbst aufpassen. Und sonst mache ich das schon.«

»Himmel, Adrian, ihr seid ja wie ein Ehepaar.«

»Wir sind glücklicher als verheiratete Paare.« Au, das war albern. Bevor er mich mit einer spöttischen Bemerkung vernichtend schlagen konnte, stand ich auf und ging zum Ausschank.

Ich erzählte Robert, was Harwood vorgeschlagen hatte. Harwood schaute in unsere Richtung, hob sein Glas und nickte.

»Die Runde geht aufs Haus, Terrence!«, rief Robert aufgeräumt.

»Ist das alles, was dieser aufgeblasene Kerl uns im Voraus geben will?«, fragte er mich dann leiser und in normalem Ton, als ich die Scheine auf den Tisch legte. Ich zuckte mit den Schultern.

»Verdammt, ich kann das Geld doch nicht von einer *Bank* leihen. Dann muss ich erklären, was für eine Art von Bar wir aufmachen wollen.«

»Wenn Harwood unsere Auslagen absolut sicher zurückbezahlt, kann ich bestimmt etwas regeln«, sagte Casey, während er die Beine übereinanderschlug. Er lächelte und zog vornehm an seiner Zigarette.

»Etwas regeln?«

»Ich kann alles leihen, was du brauchst. Ohne lästige Fragen und belastende Papiere.«

»Hast du vielleicht ein paar Goldhäufchen unter deinem Bett?«, fragte ich und lachte.

»Nein. Aber vertrau mir. Ich kann an das Geld kommen. Natürlich unter der Bedingung, dass Harwood den Betrag auch wirklich begleicht. Ich kümmere mich darum.«

»Das ist fantastisch! Dann benutzen wir Harwoods Vorschuss, um über die Runden zu kommen, während wir alles für die neue *Cat* herrichten. Und wenn du dein mysteriöses Geld organisieren kannst, Casey, dann können wir den Laden einfach eine Zeit lang schließen! Uns voll und ganz auf den Umbau konzentrieren!« Robert strahlte schon wieder. Der Traum rückte näher . . .

Der Mann ohne Vorderzähne kam eilends um die Ecke und nahm sofort Kurs auf die Tür. Seine überhebliche Haltung war vollkommen verschwunden. Wenig später lehnte sich Frenchy über den Tresen. Er nickte mir grinsend zu.

»French, Junge, das ist dein letzter Arbeitstag in *The Little Cat«*, rief Robert begeistert. »Wir haben das Geld!«

Vier

Ich überlegte, was ich mit Angela machen könnte. Das Kind saß schon den ganzen Tag auf unserer Feuertreppe und starrte auf die Straße. Ihr Vater war zu sehr mit der Suche nach Arbeit beschäftigt und ihre Mutter . . . Ich wusste nicht, wo ihre Mutter war und was sie tat. Aber das Mädchen kam fast jeden Tag zu uns. Sie sagte nichts und sie wollte nichts, außer auf der Feuertreppe sitzen. Ich hatte ihr gesagt, sie solle nach unten gehen und mit den anderen Kindern spielen, aber sie hatte störrisch den Kopf geschüttelt. Stundenlang saß sie auf der Treppe und starrte vor sich hin, die Puppe unter dem Arm. Ohne zu sprechen, zu singen, zu spielen. Es musste die Stadt sein. New York war erschreckend so kurz nach der Ankunft. Und für ein sechsjähriges Mädchen war es bestimmt noch schlimmer. Sie war jetzt zwei Wochen hier. Es wurde Zeit, dass sie die Stadt kennenlernte.

»Komm, Angela.« Ich streckte meine Hand aus. Das Kind stand auf, kletterte durch das Fenster, nahm meine Hand und ging mit mir, ohne auch nur eine Frage zu stellen . . .

Robert schleppte eine Leiter raus und stellte sie vor das Fenster von *The Little Cat*.

»Na, dann werden wir das hier mal ein wenig *fancy* machen!« Er grinste, kletterte mit einem Farbtopf in der Hand auf die Leiter und übermalte den Schriftzug mit ausholenden Pinselstrichen. Frenchy brachte noch mehr Farbtöpfe heraus.

»Da bist du ja. Schön. Zieh deine Jacke aus und hilf mir ein bisschen.« Er drückte mir einen Borstenpinsel in die Hand, spritzte mit Schwung Farbe auf die Fensterscheibe und begann, sie zu verteilen. Robert wollte keine neugierigen Blicke, also strichen wir die Scheiben bis Augenhöhe dunkelrot.

»Ich wusste gar nicht, dass du eine Tochter hast«, sagte Frenchy grinsend. Ich holte mit dem Pinsel aus. Aber bevor ich ihn bemalen konnte, griff er nach meiner Hand und zog mich an sich. Ich war zwar stärker als er, aber ich ließ ihn lachend gewinnen.

»Sie ist mein Nachbarmädchen«, sagte ich, während ich ihm in die Augen schaute. »Kann sie nicht helfen? Sie hängt die ganze Zeit bei uns auf der Feuertreppe herum.« Frenchy runzelte die Stirn, stellte aber keine Fragen. Er ließ mich wieder los.

»In Roberts Topf steckt noch ein Pinsel.« Robert hatte das Gespräch verfolgt und reichte einen Pinsel herüber.

»Hier, Angela. Du darfst helfen, das Fenster zu streichen.« Das Mädchen schaute den Pinsel einen Augenblick an, streckte dann aber doch vorsichtig die Hand aus und nahm ihn entgegen. Ich machte ihr vor, wie es ging. Zögernd tunkte sie den Pinsel in die Farbe, stellte sich dann mit tropfendem Pinsel neben das Fenster und starrte es an. Ich nahm ihre Hand und demonstrierte es ihr noch einmal. Schweigend machte sie es mir nach, ganz vorsichtig, als hätte sie Angst, die Scheibe zu zerbrechen.

»Hör mal, du brauchst das Fenster nicht zu streicheln«, sagte Frenchy. Die Stimme des fremden jungen Mannes ließ ihre Bewegung einen Moment stocken. Aber ich brauchte sie nur kurz zu ermutigen, damit sie weitermachte. Ich beobachtete sie ein Weilchen, aber sie schien es verstanden zu haben. Allerdings hinterließ sie eine Farbspur, die sich vom Topf über den Fußweg bis zum Fenster zog.

»Wie ein Sternenhimmel am Boden«, bemerkte Frenchy. Robert schaute kurz herüber, wurde aber nicht böse. Nach einiger Zeit schien Angela uns vergessen zu haben. Sie ging vollkommen im Streichen auf und ihre Augen leuchteten. Ich war stolz auf mich, weil ich sie glücklich gemacht hatte. Endlich sah sie auch mal ein wenig fröhlich aus.

Wir arbeiteten nun schon seit einigen Wochen hart daran, *The Little Cat* vollkommen zu verzaubern. Casey war verblüffend schnell an einen großen Batzen Geld gekommen. Er wollte nicht sagen, woher es kam. Wir sollten ihm vertrauen, verkündete er nachdrücklich. Das taten wir. Casey war schließlich schon seit Jahren ein Freund von Jack und auch Frenchy hatte ein gutes Verhältnis zu ihm. Sogar ich hatte nach einiger Zeit den seltsam ausstaffierten Mann mit seinen weiblichen Attitüden zu schätzen gelernt. Daher vertrauten wir ihm. Wir wollten auch nichts lieber. Casey regelte die Finanzen und wir konnten weiterträumen. Es war gut, dass es so schnell voranging, das hielt unsere Träume lebendig. Wir hatten Absprachen getroffen, neue Speisekarten erstellt, eine neue und größere Bühne gebaut und den Ausschank poliert. Und jetzt änderten wir den Namen an der Fassade. Ein Tuch sollte die Überraschung allerdings noch eine Zeit lang verhüllen. Eigentlich war es ein großer Augenblick, als Robert *fancy* pinselte, aber niemand schien das zu merken.

Doch dann trug Frenchy plötzlich ein Gedicht vor, das er gerade selbst ersonnen hatte. Ich fand das nicht seltsam. Ich war daran gewöhnt. Bei ihm konnte man immer auf so etwas gefasst sein.

»Es heißt nicht ›me for you for never more‹, sondern ›me for you for ever more‹«, sagte ich.

»Das hängt davon ab, wofür du dich entscheidest. Und wie positiv deine Einstellung ist.«

»Vielleicht nicht einfach«, überlegte ich, »aber ich nähme doch ›for ever more‹.«

»Ich sehe die Liebe wohl deutlich sehr viel schwärzer als du«, erklärte Frenchy mit einem Seufzer.

Wir redeten weiter über Poesie, während wir die Fenster unserer eigenen Bar anstrichen. Es schien eine Traumwelt, es war absurd. Aber das war gerade das Besondere an diesen Jungs. Alltägliches wurde in Zweifel gezogen und neue Normen fühlten sich gereimt an. Das machte das Leben so viel spannender und intensiver, als wenn man einfach hinnahm, was die Gesellschaft für selbstverständlich oder angemessen hielt.

Wir waren gleichzeitig fertig. Als Robert letzte Hand an die Buchstaben der Fassade anlegte, waren wir mit den Fenstern so weit.

»Da fehlt noch was«, sagt Frenchy gespielt streng. Er griff nach einem Pinsel, tunkte ihn in die rote Farbe, kletterte auf die Leiter und verpasste der Katze an der Fassade geschickt eine Krawatte.

»Wie versprochen!« Er kam herunter und legte mir den Arm um die Schultern, den Pinsel noch in der Hand. Wir konnten nicht genug davon kriegen, unser eigenes Werk zu bewundern.

»Das wird *unsere* Bar«, sagte Frenchy. Es klang magisch.

»Ja«, bestätigte ich. »Wir werden es schaffen. Wir werden steinreich. Hier können wir alles machen, was wir wollen!«

»Gott!« Er stöhnte genüsslich schon beim bloßen Gedanken. Die rote Farbe tropfte von seinem Pinsel. Ich hielt meinen Finger darunter und wischte French damit übers Gesicht. Er zog den Kopf zu spät zurück.

»Fancy Cat«, grinste ich. Mit einem Schrei wollte er mich fest-

halten, aber ich flüchtete ins Haus und er traute sich nicht, mir mit der Farbe dorthin nachzulaufen.

JoAnne und Casey schauten kurz auf, als wir so in die Bar stürmten.

»Pssst!« Casey bedeutete uns, still zu sein. Er hing zurückgelehnt in seinem Sessel und gab der Frau, die auf der Bühne stand, ein Zeichen. Sie begann wieder zu singen, als wäre nichts geschehen. Ihre hohe leiernde Stimme füllte den Raum.

»Genug, genug«, seufzte Casey und winkte sie mit einer Handbewegung von der Bühne. »Versuch es in einer anderen Bar noch einmal. Wir sind auf der Suche nach wahrer Klasse!« Die Frau schnaubte, warf ihm etliche spanische Schimpfworte an den Kopf und zog ab.

»Hell!«, rief Casey theatralisch. »Die ganze Welt hockt hier in diesem verdammten Stadtviertel. Da kann es doch nicht so schwer sein, etwas auf diese Bühne zu kriegen, das exotisch ist *und* Qualität hat!« Ich lächelte. Er war amüsant, wenn er schlechte Laune hatte. »Den Chinesen von heute Morgen konnte man kaum zuhören. Die Griechen waren schon besoffen, bevor sie hierher kamen, die Deutschen zertrampelten fast die Bühne, den Italienern – *no offence,* Robert – traue ich keinen Meter über den Weg und jetzt hat unsere Señorita hier es auch noch vergeigt. Was haben wir denn noch auf der Liste?« Er lehnte sich wieder zurück und spähte auf das Papier in seiner Hand. Er hatte ein paar Jungs bezahlt, damit sie zwei Wochen lang nach Musikern suchten, die an ein paar Abenden in der Woche etwas dazuverdienen wollten, indem sie ihrem alten Land Ehre zuteil werden ließen. Casey bewahrte die wirbelnden Shows lieber für das Wochenende auf und wollte während der Woche nur Musik. Wir durften die Gäste nicht zu sehr verwöhnen,

denn dann sähen sie das Sublime der Shows nicht mehr, war seine Meinung.

»Das Einzige, was übrig bleibt, sind die irischen Mädchen. Adrian, Junge, kannst du kein Lied singen? Pfeif doch mal eine belgische Weise.« Eine belgische Weise? Ich kannte Kinderlieder, Kneipenlieder, zotige Lieder und Kirchenlieder, aber damit hörte es schon auf.

»Casey, Schatz, weshalb darf *ich* nicht singen?«, fragte JoAnne plötzlich. Casey sah sie verdutzt an, als würde ihm gerade erst klar, dass es JoAnne gab.

»Du bist *Amerikanerin!«*

»Ich bin das Einzige, was du hast«, bemerkte JoAnne feinsinnig.

»Gut, machen wir ein Probesingen nach deiner Arbeit«, sagte er widerwillig. JoAnne lächelte triumphierend.

Angela war mittlerweile auch hereingekommen und Robert spannte sie gleich zum Gläserspülen ein. French und ich halfen JoAnne, die Tücher an die Wände zu hängen. Sie waren aus dickem weinrotem Stoff und zusammen mit Kerzen und Öllämpchen würden sie der Bar eine märchenhafte Stimmung verleihen.

»Schön, nicht wahr?«, fragte JoAnne und ließ ihre Hand über die Tücher gleiten.

»Ich möchte hier wohnen«, sagte Frenchy träumerisch.

Robert gönnte uns eine kurze Pause und schenkte uns etwas zu trinken aus. Während er hinter dem Tresen eifrig die Anzahl der Kissen berechnete, die er bestellen musste, und Angela schweigend Gläser spülte, lagen wir zu viert auf der Bühne, starrten zur Decke hinauf und genossen unser Werk. Es gab noch eine Menge zu tun, aber unser Ideal begann Formen anzunehmen. Wir befanden uns alle auf demselben Weg und arbeiteten mit derselben Begeisterung an demselben *fancy* Traum.

FÜNF

Ich war absichtlich zu früh gekommen, damit ich ihn noch ein Weilchen betrachten konnte, ohne dass er es wusste. Ich liebte es, Jack zu beobachten. Wenn er schlief, wenn er aß, wenn er arbeitete. Er fand es seltsam, wenn ich ihn einfach so anstarrte.

»Wonach schaust du?«, fragte er dann, auch wenn er die Antwort bereits kannte: »Einfach so, nach dir.« Ich studierte das Zittern seiner Wimpern, wenn er schlief. Ich kannte die Linie seiner Nase, die kleine Narbe unter seinem Auge. Ich betrachtete das Grübchen in der Mitte seiner Oberlippe. Ich folgte der etwas undeutlichen Linie der Stoppeln über seiner Wange und wusste, dass sein rechtes Ohrläppchen ein wenig kleiner war als sein linkes.

Genauso wie ich ihn aus der Nähe kannte, kannte ich ihn auch aus der Entfernung. Ich wusste, dass er nie den kleinen Finger nutzte, um die Tür des Hotels aufzudrücken. Wenn er sich verbeugte, kroch seine Uniformjacke am Rücken hoch, sodass man gerade seinen Hosenbund sehen konnte. Er ging nicht in die Knie, wenn er einen Koffer hochhob, und er stand kerzengerade, wenn er eine Frau hineinbegleitete. Seine Blicke flogen über die Damen hinweg und ruhten einen winzigen Moment länger auf den Herren. Wenn er sich auf etwas konzentrierte, schob er seine Zunge in die Wange. Und wenn er mich plötzlich sah, schluckte er, bevor er lächelte . . .

Ich lächelte zurück, blieb aber, wo ich war, auf dem Bürgersteig auf der gegenüberliegenden Straßenseite. Ich lehnte an einem Laternenpfahl und versuchte, nicht so auszusehen, als starrte ich die ganze Zeit zum Hoteleingang hinüber.

Er fühlte sich beobachtet und sein Blick huschte immer wieder in meine Richtung. Aber es dauerte nicht lange, bis Henk auftauchte. Er und Jack arbeiteten beide als Hotelportiers und teilten die Stunden untereinander auf. Jack hätte schon längst Liftjunge sein können oder sogar am Empfang sitzen, wenn er das gewollt hätte, aber dazu hatte er keinerlei Ambitionen, sagte er selbst. Die flexible Regelung mit Henk war ihm viel zu wichtig, als dass er das straffe Korsett fester Arbeitsstunden anlegen wollte. Jack sprang die Stufen hinunter und kam auf mich zu.

»Hallo«, sagte er und ein Kuss schwang in seiner Stimme mit. Er fragte nicht, weshalb ich hier sei, aber ich sah, dass er es dachte.

»Ich wollte dich überraschen. Sollen wir in den Central Park gehen?« Er zuckte mit den Schultern und nickte.

»Gut.«

Ich wollte nicht sofort nach Hause. JoAnne war die ganze Zeit dort und ich wollte Jack mal wieder für mich allein. Ich fand es nicht schlimm, dass JoAnne jetzt bei uns wohnte, aber wir mussten schon darauf Rücksicht nehmen. Ich lag jede Nacht in Jacks Armen, aber ich fühlte mich nie mit ihm allein. Was ich auch tat oder sagte, immer gab es das lauschende Ohr von JoAnne, auf das ich unbewusst achtete. Es hemmte mich.

Wir gingen nebeneinanderher, ohne viel zu sagen. Am Columbus Circle, gleich am Eingang zum Central Park, fiel mein Blick auf ein großes Reklameschild, worauf ein Kind seinen Arm nach dem ihm angereichten Becher mit heißer Schokolade ausstreckte.

A hot and delicious break, just around the corner, stand dabei. Ich wusste nicht, ob es das hoffnungsvolle Gesicht des Kindes war, der frühe Herbstwind, der durch meine Kleidung drang, oder die Gemütlichkeit, die ich mit Kakao verband, aber plötzlich überkam mich eine große Lust auf einen Becher Wärme.

Ich fasste Jack am Arm und zog ihn mit um die Ecke.

»Ich gebe einen aus.«

Wir kauften zwei Pappbecher und gingen damit in den Park.

»Ist etwas?«, fragte Jack auf einmal, die Nase noch im Becher.

»Nein, wieso?«

»Weil du mich abholst. Willst du mir etwas erzählen?« Seine Stimme klang beunruhigt. Er steckte mich an mit seiner Besorgtheit. Warum dachte er das? Hatte ich denn unbewusst ein Signal ausgesandt, dass etwas nicht stimmte? Oder stimmt etwas nicht mit *ihm?*

»Einfach nur so. Ich wollte dich einen Moment für mich, bevor wir zu *The Cat* gehen.«

Er grinste erleichtert. Ein Grinsen, das es auch nach zwei Jahren noch bis in meine Zehen kribbeln ließ.

Wir schlenderten zu einer Bank und nahmen Platz. Ich setzte mich so dicht neben ihn, wie ich mich traute. Der sanfte Druck seines Armes an meinem. Die Wärme seines Oberschenkels. Das waren kleine Berührungen, die ich zu schätzen gelernt hatte. Mehr war nicht möglich in der Öffentlichkeit. Ich konnte seine Hand nicht nehmen, aber das war auch nicht notwendig. Zu Hause konnten wir alles machen, was wir wollten, auch wenn JoAnne ständig bei uns war. Das war ein Luxus, den nicht viele hatten. Frenchy hatte einen Mitbewohner, der nichts von seinem wahren Leben wusste, und Robert war Untermieter in einer Familie. Sie mussten Zuflucht suchen in Hinterzimmern und Hotels oder in Parks wie diesem. Tagsüber herrschte viel Betrieb in diesem Park, es gab jede Menge Paare, Kinder, Herren, die wichtige Angelegenheiten miteinander zu besprechen hatten, Spaziergänger und Sportler. Aber nachts wurde er zu einem Ort für Gestalten, die das Licht scheuten. Ich zählte mich selbst nicht dazu. Wir hatten einen eigenen Ort. Ich brauchte nicht auf die Suche zu gehen nach Abenteuern in Parks und U-Bahn-Stationen, öffentlichen Toiletten und abgelegenen Gassen. Mir graute davor. Das Stückchen Romantik, das ich in meinem Leib hatte, ertrug das nicht. Aber ich wusste davon, durch die Geschichten in *The Cat*.

»Bist du nervös?«, fragte Jack. Ich schüttelte meinen Kopf gerade ein wenig zu schnell. Er lachte.

»Nun ja, es ist schon ein sehr wichtiger Abend. Der erste Eindruck, du weißt schon.« Er nickte. Heute Abend fand das große Eröffnungsfest von *The Fancy Cat* statt. Ob unser Traum in Erfüllung gehen würde? Wochenlang hatten wir gearbeitet und die Bar sah chic und funkelnagelneu aus. Ganz wie wir es uns erträumt hatten.

»Ich bin neugierig, was Harwood davon hält«, sagte Jack.

»Warum?« Ich versuchte, nicht verärgert zu klingen, aber ich konnte meinen Unwillen nur mühsam verbergen. Harwood war ein Großmaul. Was kümmerte Jack seine Meinung?

»Weil er viele Leute kennt. Wenn ihm die neue *Cat* gefällt, wird er das überall ausposaunen. Er kann uns einen guten oder einen schlechten Ruf verpassen . . .« Ich fand es immer schrecklich, wenn wir von Harwood abhängig waren oder ihn brauchten. Und leider brauchten wir ihn regelmäßig, auch wenn sich keiner von uns dabei richtig wohlfühlte. Aber ohne sein Geld hätte es *The Cat* nicht gegeben. Er *musste* die neue Bar gut finden. Schließlich sollte er uns heute Abend das benötigte Geld aushändigen. Jack hatte weniger Probleme damit, ihn zu benutzen, als ich. Aber

Harwood hatte Jack auch oft genug selbst genutzt, bevor *ich* in sein Leben trat.

»Ich bin richtig stolz auf euch. Auf dich.« Er sah mich liebevoll an. »Es ist herrlich, dass ihr euren Traum verwirklicht.«

»Es ist doch auch dein Traum?«, fühlte ich hoffnungsvoll nach.

»Ja, aber nicht meine *Cat.*« Er lachte.

»Was mein ist, ist auch dein.« Jack grinste und ich spürte, dass er seinen Schenkel noch ein wenig näher an mich drückte.

Ja, ich war nervös. Es musste einfach perfekt werden heute Abend. Die Gäste sollten sich gleich zu Hause fühlen, es durfte ihnen an nichts fehlen. Der Service musste stilvoll sein, flott und freundlich. Und die Stimmung musste überwältigend sein . . .

»Vielleicht sollten wir doch besser gehen«, sagte ich. »Sie können meine Hilfe bestimmt noch gut brauchen.« Jack zwinkerte mir zu, als wir aufstanden, und ich grinste zurück.

Als wir eine halbe Stunde später *The Fancy Cat* betraten, stand Casey tobend hinter dem Tresen und schrubbte wütend an seinem beigen Jackett herum. Seine Schuhe standen auf der Türmatte, beschmiert mit Fischresten.

»Was ist passiert?«

»Stinkende Fischausnehmer!«, knurrte Casey. Ich wagte nichts mehr zu sagen, warf aber JoAnne, die die Stühle von den Tischen holte und auf den Boden stellte, einen fragenden Blick zu.

»Er wurde überfallen«, sagte sie leise, als ich zu ihr ging. »Ein paar *fairy*-Hasser.«

»Schon wieder?« Sie nickte. Casey war öfter Zielscheibe von Spott und Hänseleien, aber in letzter Zeit folgte ihm regelmäßig eine Gruppe derber Männer. Sie ließen ihn nicht in Ruhe und bewarfen ihn oft mit allerlei Schweinereien, wenn er die Tür zu *The*

Cat öffnete. Es war ein kompliziertes Schloss, weswegen es immer ein Weilchen dauerte, bevor er die Bar betreten konnte. So wurde er zum leichten Ziel. *The Cat* selbst hatte zum Glück noch nie darunter gelitten und das war nur gut so. Casey war abgehärtet, aber *The Cat* konnte auf solche Probleme gern verzichten. Vor allem heute Abend . . .

Zum Glück hatte er in der Umkleide einen anderen Anzug liegen, den er speziell für diesen Abend hatte anfertigen lassen. Als er ihn anzog, war er nicht länger böse, sondern hatte zu seinem warmen, strahlenden und flamboyanten Selbst zurückgefunden. Ich machte ihm ein Kompliment und er strahlte noch mehr. Ich musste lächeln. Casey war eine so einnehmende Persönlichkeit. Woher nahm er diesen Schwung, den Gleichmut, mit dem er all das Unangenehme von sich abgleiten ließ? Seine fröhliche Natur gewann immer wieder wie durch ein Wunder schnell die Oberhand. Seine Munterkeit wirkte ansteckend und er sah wirklich sensationell aus. Das war bestimmt ein Anzug, den man anfertigen lassen *musste*. Kein einziger Schneider, kein Warenhaus hatten so etwas in ihrer Kollektion. Caseys Anzug war sehr ungewöhnlich grün und dazu trug er ein leuchtend violettes Hemd, die unverzichtbare rote Krawatte und graue Wildlederschuhe. Auch der Schnitt war etwas Besonderes: sehr schmal und in der Taille noch figurbetonter. Er hatte seine Augenbrauen epiliert, seine Wangen gepudert, einen schwarzen Lidstrich gezogen und sein blondiertes Haar nach hinten gekämmt. *Shocking. Absolutely shocking*. Und damit perfekt für diesen Abend.

Sechs

Der Beifall war überwältigend. JoAnne strahlte und knickste höflich, aber die Musikanten ließen ihr nicht viel Zeit und begannen gleich mit der nächsten Nummer.

»Go JoAnne!«, übertönte Frenchy das Getöse. Das Publikum johlte.

»Tolles Publikum!« Auch Frenchy strahlte.

»Hätte ich nicht zu träumen gewagt«, stimmte ich zu. Etwas früher an diesem Abend hatte es nicht danach ausgesehen, als würde unser Eröffnungsfest ein großer Erfolg. Als *The Fancy Cat* um sechs Uhr öffnete, war überhaupt keiner da gewesen. Robert hatte mit mürrischem, gelangweiltem Blick am Tresen irgendwas gekritzelt. Frenchy und ich trauten uns nicht in seine Nähe und lümmelten mit JoAnne ein wenig auf der Bühne herum. Casey trottete nervös hin und her. Aber auf einmal war die Stimmung umgeschlagen. Die ersten Gäste tröpfelten ein und allmählich folgten immer mehr. Die Band hatte zu spielen begonnen, JoAnne hatte mit dem ersten Lied eingesetzt, und ehe ich mich versah, herrschte richtig Stimmung.

»Hier, nimm noch einen Zug«, rief Casey über den Lärm hinweg und steckte mir seine Opiumzigarette zwischen die Lippen. Ich zog und lächelte ihm zu. *Das* kam der Stimmung allerdings auch zugute. Ich ging zu dem Tisch, für den ich eine Bestellung trug. Dort saß eine Gesellschaft, die ich noch nie gesehen hatte und die sich gut amüsierte.

»Willkommen in *The Fancy Cat«,* sagte ich zum zigsten Mal. Sie hatten mich wahrscheinlich gar nicht verstanden durch den Krach. Ich lächelte. Nicht künstlich diesmal. Mein Theaterspiel hatte ich heute nicht nötig, ich war wirklich fröhlich.

JoAnne behielt einen Rhythmus bei, der viele Leute mitriss. Die Tische vor der Bühne waren zur Seite geschoben worden und die Tanzfläche nahm immer mehr Raum ein. Es war das erste Mal, dass ich JoAnne tanzen sah und singen hörte. Ich hatte nie gedacht, dass sie auch *das* im Klub getan hatte. Nun, für uns war sie ein echter Gewinn. Sie wirbelte herum und ihre Bewegungen sorgten für Kribbeln im Bauch. Casey hatte sie vorgestellt. An seine Eröffnung des Abends würden sich alle noch lange erinnern. Er strahlte Erfolg aus. Den Erfolg von *The Fancy Cat*. Sein Anzug glänzte, sein Lächeln auch. Er lief zwischen den kleinen Tischen hin und her, um mit jedem ein Schwätzchen zu halten. Wie geht's? Gefällt es Ihnen? Gut, gut. Hier wird jeden Tag gefeiert. Vergessen Sie nicht wiederzukommen. Sie sehen fantastisch aus. Er paradierte durch *The Cat,* als wäre *er* der Chef und nicht Robert. Aber Robert fand es prima so. Casey war unser Aushängeschild, unser Maskottchen.

Ich flitzte mit den Gläsern von Tisch zu Tisch, hatte aber dennoch nicht das Gefühl zu arbeiten. Ich tanzte, schwebte zwischen den Leuten hindurch.

»Behalt diesen Anzug ruhig an, wenn du heute Abend nach Hause kommst«, sagte Jack grinsend. Er strich über mein seidenes Westchen. Wir hatten neue Anzüge, *Fancy-Cat*-Anzüge. Genau der richtige Schnitt, körperbetont, aber nicht zu eng. Sündhaft teuer, mit einem dunkelvioletten Seidenjäckchen und einer dunklen Hose. Die Farbe passte perfekt zu den weinroten Tüchern und glänzte im weichen Licht.

»Jack, mein Freund, schwing die Beine«, sagte Frenchy. Er legte seinen Arm um meine Schultern. »Wir arbeiten, ihr tanzt. Komm schon, Alfie.« Alf – der eigentlich Alphonso hieß, aber so hieß doch niemand – lachte ausweichend.

»Wir trinken erst noch einen.« Ich ging und holte ihre Bestellung.

»Ist Harwood schon da?«, fragte Robert. Ich schüttelte den Kopf. »Schick ihn bitte gleich zu mir, wenn er kommt, ja?«

Es wurde später und netter. Viele Gäste bestellten selbst bei Robert, statt Frenchy und mich hin und her laufen zu lassen. Es war zu wenig Platz an den Tischen, wodurch eine ganze Menge Gäste auch einfach am Tresen hing. Sie bestellten schneller, als Robert ausschenken konnte, und Casey musste ihm helfen. Wir konnten länger an den Tischchen stehen bleiben, noch mehr Opium rauchen und herumscherzen. Ich ging regelmäßig bei Jack vorbei, der jede Minute neue Leute kennenlernte. Es wurde eine Art Bäumchen-wechsle-dich. Niemand blieb mehr bei der Gesellschaft, mit der er gekommen war. Alle tauschten Tische und Tanzpartner.

»Der Kerl dahinten«, bedeutete mir Jack plötzlich, »ist *undercover*. Polizei oder von der Sitte.« Ich schaute zu dem Mann, auf den er zeigte. Er saß ein wenig verloren herum.

»Woher weißt du das?«

»Die Kerle sehen alle gleich aus. Er benimmt sich einfach anders.«

»Was machen wir?«

»Er ist allein. Er wird ein paar Notizen machen, über das, was er hier sieht.«

»Das reicht! Mit dem, was er hier sieht, kann er die Bude schließen lassen.« Sollten wir schon nach einem einzigen Abend die

Polizei ins Haus kriegen? Verdammt! Hätten wir doch einen Türsteher anheuern sollen? Aber das war zu teuer ... Roberts Traum von einem sicheren Ort erwies sich also schon nach wenigen Stunden als utopisch.

»Hol JoAnne von der Bühne. Ich lade ihn ein, sich zu uns an den Tisch zu setzen«, sagte Jack. Ich machte, was er sagte, und weihte JoAnne schnell ein, während wir zu Jacks Tisch gingen. Frenchy gesellte sich auch hinzu.

»Was ist los?«

»Besuch von der Polizei«, sagte ich und machte eine Kopfbewegung zu Jack hinüber. Frenchy lächelte.

»Wir werden den Jungen mal ein wenig verhätscheln«, sagte er. JoAnne nickte.

Zwei Professionelle, das konnte nicht schiefgehen. Sie verwickelten den Mann mühelos in ein Gespräch. Ich blieb nicht bei ihnen, sondern arbeitete weiter und sorgte dafür, dass unser neuer Freund immer genug zu trinken hatte. Ich wusste nicht, wie sie es schafften, aber immer, wenn ich zu ihnen an den Tisch trat, wirkte es so, als gehöre der Mann mehr und mehr dazu. Bis er selbst aus sich herausging, Geschichten erzählte, Witze machte, sich mit JoAnne und dann sogar mit Frenchy auf die Tanzfläche wagte. Sie taten Dinge, die der Mann aufschreiben müsste, statt sie selbst zu tun. Es sah wahrhaftig so aus, als hätten wir einen neuen Gast gewonnen.

»And the victory is ours ...«, grinste Jack.

Das Opium stieg mir in den Kopf und es wurde nur noch schöner ... und ein wenig nebliger. Von Harwood war jedoch immer noch keine Spur zu sehen und Robert wurde allmählich nervös, aber ich amüsierte mich zu gut, um mir Sorgen zu machen.

»Komm, ich habe ein Geschenk für dich«, flüsterte mir Frenchy ins Ohr, als er von der Tanzfläche zurückkam. Er zog mich an der Hand mit nach hinten. Die Gäste hatten den Weg in die Hinterzimmer gefunden und der Code in Form eines Glases oder einer Flasche vor einer geschlossenen Tür hatte sich schon herumgesprochen. Frenchy wühlte im Flur hinter einer Bank, die dort stand, und zog ein kleines schwarzledernes Büchlein hervor, es sah genauso aus wie Jacks Gedichtband.

»Ich habe schon ein paar hineingeschrieben, damit du nicht zu weit hinterherhinkst«, sagte er und lächelte.

»Herrje, French . . .« Er ließ mir keine Zeit, mich bei ihm zu bedanken. Er stellte sich dicht neben mich, seinen Mund an meinem Ohr und flüsterte ein Gedicht.

»Behold me where I pass, hear my voice, approach.« Ich konnte mich nicht auf die Zeilen konzentrieren. Sein Atem kitzelte mich im Nacken.

»Touch me, touch the palm of your hand to my body as I pass . . .« Er tippte zart mit seinem Finger auf meine Schulter, im Rhythmus der Worte. *»Be not afraid of my body.«*[1]

Er kicherte und schaute mich wieder an. Ich konnte mich nicht bei ihm bedanken, ich konnte ihn nur anstarren. Er sah so unglaublich gut aus. Er stand so dicht neben mir. Er legte seine Hände kurz auf meine Schultern, drehte sich um und lief wieder in den Schankraum.

Was hatte das zu bedeuten?, fragte ich mich unsicher. Hatte es etwas zu bedeuten? Bestimmt nicht. Frenchy flirtete mit jedem. Das Gefühl, das mich so plötzlich überfallen hatte, machte mich ganz gereizt. Dies hatte nichts zu bedeuten!

Zurück in der Bar hatte die Band JoAnne überflüssig gemacht, ohne den swingenden Rhythmus zu verlangsamen. JoAnne saß bei Jack, der Mann war verschwunden. Ich versuchte, ihn irgendwo anders zu entdecken – gar nicht so leicht bei dem Gedränge – aber es sah so aus, als wäre er wirklich weg.

Neben der Tür entdeckte ich eine erhobene Hand, jemand wollte etwas bestellen. Ich wollte das Büchlein lieber nicht bei Jack lassen, also steckte ich es mir in den Hosenbund, als ich ging, um die Bestellung aufzunehmen. Auf dem Weg zum Tresen passierte ich den Tisch von Jack und JoAnne.

»Sind wir jetzt wirklich sicher? Werden uns die Bullen in Ruhe lassen?« Jack lachte meine Besorgnis weg.

»Dem Kerlchen gefiel es hier ganz ausgezeichnet. French hat für morgen sogar schon eine Verabredung mit ihm organisiert. Nee, glaub mir, der hält seine Kumpel von der Polizei gern hier raus.« Ich lachte mit, aber nicht aus vollem Herzen. Frenchy? Einen Augenblick fühlte ich mich auf eine seltsame Art von ihm betrogen. Dann schüttelte ich das Gefühl von mir ab. Ach, ich kannte ihn doch. Er spielte unablässig ein Spiel der Verführung und das spielte er mit jedem . . .

Am Tresen schoben sich einige Gäste die Gläser zu. Ich quetschte mich zwischen ihnen hindurch und wartete, bis Robert mein Tablett gefüllt hatte.

»Gut poliert, was?!«, sagte Frenchy zu den Kunden. »Alles gleitet wie Butter darüber.« Die Männer glaubten ihm nicht und forderten ihn heraus. Bis ich meinen Tisch bedient hatte, stand Frenchy schon auf dem Tresen und tanzte. Er rutschte über die gesamte Länge der glatten Oberfläche.

Sein Kunststück blieb nicht unbemerkt und schon bald drängten sich die Gäste vor dem Ausschank. Sie johlten und streckten die Arme aus. Frenchy tanzte, lachte über die Aufmerksamkeit.

»Komm her, Adrian«, rief er und winkte mir zu. Ich konnte nicht schnell genug abtauchen. Die Gäste hatten mich schon entdeckt und feuerten mich jubelnd an. Es war das Opium, das mich schließlich nach oben klettern ließ. Wir tanzten und rutschten auf der Theke entlang. Sangen lauthals mit der Band mit und hatten Erfolg. Ich kniete mich hin und wandte mich schulterwiegend Frenchy zu, der tat, als würde er Trompete spielen. Eine Hand, die mit einem Dollar gewedelt hatte, stopfte den Schein in meine Hosentasche. Als ich wieder aufsprang, spürte ich, wie das Büchlein an meinem Bein hinunterglitt. In dem Moment war das Lied aus und wir ließen uns vom Tresen rutschen, außer Atem und kichernd. Ich fischte das Büchlein aus meinem Hosenbein.

Zwischen den Zuschauern stand ein Junge und schaute etwas verloren in unsere Richtung. Er sah nicht so ausgelassen aus wie die anderen Gäste. Erst als er auf mich zukam, erkannte ich ihn. Harwoods Neuerwerbung. Sein Name war mir entfallen.

»Du auch hier? Schön. Wie geht es dir?« Er sagte nichts, nickte nur.

»Wo ist Harwood?«

Er öffnete den Mund, schloss ihn aber sofort wieder, als hätte er vergessen, was er eigentlich sagen wollte. Er sah mich mit gequältem Blick an und biss sich auf die Lippe. Hatte Harwood ihm schon den Laufpass gegeben?

»Kann ich dich kurz sprechen?«, fragte er heiser.

»Ja, natürlich.« Ich nahm ihn mit nach hinten. Aber auch da starrte er mich nur schweigend und mit gepeinigtem Blick an. Ich wurde ungeduldig.

»Was ist denn los? Ich muss nämlich wieder an die Arbeit«, sagte ich ungehalten.

»Harwood wurde festgenommen«, sagte er leise. So leise, dass ich mir nicht sicher war, ob ich ihn richtig verstanden hatte.

»Festgenommen? Eingesperrt?« Er nickte und starrte auf seine Schuhspitzen. Der Lärm in der Bar drang laut an mein Ohr.

»Wie? Warum? Wann? Woher weißt du das?«, fragte ich ungeduldig. Am liebsten hätte ich die Antworten aus ihm herausgezerrt, aber ich verbiss mir meine Ungeduld und wartete, bis er mich wieder anschaute und fortfuhr.

»Ich war dabei.« Er schluckte kurz. »Ich konnte wegrennen. Harwood rief immer nur: ›Renn! Renn!‹ Aber er . . . Ich weiß nicht.« Mehr brauchte er nicht zu erzählen. Ich konnte mir bestens vorstellen, was passiert war. Ich fluchte. Der Junge wusste nicht, was er sagen sollte. Er schämte sich. Es war schlimm für ihn. Gerade erst ein Neugeborener und dann das. Es war auch schlimm für Harwood. Aber es war noch viel schlimmer für *The Fancy Cat*. Harwood hatte uns das versprochene Geld schließlich noch nicht gegeben.

»Bleib hier«, sagte ich kurz und lief wieder hinein, um Frenchy zu holen. Ich war erleichtert, als sich zeigte, dass auch er erst an das Geld dachte und dann an Harwood.

Als wir zurückkamen, saß der Junge mit zusammengepressten Knien, die Hände im Schoß, auf der Bank im Flur.

»Haben sie euch erwischt?«, fragte Frenchy. Der Blick des Jungen – Francis, wie mir jetzt wieder einfiel – kletterte an Frenchy empor und blieb misstrauisch an ihm hängen. Frenchy wiederholte brüsk seine Frage. Francis nickte.

»Wie?!«

»Wir waren in den öffentlichen Toiletten am Madison . . .«

»Ich fragte nicht wo, sondern wie. In welcher Position. Was machte er bei dir, was machtest du bei ihm?«

»Warum ist das wichtig?«, fragte der Junge.

»Weil ich wissen will, was sie gegen ihn in der Hand haben. Wie lang er kriegen kann«, antwortete Frenchy missmutig. Der Junge starrte auf seine Hände, die nervös in seinem Schoß hin- und herhuschten.

»Er ... Er hatte mich ... Als sie hereinstürmten ... war er ...«

»Fickte er dich?« Der Junge zog den Kopf zwischen die Schultern, als hätte Frenchy ihn geschlagen. »Wenn du dich traust, solche Sachen zu machen, dann trau dich gefälligst auch, sie auszusprechen, Kerl!«

»Was macht ihr hier?« Jack tauchte unter dem Vorhang hindurch, der die Bar von den Hinterzimmern trennte.

»Harwood wurde festgenommen. Auf frischer Tat ertappt«, sagte Frenchy.

»Auweia. Und genug, um ihn ...«

»Ja.«

»Auweia«, sagte Jack wieder. Er sah zu dem Jungen auf der Bank hinüber und dann mit einem fragenden Blick zu uns. Ich nickte.

»Das werden zwei Jahre Zwangsarbeit«, prophezeite Frenchy. »Mindestens!«

»Wir müssen es Robert sagen.« Ich tauchte wieder in den Festtrubel ein. Offensichtlich hatten nur wenige Leute vor, früh nach Hause zu gehen. Bevor ich den Ausschank erreichte, stieß ich mit Casey zusammen.

»Casey, schlechte Nachrichten. Komm mit.« Wir bahnten uns einen Weg zurück zu den Hinterzimmern.

Während wir ihm die Geschichte erzählten, wurde er zusehends bleicher. Er seufzte tief und warf den Kopf in den Nacken.

»Ich muss das geliehene Geld morgen früh zurückbezahlen. Harwood sollte es heute bringen.«

»Geht demnach nicht.«

»Hört zu, Jungs.« Casey sah uns einen nach dem anderen an. Sein Blick war zwingend, er wollte uns etwas gestehen. »Ich hätte das Geld unbedingt heute Abend von Harwood bekommen müssen! Ich habe den kompletten Betrag, den Robert für alle Erneuerungen brauchte, vorgeschossen von Geld, das ich von einem ... äh ... besonderen Bekannten von mir geliehen hatte. Er hat viel Geld, viele Freunde und viel Macht. Ich hatte ihm versichert, dass ich es ihm am Morgen nach der Eröffnung zurückzahlen würde, und rund hundert Dollar obendrauf. Nur so konnte ich Geld von ihm kriegen. Er hat keine Fragen gestellt, aber sehr wohl *eine* sehr deutliche Bedingung: Er erwartet das Geld morgen zurück. Dieser Kerl hat einen ziemlich ... äh ... explosiven Charakter. Wenn ich ihm das Geld nicht zurückzahle, haben wir ein Riesenproblem.« Er holte tief Luft und schaute uns verzweifelt an.

»*The Cat* läuft gut. Wir sind in Kürze stinkreich«, setzte ich an.

»In Kürze ist zu spät«, brauste Casey plötzlich auf. »Ich *muss* das Geld morgen haben.«

»Versuch, so viel Zeit wie möglich herauszuschlagen. Wir bringen das Geld zusammen«, sagte Jack mit einem verbissenen Zug um den Mund. »Wir denken uns schon etwas aus.«

Casey seufzte und schüttelte den Kopf. In seinen Augen flackerte Angst.

»Es ist unsere Bar. Sie gehört uns allen zusammen«, sagte Frenchy. »Wir sorgen also alle zusammen dafür, dass *The Cat* bleibt. Ich will eine Bar und ich will reich werden. Dein ›Bekannter‹ wird mich nicht davon abhalten.«

»Das ist mutig, Jungs. Sehr mutig. Aber wir brauchen tausend Dollar!« Casey schrie es fast. Der Lärm der Gäste in der Bar überspülte unser erschrockenes Schweigen. Wir mussten versuchen, so mal eben sechs Jahre Wohnungsmiete zusammenzubekommen. Ohne Harwood.

Als ich wieder in die Bar ging, wo JoAnne und Robert kaum am Ausschank nachkamen, waren die Wirkung des Opiums und meine Feststimmung vollkommen verpufft. Meine Schritte waren schwer und ich brachte kein Lächeln mehr zustande. Ich wollte böse sein. Auf Harwood, weil er seinem Versprechen nicht nachkam, auf Francis, weil er nicht mit Harwood an so einem offenkundigen Ort hätte ficken dürfen, auf Casey, der das Geld nicht hätte leihen dürfen, auf Robert, der es mit der neuen Bar übertrieben hatte. Aber ich war zu müde. Ich war vollkommen erledigt und diese grässlichen Gäste hatten keine Lust, nach Hause zu gehen.

Sieben

Ich saß am Tisch, schaute auf die kleine Uhr auf dem Kaminsims und lauschte ihrem Ticken. Ich wartete, bis ich den Zeiger bei seinem vorsichtigen Sprung zur nächsten Minute ertappen konnte. Neben der Uhr lag Jacks Gedichtbüchlein. Ich hatte Lust, es zu nehmen und darin zu blättern. Oder ein Gedicht in mein eigenes zu übertragen. Ich hatte es noch nicht benutzt, hatte es auch Jack noch nicht erzählt. Als der Zeiger weitersprang, ermahnte ich mich selbst – ich musste mich ranhalten. Jetzt, da Jack bei der Arbeit war und JoAnne mit dem Pianisten in *The Cat* ein paar neue Lieder einstudierte, wollte ich die Ruhe im Haus nutzen und meinen Eltern einen Brief schreiben. Mutter schrieb regelmäßig und ich antwortete zwar meistens, aber häufig mit nicht mehr als ein paar Zeilen. Aber jetzt hatte ich Neuigkeiten. Ich wollte von unserer neuen *Cat* erzählen. Ich wusste bloß noch nicht, wie. Was konnte ich schreiben und was nicht? Vielleicht sollte ich schreiben, dass ich ein eigenes Geschäft hatte, das klang fantastisch. Ich würde schreiben, dass es ein Erfolg sei – auch wenn es viel zu früh war, um das schon behaupten zu können, aber das wussten sie schließlich nicht. Und dass ich reich werden würde ... Aber dass wir ganz schön in der Klemme saßen und erst tausend Dollar zurückzahlen mussten, die wir nicht hatten ... Ich seufzte. Unser Traum hatte schön angefangen, aber abrupt geendet. Casey musste seinem Bekannten an diesem Morgen das Geld zurückzahlen. Er würde versuchen, einen Aufschub zu bekommen, hatte er gesagt, doch es konnte gut sein, dass wir dadurch noch mehr Zinsen würden zahlen müssen. Wo sollten wir so einen Haufen Geld hernehmen? French und Jack hatten es recht locker genommen. Wir bekämen das Geld schon zusammen, hatten sie lachend gesagt. Aber so viel Geld hatte ich bislang noch nicht einmal *gesehen*. Ich holte tief Luft und versuchte, meine Angst zu vertreiben. Casey würde bestimmt eine neue Vereinbarung treffen können. Das musste einfach klappen. Er redete jeden unter den Tisch, er würde bestimmt Aufschub bekommen. Hoffte ich. Etwas anderes konnte ich mir nicht vorstellen. Wir mussten Casey vertrauen und alles würde gut werden. Ich versuchte, diesen Satz unablässig zu wiederholen, bis ich selbst daran glauben würde. Alles würde gut werden.

Ganz bestimmt, wenn wir jeden Abend so viele Gäste hätten wie bei der Eröffnung ... *The Fancy Cat* würde zu einem Begriff werden, genau, wie wir es uns erträumt hatten. Wir würden reich werden, tun und lassen können, was wir wollten. Vielleicht könnten wir uns eine Wohnung *uptown* suchen, in einem Haus mit einem Klavier. Könnten ein Hausmädchen einstellen. Oder ein Auto kaufen. Ein eigenes Badezimmer haben. Ich grinste, sah mich gemeinsam mit Jack in einer Badewanne. Warmes Wasser. Warme Körper. Warme ... Himmel, ich durfte nicht daran denken. Ein Prickeln schoss von meinem Bauch zu den Füßen und wärmte alles, was dazwischen lag.

An der Tür erklang ein fast unhörbares Klopfen, kaum lauter als das Ticken der Uhr. Ich wartete und lauschte, ob ich richtig gehört hatte. Ein zweites, noch vorsichtigeres Klopfen ließ lange auf sich warten. Ich öffnete die Tür und ließ Angela herein.

»Hallo.« Mehr fiel mir nicht ein. Das war auch nicht nötig. Angela kam nicht zu einem gemütlichen Plausch. Sie schaute durch das Fenster und hörte einer Grammofonplatte zu, die ich für sie auflegte.

Ich wollte wieder an Jack denken, in einer Wanne mit klarem Wasser, ganz für mich allein, aber es schien mir unpassend in Angelas Nähe. Auch wenn sie mir nicht in den Kopf schauen konnte, würde sie mir vielleicht doch ansehen, dass ich hitzige Gedanken hatte. Ich steckte das Blatt Papier wieder hinter die Uhr und legte den Bleistift daneben. Keine Fantasien mehr über Erfolg und Reichwerden. Ich würde diesen Brief nach Hause ein anderes Mal schreiben, ich konnte mich doch nicht mehr richtig konzentrieren. Ich betrachtete Angelas Rücken und die dunkelblonden Haarsträhnen, die sich aus einer Flechte gelöst hatten. Ich fand, dass sie Charlotte ähnelte. In meiner Erinnerung verschmolzen Angela und Charlotte immer mehr. Wenn ich daran dachte, wie wir Charlotte früher in die Luft geworfen hatten, wie sie emsig für ihre Lieblingspuppe sorgte oder die Ziege Sikje streichelte . . . Wenn ich sie im Garten sitzen und mit den Blumen aus dem Korn einen Kranz winden sah, dann hatte sie immer Angelas Gesicht. Ich fand es beängstigend, dass ich mich nicht mehr daran erinnern konnte, wie meine kleine Schwester aussah. Alle Erinnerungen waren verschmolzen, verformt. Ob ich sie noch erkennen würde?

Zu Hause würden sie mich jedenfalls nicht mehr erkennen. Sie kannten den flämischen Adrian, aber nicht den amerikanischen. Von meinem neuen, wahren Ich wussten sie nichts. Das wusste nur Alexander . . . Mit dem ich aufgewachsen war. Mit dem ich jeden Augenblick meines Lebens geteilt hatte, bis wir emigrierten und ich ganz allein in New York landete. Er hätte bei mir bleiben können, tat es aber nicht. Ich fragte mich, wie es ihm wohl ginge. Ich war mir sicher, dass er Vater und Mutter nie über mein Geheimnis geschrieben hatte.

Ich wollte nicht an zu Hause denken und an die Lügen, in denen ich ihnen gegenüber lebte. Ich nahm Jacks Poesiebuch vom Kaminsims. Mal schauen, ob ich ein Gedicht finden konnte, das ich in mein Büchlein übertragen wollte. Ich blätterte es durch und betrachtete flüchtig die verschiedenen Gedichte und Handschriften. Manche waren mit einem Datum versehen. Die meisten hatte ich schon gelesen. Mein Blick fiel auf ein Blatt, dessen Ecke umgeknickt war. *We wear the mask*. Ich hatte das Gedicht vor langer Zeit schon einmal gelesen, aber ihm damals nicht viel Aufmerksamkeit geschenkt. Oder es nicht verstanden.

We wear the mask that grins and lies,
It hides our cheeks and shades our eyes,–
This debt we pay to human guile;
With torn and bleeding hearts we smile,
And mouth with myriad subtleties.

Why should the world be over-wise,
In counting all our tears and sighs?
Nay, let them only see us, while
We wear the mask.[2]

Ich empfand ein gewisses Unbehagen, dass ich ausgerechnet dieses Gedicht ausgewählt hatte – während ich mich doch gerade abzulenken versuchte. Ich schlug das Buch zu, um die Worte aus meinen Gedanken zu verscheuchen, als Jack hereinkam. In seinen Armen trug er ein kläglich maunzendes Tier.

»Es hat einen Tritt von einem Pferd abbekommen«, sagte er und legte das Knäuel vorsichtig auf den Tisch. »Ich hoffe, es ist nichts gebrochen.« Er strich mit dem Finger über den Rücken des Tierchens. Es war eine mausgraue Katze mit einem weißen Fleck in Form eines Herzens auf der rechten Vorderpfote, mit großen grünen Augen und einer leuchtend rosa Zunge, die immer sichtbar wurde, wenn das Tier miaute. Es blutete nicht, aber als es aufzustehen versuchte, knickte die linke Pfote ein. Jack ging in die Hocke und betrachte die Pfote mit rührender Sorgfalt. »Können wir sie nicht schienen?«

Ich zuckte mit den Schultern. Das Kätzchen interessierte mich nicht wirklich. Mein Blick lag auf Jacks Rücken. Seine Schultern zeichneten sich straff ab in seiner roten Portieruniform. Er sah unglaublich gut aus in diesem Anzug. Er hatte eine Unmenge Knöpfe, die schrecklich mühsam von ungeduldig-ungeschickten Fingern aufgeknöpft werden konnten.

Angela war neugierig näher gekommen und beobachtete das Kätzchen mit großen Augen.

»Willst du es einmal streicheln?«, fragte Jack und fuhr demonstrativ mit seinem Finger über den schmalen Rücken. Zögernd machte Angela es ihm nach. Fasziniert betrachtete sie das Tier. »Sorg du mal dafür, dass es nicht wegläuft«, sagte Jack. Er stand auf und ging in die Küche. Im Vorbeigehen strich seine Hand über meine Hüfte, um unsere aufgeschobene Begrüßung wiedergutzumachen. Ich lächelte. In der Küche riss er einen kleinen Streifen Stoff vom Geschirrtuch und band ihn straff um die Katzenpfote. Auf einmal kam mir eine Idee.

»Das Kätzchen braucht eigentlich eine neue Mutter«, sagte ich zu Angela. Vielleicht könnte sie für das Kätzchen sorgen? Dann hätte sie etwas zu tun und bräuchte nicht ständig hierherzukommen. Und ich bräuchte sie nicht ständig zu beschäftigen. Vielleicht würde sie ein wenig auftauen durch das Tierchen und einen Freund in ihm finden. Ich hockte mich neben sie und legte meinen Arm um ihre Schultern.

»Kannst du für die Katze sorgen? Willst du ihre neue Mutter werden?«

»Es ist wirklich ein braves Tierchen«, legte Jack noch nach. Aber der Blick des Mädchens sprach Bände, sie brauchte nicht mehr überzeugt zu werden. Behutsam, noch ein wenig zögernd, streckte sie die Hand aus, um das Tierchen hochzuheben. Als es sich nicht wehrte, drückte sie es gegen ihre Brust. Mit einem Finger rieb sie über das Köpfchen. Das Tier klagte noch einmal, beruhigte sich dann aber.

»Ist deine Mama zu Hause? Vielleicht kannst du sie fragen, ob du dem Kätzchen ein wenig Milch geben darfst«, schlug ich vor. Sie sah mit großen erwartungsvollen Augen zu mir auf, dachte einen Moment nach und nickte dann. Ich ließ sie hinaus und wartete nicht, bis sie in ihrer Wohnung war, sondern drehte mich sofort zu Jack um.

»Glaubst du, dass sie für dieses Tier sorgen kann?«, fragte er mit gerunzelter Stirn.

»Natürlich. Es ist eine Katze.«

Jacks Finger fummelten schon an der Knopfreihe seiner Uniform herum. Aber bevor er seine Alltagskleidung vom Stuhl nehmen konnte, stellte ich mich vor ihn und legte meine Hände auf seine.

»Weißt du, woran ich vorhin gerade dachte?«, fragte ich leise. Ich sah ihm lächelnd in die Augen. Die braunen Sprenkel glänzten im hellen Grün. »Wenn *The Cat* gut läuft, können wir in ein Haus mit Badezimmer ziehen. Dann können wir gemeinsam in eine große Badewanne.« Ich schilderte ihm ausführlich meine Fantasie und meine Stimme wurde immer heiserer und leiser.

»Vielleicht können wir ja schon einmal auf dem Trockenen üben?«, flüsterte er zurück. Ich spürte seine Finger an meinem Hosenbund entlanggleiten.

»Wir haben keine Badewanne«, murmelte ich neckisch.

»Wir haben ein Bett. Wir haben ein Sofa. Wir haben einen Tisch.« Er schob mich gegen den Türpfosten und presste sich an mich. Ich schloss die Augen und versuchte, mich nur noch meinem Tastsinn zu überlassen.

Ich dachte nicht mehr an Angela, die möglicherweise mit ihrem Kätzchen genau hinter der Tür stand. Ich dachte nicht mehr an JoAnne, die jeden Moment nach Hause kommen konnte. Ganz kurz durchzuckte mich der Gedanke an Casey. Wusste Jack schon etwas über das Treffen mit dessen Bekannten? Dann löste sich auch dieser Gedanke auf. Später ... Das kam später dran ... Ich spürte nur noch Jack. Seine Lippen, seinen Atem und seine Hände, die mich überall berührten.

Acht

Als *The Fancy Cat* an diesem Abend zum zweiten Mal ihre Türen öffnete, war Casey nicht da. Robert erzählte uns, dass er eine Verabredung für die Shows hatte, die er organisieren wollte, und dass er daher später kommen würde. Aber wie die Verhandlung am Morgen verlaufen war, wusste er auch noch nicht. Ich versuchte die Fragen zu stoppen, die schon den ganzen Nachmittag in meinem Kopf widerhallten. Ich würde es nachher schon von Casey selbst hören. Lange konnte ich sowieso nicht grübeln. Wir hatten noch keine Stunde geöffnet und der Laden war schon gut gefüllt. Natürlich waren nicht so viele Leute da wie am Abend zuvor – wer aus reiner Neugier gekommen war, kam nicht gleich am nächsten Abend wieder –, aber es wurde doch noch ordentlich voll. Es gab auch viele, die ich in der alten *Cat* nie gesehen hatte. Verbreitete sich unser Ruf jetzt schon? Ich warf einen kurzen Blick auf den Stepptänzer, der sich in einem ansteckenden Rhythmus wirbelnd über die Bühne bewegte. Ich erinnerte mich, dass Casey ihn für einen unausstehlichen und hochmütigen Kerl gehalten hatte. Daher hatte er den Stepptänzer für den zweiten Abend, statt für den Eröffnungsabend eingeplant. Der Kerl war durchaus gut. Aber davon war er auch sehr überzeugt und verlangte mehr Gage, als er wert war. Casey hatte ihn nur für eine Stunde engagiert, gerade genug, um die Gäste anzulocken. Sicherheitshalber hatte er schon eine ganze Reihe von Shows im Voraus geplant, noch bevor *The Cat* öffnete. Und jetzt war er also schon wieder unterwegs, auf der Suche nach Neuheiten für unsere Gäste. Casey würde bestimmt nicht zu einer Verabredung gehen, wenn es am Morgen nicht wie geschmiert gelaufen wäre, beruhigte ich mich selbst. Oder vielleicht doch? Ich seufzte tief und wartete gelassen, bis Robert das Tablett mit meinen Bestellungen gefüllt hatte.

»Noch nichts von Casey?«, fragte Frenchy, als er sich neben mich stellte. Auch er wurde also von Zweifeln und Fragen gequält. Robert und ich schüttelten gleichzeitig den Kopf. French seufzte. Für einen Moment trat ein kalter Blick in seine Augen, aber eine Sekunde später schaute er mich schon wieder mit einem lieben Lächeln an und ich fragte mich, ob ich mich nicht getäuscht hatte.

»Dieser Kerl gafft dich schon eine ganze Weile an«, sagte er leise. Er drehte sich um und deutete unauffällig mit dem Kinn in Richtung eines Fenstertisches. Ich wusste sofort, wen er meinte. Ich war dem begehrlichen Blick des Mannes schon mehrfach ausgewichen, hatte mir selbst weisgemacht, es mir nur einzubilden. Er sah, dass wir zu ihm schauten, und hob die Hand.

»Geh ruhig«, sagte Frenchy, nahm mit einer schwungvollen Geste sein Tablett wieder auf und eilte zu einem Tisch auf der anderen Seite der Bar. Ich wollte ihn zurückrufen, aber er hörte nicht und ging hüftwiegend davon. Der Mann hob erneut die Hand. Ich drehte mich zu Robert um.

»Der Mann dahinten möchte etwas bestellen«, sagte der. Ich seufzte, nahm das Tablett auf, brachte die Bestellung weg und ging dann unwillig zu dem Mann hinüber.

»Was soll es sein?« Ich schaute ihn nicht an.

»Ein roter Port.« Ich wartete kurz, aber er sagte weiter nichts. Erleichtert ging ich zum Ausschank. Ich hatte es mir nur eingebildet. Dieser Kerl wollte einfach etwas trinken und Frenchy war ein Einfaltspinsel.

Aber als ich den Portwein auf den Tisch stellte, legte er plötzlich seine Hand auf mein Handgelenk. Langsam schaute ich ihn an.

»Du hast schöne Augen«, schmeichelte er. Ich wollte wieder wegschauen, aber sein Blick hielt mich fest. »Und auch einen schönen Körper. Ich versuche schon die ganze Zeit, mir vorzustellen, wie du nackt aussiehst.« Ich wollte meine Hand wegziehen und davonlaufen, versuchte aber, ruhig zu bleiben. Der Mann verstand mein betroffenes Schweigen als Ermutigung und fuhr fort.

»Meine Fantasie kann mit der Wirklichkeit wahrscheinlich nicht mithalten. Ich will dich sehen. Ich will dich spüren. Ich will dich schmecken.« Seine Stimme war leise und schmeichelnd und es war, als spürte ich seine Hände schon über meinen Körper gleiten. »Und ich wünschte, du würdest mich schmecken.« Ich löste meine Hand.

»Es tut mir leid, *Sir*«, hörte ich mich selbst freundlich, aber entschieden sagen. »Ich bediene hier nur.«

Der Mann lehnte sich zurück, aber er ließ meinen Blick nicht los.

»Ich habe schon eine Beziehung«, fügte ich wahrheitsgemäß hinzu.

»Das ist bedauerlich«, sagte er. Es klang, als meinte er es ernst. »Dein Freund ist zu beneiden.« Er zündete sich eine Zigarette an.

»Gestehst du mir dann wenigstens zu, meine Fantasie zu behalten?« Offensichtlich wurde er nicht böse oder aggressiv, sondern schien sich mit der Situation abzufinden. Ich nickte flüchtig und eilte davon.

Am Tresen ging ich in Gedanken noch einmal durch, was ich gerade gehört hatte. Sein Vorschlag hatte mich im ersten Moment schockiert, aber zugleich fühlte ich mich auch geschmeichelt. Und zufrieden. So etwas war hier erlaubt. Dafür kamen die Männer in unsere Bar. Um sein zu können, wer sie waren. Und um zu fragen, was sie wollten. Einen Augenblick tat es mir leid für den Mann, weil er nicht bekommen hatte, was er verlangte. Aber als ich mich an seine Worte erinnerte, graute es mir doch. Es mit einem Fremden tun? Nein. Ich hatte Jack. Plötzlich wurde mir klar, dass ich das soeben zum ersten Mal in meinem Leben einfach so und ohne nachzudenken einem Fremden gesagt hatte. Ich hatte ihm ehrlich gesagt, eine Beziehung zu haben. Robert hatte recht bekommen! Wir hatten tatsächlich eine sichere Umgebung geschaffen. Am zweiten Tag schon. Es gab mir ein warmes Gefühl.

Als der Mann seinen Port getrunken hatte, bezahlte er und stand auf, ohne noch einmal auf seinen Vorschlag zurückzukommen. Nicht weil er sich dafür schämte, sondern weil er meine Entscheidung akzeptiert hatte. Er wünschte mir einen guten Abend und ging. Ich lächelte freundlich und offen zurück.

Der Stepptänzer war schon nach Hause gegangen – er hatte keinen Schritt mehr getan, als die, für die er bezahlt wurde – und auch die Gäste brachen allmählich auf.

Kurz nach Mitternacht waren nur noch wenige Tische besetzt. Und Casey war immer noch nicht da. Ich sah, dass auch Frenchy unruhig war. Er räumte in fixem Tempo die Tische ab und warf hin und wieder einen ruhelosen Blick nach draußen. Alfie hing auf einem Barhocker am Tresen und schwatzte mit Robert.

»Ich will ein wenig frische Luft schnappen. Ihr schafft das hier doch?«, fragte Frenchy. Ich nickte. Während ich mir die Hände an der Hose abtrocknete, ging ich zum Fenster und sah Frenchy hinterher. Ich hatte ihm noch nichts von dem Mann und seinem Vorschlag erzählt. Er würde es bestimmt witzig finden, dass ich Nein gesagt hatte. Vielleicht hielt er mich für einen allzu soliden Knaben? Das war gut möglich. Casey musste ich auf jeden Fall erzählen, dass unser Traum über einen sicheren Ort Wirklichkeit geworden war. Ich starrte hinaus. Es hatte gerade aufgehört zu regnen. Die Tropfen wurden kälter, begannen nach Herbst zu riechen. Man konnte nicht mehr ohne Jacke hinaus und es würde nicht mehr lange dauern, bis die Zeit der Schals und Handschuhe wieder anbrach. Aber hier drinnen war es warm und hell. Ich sah, wie sich der Schein der Straßenlaternen in den Pfützen auf dem Gehweg spiegelte.

Ich erschrak, als vor mir auf der anderen Seite der Fensterscheibe plötzlich Frenchys Gesicht auftauchte. Seine Augen waren weit aufgerissen, erschrocken. Ein lautloser Mund formte meinen Namen. Ich griff nach meiner Jacke hinter dem Ausschank und flitzte zur Tür.

»Adrian ... Komm ... Komm schnell ...«, stotterte er. Er keuchte, war zerzaust.

»Was ist los?«, fragte ich, aber er wartete nicht. Ich rannte hinter ihm her.

»Was ist denn los?«, fragte ich wieder und griff ihn am Arm. Er antwortete nicht, sondern lief weiter. Vor einer kleinen Gasse blieb er plötzlich stehen.

»Ich ... Du musst ...« Langsam streckte er den Arm aus. Es gab keine Laternen in der Gasse, weiter hinten war es stockfinster. Einige Mülleimer waren umgeworfen, und als ich näher kam, huschten zwei Ratten davon.

Ich sah mich kurz nach Frenchy um, der mir keuchend folgte. Vorsichtig bewegte ich mich tiefer in die Gasse hinein. Das Licht der Straßenlaternen reichte gerade noch aus, um etwas erkennen zu können. Aber die Flecken, die im Schatten lagen, wurden zahlreicher. Zwischen ein paar Kisten sah ich plötzlich einen grauen Wildlederschuh und ein grünes Hosenbein hervorlugen. Mir stockte der Atem. Ich spürte Frenchys Griff um meinen Arm. Ich wagte nicht, genauer hinzuschauen. Aber ich musste sicher sein. Vorsichtig schob ich eine Kiste mit dem Fuß beiseite, damit das fahle Licht den Platz erhellen konnte. Frenchy trat einen Schritt zur Seite, damit sein Schatten nicht im Weg war.

Ich drehte mich voller Abscheu um und übergab mich. Mein Körper brach all mein Entsetzen aus.

»Wie . . .?« Frenchys Schultern zuckten. Er atmete schwer.

»Ich hörte . . . Gott, Adrian . . .« Er schluckte mühsam und kniete sich neben Caseys übel zugerichteten Körper.

»Casey, ich bin wieder da.« Er berührte vorsichtig seinen Arm.

»Casey . . .« Er bewegte sich nicht. »Casey!«, sagte Frenchy lauter. »Casey!!« Er schüttelte den Körper, rief immer lauter.

»French, sei still, das hat keinen Sinn mehr. Gleich hört uns noch jemand«, sagte ich erschrocken.

»Er ist tot.« Langsam schaute er auf. Die Tränen hinterließen Streifen auf seinen Wangen.

Fassungslos setzte er sich auf den Boden. Mit einer Hand rieb er sich über die Augen, eine dunkle Spur blieb auf seinem Gesicht zurück.

»Wie kann er denn tot sein? Gerade lebte er noch. Ich bin nur kurz weg gewesen, um Hilfe zu holen. Ganz kurz nur.« Auch ich kniete nun nieder. Der Dreck auf Frenchys Gesicht befand sich auch auf Caseys Jackett. Ich schluckte, als mir klar wurde, was es war.

»Ich hätte ihn nicht allein lassen dürfen . . . Ich hätte ihn nicht . . . Gott . . . Gott . . .« Frenchy murmelte unablässig weiter, während er mich weinend anstarrte.

»French, es ist nicht deine Schuld.« Ich legte meine Hand auf seine Schulter.

»Er ist tot. Er ist *tot*, Adrian!«

»Ich weiß«, flüsterte ich entsetzt. »Was sollen wir denn jetzt tun?«

Frenchy biss sich auf die Nägel.

»Sollen wir die Polizei rufen . . .?«, fragte ich zögernd.

»Nein! Keine Polizei! Dann locken wir sie bestimmt auch in *The Fancy Cat.«*

Er griff wieder nach Caseys Arm, versuchte, sein Schluchzen zu unterdrücken. Ich traute mich nicht, Casey anzufassen. Ich wollte ihn nicht anschauen, tat es aber doch. Sein Gesicht war blutüberströmt. Seine Jacke war zerrissen und voller Blut und auch seine Hose war blutgetränkt. Was um Himmels willen hatten sie mit ihm gemacht? Ich wollte weglaufen, zurück zu *The Cat*. Zurück in der Zeit. Aber ich konnte mich nicht rühren. Konnte nur zusehen, wie sich meine Hand – ohne Zutun meines Willens – nach etwas ausstreckte, was Casey in der Hand hielt. Vorsichtig zog ich ihm den nassen, blutigen Zettel aus den Fingern. *Eine Hand wäscht die andere, dreckiger Schwuler!*

Ich starrte auf die schwarzen Buchstaben, die langsam verschwammen.

»Was ist das?«, fragte Frenchy heiser. Ich drückte ihm das Papier in die Hand. Ich hörte, wie sein Atem stockte.

»Scheißkerle«, flüsterte er. Er zerknüllte das Papier in seiner

Faust. Ich schloss die Augen, um nichts mehr sehen zu müssen. Was sollten wir nur tun? Ich konnte nicht klar denken. Wäre Jack doch nur hier, vielleicht wüsste er eine Lösung. Wir mussten hier weg, wurde mir auf einmal klar . . .

»Wir können ihn nicht hier zurücklassen«, murmelte French. Aber wir wussten beide, dass es nicht anders ging. Wir konnten keine Leiche durch die Straßen schleppen. Morgen würde man ihn finden.

»Die Polizei wird schon von allein informiert werden. Und dann hocken wir umsonst mittendrin.« Meine Stimme klang rau.

»Sie werden sofort *The Cat* auf die Spur kommen. Vielleicht verdächtigen sie ja sogar uns«, sagte Frenchy düster.

»Ach nein. Er ist eine *fairy,* French. Niemand interessiert sich für ihn. Die Polizei hält es wahrscheinlich nicht einmal für notwendig, eine Untersuchung einzuleiten.« Ich wollte so etwas nicht sagen, aber es war die Wahrheit. Das wusste Frenchy auch.

»Die sind froh, dass sie ihn los sind. Wieder einer weniger«, sagte er bitter.

Ich wartete, bis er etwas ruhiger wurde.

»Wisch dir das Blut aus dem Gesicht. Wir verschwinden.« Ich sah ihn hilflos an. »Wir können nichts mehr für ihn tun«, sagte ich leise. Frenchy fuhr sich grob mit dem Ärmel durchs Gesicht.

»Er ist gottverdammt tot, Adrian. Tot! Das kann doch nicht sein?«

Flüchtig durchwühlte er Caseys Taschen. Es war nichts drin. Nichts, was darauf hinwies, wer er war. Nichts, das zu *The Cat* führen könnte.

Ich nahm Frenchy an der Hand und zog ihn mit. Ich war wie betäubt. Mein Gehirn sandte zwar noch Signale an meinen Körper, aber sie schienen jeden Gedanken, jedes Gefühl zu blockieren. Vage wurde mir bewusst, dass wir einen Freund zurückließen, tot zwischen dem Müll. Dass wir ihn nicht wiedersehen würden.

Frenchy lief in Richtung *The Cat,* aber ich folgte ihm nicht. Ohne nachzudenken, lief ich nach Hause. Ich wollte zu Jack.

Neun

Jack war nicht zu Hause. Verdammt! Es war abscheulich, in eine leere Wohnung zu kommen. Ich wollte, ich *musste* es jemandem erzählen. Ich zog meine Jacke nicht aus und setzte mich benommen aufs Sofa. Warum war er nicht zu Hause? Wo war er hingegangen? Ich war sicher gewesen, dass er zu Hause sein würde. Ich klopfte nervös mit dem Fuß auf den Boden, ich konnte nicht sitzen bleiben, stand auf und tigerte durch das Zimmer. Das Zimmer war zu klein. Ich legte eine Grammofonplatte auf. Aber das Schmettern der Trompeten machte mich noch nervöser. Auch Shakespeare und Frenchys Gedichtbüchlein konnten mich nicht beruhigen. Jack würde heute Nacht doch zu Hause schlafen? Er brauchte doch heute Abend nicht zu arbeiten? Er hatte heute Morgen doch schon . . . Ich hörte Gekicher auf der Treppe. Stimmen. Die Tür ging auf.

»Wo bist du gewesen? Warum bist du so spät? Warum warst du nicht zu Hause?«, schleuderte ich Jack böse ins Gesicht. Jo-Annes Kichern stockte sofort. Jack schaute böse zurück, aber dann verwandelte sich sein Blick in Erstaunen.

»Was ist los? Wir waren nur . . . Du siehst gar nicht gut aus.«

»Casey ist tot!« Ich spuckte es aus. Und mit den Worten entluden sich auch alle Emotionen. Ich sank aufs Sofa.

»Was?«, fragte Jack, aber er hatte mich natürlich gehört. Jo-Anne setzte sich neben mich und legte einen Arm um meine Schultern.

»Ruhig, Adrian. Fang vorn an.«

»Wir waren in *The Cat* und Frenchy ging hinaus, um ein bisschen frische Luft zu schnappen, denn es waren fast keine Gäste mehr da. Ich . . . Als er zurückkam . . . Er sagte, ich müsse sofort mitkommen. Zu einer Gasse. Und dort lag Casey. Er war tot. Aber noch nicht, als Frenchy ihn fand. Bis wir gemeinsam zurückkamen, war er tot.« Ich wusste nicht genau, was ich alles sagte, aber an Jacks Gesicht erkannte ich, dass er es verstanden hatte.

»Das . . . das kann nicht sein«, stammelte er. »Bist du sicher?«

»Natürlich!«, rief ich böse. »Glaubst du, dass ich das erfinde? Glaubst du, dass ich dir etwas vorlüge?«

»Vielleicht war es jemand, der Casey sehr ähnlich sieht?«, versuchte JoAnne. Ich schüttelte ihren Arm von mir.

»Niemand sieht Casey ähnlich!« Ich war doch nicht verrückt? »Er trug seinen grünen Anzug! Als würde ich Casey nicht erkennen!« Ich konnte mein Entsetzen und meinen Kummer nicht länger unterdrücken und begann zu weinen. Jack zog mich an sich.

»Es war wirklich Casey«, flüsterte ich an seiner Schulter. »Er ist tot. Da war überall Blut. Auf seiner Jacke.«

»Frenchy hat ihn gefunden?« Ich hörte den beunruhigten Ton in JoAnnes Stimme nicht. »Wo ist er jetzt?«

»Wir haben ihn liegen lassen. Wie konnten wir . . . Wir konnten doch nicht . . .«

»Nein. Wo ist *French?*«

»Zu *The Cat,* glaube ich.« Ich hatte nicht mehr an Frenchy gedacht. Warum fragten sie nach *ihm?* Casey war tot, verdammt!

»Wir müssen zu ihm. Er ist bestimmt vollkommen durcheinander. Wer weiß, was er anstellt.« Jack stand auf.

»Lasst mich nicht allein!« Ich bekam fast keine Luft mehr bei dem Gedanken, sie könnten wieder gehen.

»Dann komm mit.«

Ihre Besorgnis war unbegründet. Wir fanden Frenchy auf einem Barhocker in *The Cat*. Es herrschte Totenstille, als wir hereinkamen. Alf und Robert waren auch da, sie hatten die Tür noch nicht abgeschlossen, aber die Stühle standen schon auf den Tischen. Frenchy rauchte nervös eine Zigarette. Alf starrte schweigend vor sich hin. Robert schüttelte den Kopf und schenkte sich noch einen Schnaps ein.

Wir gingen schweigend auf sie zu. Ich setzte mich neben French auf einen Hocker.

»Wurde er wirklich ermordet?«, fragte Alfie ungläubig. Seine Stimme zerriss die Stille. French blies eine Rauchwolke aus.

»Er war blutüberströmt«, antwortete er scharf. Er war inzwischen ein wenig ruhiger geworden. Seine Augen waren noch rot, aber er weinte nicht mehr. Er schien sich wieder im Griff zu haben. »Sie sind ihm mit einem Messer zu Leibe gerückt.« Er sagte es in einem flachen Ton, eiskalt.

JoAnne stellte sich hinter den Tresen und schenkte uns allen etwas ein. Die Jungs redeten, aber ich konnte nicht gut verstehen, was sie sagten. Es drang wie aus weiter Ferne zu mir. Der blutige Zettel lag auf dem Tresen.

»Was meinen sie damit?«, fragte Alf. »Und von wem stammt das?«

»Eine Hand wäscht die andere . . . Sein Leben für das Geld?«, fragte sich Jack laut. »Er hat die Schulden nicht zurückbezahlt . . .«

»Und dann reagieren sie so?«, fragte Alf ungläubig.

»Von wem, glaubst du, hat er das Geld so schnell und leicht leihen können?«, fragte Jack bissig. »Vom Bürgermeister? Nein, Mann, von Menschen, die genau *so* reagieren!«

»Eine Hand wäscht die andere, *dreckiger Schwuler!«*, sagte French hart. *»Darum* wurde er ermordet! Weil er eine *fairy* ist!« Er schlug mit der flachen Hand auf den Tresen. »Glaubst du, sie hätten einen anderen Mann auch gleich kaltgemacht? Nein! Natürlich nicht! Aber weil er eine *fairy* ist, geht das. Sonst hätten sie ihm vielleicht noch eine Chance gegeben.« Er hämmerte wieder mit der Faust auf den Tresen.

»Vielleicht hätten sie ihn dann erschossen und nicht wie einen Hund niedergestochen«, stimmte ihm Jack eisig zu. Ich merkte, dass mir schwindelig wurde. Ich wollte nicht daran denken, wie Casey niedergestochen worden war. Er hatte noch gelebt, als Frenchy ihn fand. Ich legte den Kopf auf meine Arme und versuchte, an nichts zu denken.

Ich schrak auf, als plötzlich laut ans Fenster gebollert wurde. Wir sahen gerade noch jemanden mit einem Hut wegrennen. Am Fenster klebte ein weißes Blatt Papier. Niemand rührte sich. Alle starrten entsetzt auf das weiße Blatt an der nassen Scheibe. Jo-Anne bewegte sich als Erste. Zögernd ging sie hinaus und holte das Blatt herein. Wieder dieselben schwarz verlaufenen Buchstaben.

»Das war eine erste Warnung. Am 1. Januar 1913 wollen wir alles zurück. 1200 Dollar.«

Ihre Stimme klang brüchig. Niemand sagte etwas.

Vorsichtig legte sie das Papier neben den Zettel, den wir bei Casey gefunden hatten. Jetzt war jedenfalls klar, weswegen er ermordet worden war.

»Sollen wir seine Mörder etwa auch noch *bezahlen?«* Alf war der Erste, der den Mund wieder öffnete. Er drückte aus, was wir alle dachten. Das schrie nach Rache! Sie hatten Casey ermordet und jetzt sollten wir auch noch das Geld für sie ausspucken. Und sie hatten verdammt noch mal auch noch zweihundert Dollar draufgelegt ...

»Wir können nicht anders«, sagte Robert. »Eine erste Warnung. Wer weiß, was sie machen, wenn wir ihnen das Geld nicht geben.«

»Sie *hoffen,* dass wir das Geld nicht aufbringen. Dann ist es vorbei mit *The Fancy Cat!«,* sagte French heftig.

»Oder mit uns.« Niemand hörte Alf zu.

»Und das finden sie wahrscheinlich gerade gut. Wieder ein paar Schwule weniger!«, fuhr Frenchy fort. Jedes Mal, wenn er dieses Wort aussprach, flackerte Hass in seinen Augen.

»Ich glaube nicht, dass sie ihn deswegen ermordet haben, French«, sagte Robert wieder. Er versuchte, ruhig zu bleiben. »Er hatte das Geld nicht. Das ist der Grund. Und wenn wir das Geld bis Neujahr nicht zusammenhaben, gehen sie zum nächsten Schritt über.«

Ich seufzte. Das war alles Harwoods Schuld. Wenn er sich nicht hätte festnehmen lassen, dann hätten wir das Geld sehr wohl gehabt. Ich wollte nicht länger nachdenken, es machte meinen Kopf ganz schwer. Ich wollte plötzlich nur noch schlafen.

»Wir dürfen schon froh sein, dass sie uns noch drei Monate Zeit geben«, fuhr Robert fort.

»Ja, klar!«, rief Alf. »Jetzt haben sie plötzlich Zeit genug. Warum haben sie Casey dann . . .«

»Wenn sie uns gleich um die Ecke bringen, bekommen sie ihr Geld nie. Die Typen sind natürlich auch nicht blöd.« Jacks Stimme klang abwägend. »Caseys Tod soll uns klarmachen, dass nicht mit ihnen zu spaßen ist! Außerdem verlangen sie noch zweihundert Dollar extra von uns . . .«

Ich legte den Kopf wieder auf die Arme. Die anderen redeten immer weiter. Ihre heftigen Worte drangen in meinen Kopf, sodass ich sie hören musste.

»Wir machen nicht schlapp. Wir bringen verdammt noch mal die tausendzweihundert Dollar zusammen!«, sagte Jack entschlossen.

»Ja. Dann kann *The Cat* weiterexistieren, wie Casey es sich erträumt hat«, fügte Frenchy hinzu. »Casey würde es schrecklich fin. . .« Er schluckte. ». . . gefunden haben, wenn wir den Mut so schnell sinken ließen. Aber wir geben nicht auf!« Frenchy zündete sich eine neue Zigarette an. Seine Hand zitterte. Nicht vor Kummer, sondern vor Wut. Vor wilder Entschlossenheit.

Das übertrug sich auf die anderen. Sie würden es diesen Dreckskerlen schon zeigen . . . Neujahr würden wir tausendzweihundert Dollar zusammenhaben. Niemand bekäme *The Cat* klein. Danach würden wir noch zehnmal so viel verdienen. Die Bar würde berühmt werden und mit der Bar auch Casey! So leicht würden sie uns nicht los!

Die Jungs peitschten sich gegenseitig auf. Nur JoAnne sagte nichts. Sie hörte zu und schaute schweigend von einem zum anderen. Und ich wollte bloß noch schlafen.

Zehn

French weckte mich früh am nächsten Tag. Er wollte zu Caseys Wohnung, um Spuren zu verwischen, die eine Verbindung zu *The Cat* herstellen könnten, und um Hinweise auf die Mörder zu suchen. Jack war schon weg zum Hotel, also fragte er mich, ob ich ihn begleiten wolle. Ich hatte keine Lust dazu, aber ich wollte Frenchy nicht im Stich lassen. Und seinem flehenden Blick konnte ich sowieso nicht widerstehen.

Als wir uns der Gasse näherten, in der wir Casey gefunden hatten, zog sich mein Magen zusammen. Ich fragte mich, ob ihn schon jemand entdeckt hatte. Die Vorstellung, er könne immer noch so dort liegen, wie wir ihn zurückgelassen hatten, war schier unerträglich. Aber ich traute mich nicht, meine Gedanken mit Frenchy zu teilen. Ich wollte sie nicht laut aussprechen. So ließen sie sich leichter zur Seite schieben. Vielleicht war sein Leichnam schon gefunden worden, die Polizei schon informiert. Ob sie schon in seiner Wohnung gewesen waren?

Jedenfalls waren in der Nähe der Wohnung keine Polizisten zu sehen. Frenchy steckte den Schlüssel ins Schloss und trat ein. Ich folgte ihm.

Die Wohnung bestand nur aus einem einzigen Raum. An der Wand stand ein großer Kleiderschrank und unter dem Fenster ein einfaches Bett. Es war flüchtig gemacht, als würde Casey heute Nacht wieder darin schlafen. Im Zimmer roch es nach verflogenem Parfüm und es fiel mir auf, wie ordentlich es war. In unserer Wohnung lagen überall Kleidungsstücke herum. Neben dem Bett stand ein Lehnstuhl. Frenchy ging behutsam umher, als befänden wir uns in einem Heiligtum. Es sah nicht danach aus, als wäre schon jemand da gewesen.

»Wir werden nicht viel Arbeit haben.« Seine Stimme klang rau.

Was machen wir hier eigentlich?, fragte ich mich plötzlich. Welche Spuren sollten wir verwischen? Es war überdeutlich, dass Casey eine *fairy* war. Der ganze Raum strahlte das aus. Auf einem Tischchen neben dem Bett befanden sich bestimmt zehn Parfümflakons, eine Puderdose und ein dünner Kajalstift, mit dem er sich die Augen schwarz geschminkt hatte. Auf einem kleinen Sekretär stand eine Vase mit Blumen, die schon zu welken begonnen hatten.

»Ich dachte, er hätte eine viel größere Wohnung«, sagte ich ein wenig unbeholfen. Frenchy schwieg.

»Er schlief auch nur selten hier. Übernachtete häufig in Hotels«, antwortete er nach einer ganzen Weile. Er hatte eindeutig Schwierigkeiten, in der Vergangenheit zu reden.

Ich wagte es nicht, viel anzufassen. Langsam ging ich zu dem Sekretär. Das Schreibmöbel wirkte fast lächerlich gewichtig in dem kleinen Raum, schien nicht dorthin zu gehören. Nicht in dieses einfache Zimmer und auch nicht zu dem Bild, das ich von Casey hatte. Frenchy zog die Schranktüren auf und inspizierte Caseys Kleidung. Er nahm ein Jackett mit einem schrillen Blumenmuster in Blau, Grün, Rot und Rosa heraus und zog es an. Grübelnd starrte er auf sein Spiegelbild in der Schranktür.

»Fairy«, murmelte er verächtlich. Aber er behielt das Ding an.

Eine nach der anderen zog ich die Schubladen des Schreibmöbels heraus. Ich fand jede Menge Kleinzeug, das nicht dorthin gehörte. Ein Kamm und Brillantine. Halstücher und Krawatten. Nur in der obersten Schublade befanden sich Papiere und Briefe.

Ich nahm einen Stapel und blätterte ihn schnell durch. Auf keinem einzigen Blatt war die Handschrift des Drohbriefs zu erkennen.

»Ob er . . .« Ich verschluckte den Rest meines Satzes. Frenchy saß, noch immer im Jackett, auf Caseys Bett und hatte Tränen in den Augen. Ich ging zu ihm und setzte mich neben ihn. Ich wusste nicht, was ich sagen sollte, also schwieg ich. Ich wollte ihn berühren, meinen Arm um seine Schultern legen, aber ich hatte Angst, das Falsche zu tun.

»Himmel, er war so ein guter Kerl«, sagte er mit erstickter Stimme. Er lehnte sich mit dem Rücken gegen die Wand am Kopfende des Bettes und schaute mich an. »Wirklich, Adrian.«

Ich nickte. Frenchy sah an mir vorbei. Seine Augen waren gerötet und seine Wangen glänzten vor Tränen. Er sah hilflos und gleichzeitig unwiderstehlich gut aus. Seine Finger fummelten nervös am Saum des Jacketts, aber sonst rührte er sich nicht. Eine kleine blonde Locke hing vor seinen Augen, doch das schien ihn nicht zu stören.

Er hatte Casey viel besser gekannt, als ich dachte. Als wir allesamt vermuteten, durchzuckte es mich. Armer French. Ich wollte ihn trösten, aber ich traute mich nicht. Er war *zu* attraktiv.

Wie schaffte er das bloß? Egal wann – er sah immer gut aus, ob er nun gerade aus dem Bett kam, sturzbesoffen war oder in Höchstform –, er war immer herzerfrischend verführerisch und aus all seinen Poren strahlten Charme und Leidenschaft. Allein durch seine Erscheinung konnte er mich um den kleinen Finger wickeln, sobald ich nur in seine Nähe kam.

Ich erschrak vor meinen eigenen Gedanken. Frenchy war krank vor Kummer und ich saß hier und fantasierte munter über sein Äußeres.

»Adrian.« Er wartete einen Moment, bis ich ihn ansah. »Danke, dass du mitgekommen bist. Ich hätte das wirklich nicht allein gekonnt.«

»Sei nicht albern, French. Natürlich helfe ich dir. Das versteht sich doch von selbst.« Er lächelte dankbar. Ich spürte eine Verbundenheit in mir aufwallen, die ich nicht sofort in Gedanken oder Gebärden umsetzen konnte. Ein wenig unbeholfen stand ich auf und ging zum Sekretär hinüber.

»Lass uns einfach alle Papiere mitnehmen«, sagte Frenchy. »Für den Fall, dass irgendetwas über *The Cat* oder das Geld darin steht.« Seine Stimme klang auf einmal sehr müde. Auch er stand auf.

»Hier liegt noch Geld«, sagte ich und nahm ein paar Scheine und einige Münzen aus einer hölzernen Federdose. Es war nicht viel. Aber es war ein Schrittchen näher an den tausendzweihundert Dollar, die wir in drei Monaten zusammenhaben mussten. Frenchy nahm das Geld und steckte es in seine Tasche. Er starrte auf die Papiere, die ich bereitgelegt hatte, um sie mitzunehmen. Ich wollte ihn fragen, wie er Casey gefunden hatte. Ob er noch etwas gesagt hatte. Ich wollte die Bilder nicht mehr sehen, aber gleichzeitig wollte ich wissen, was er durchgemacht hatte in diesen letzten Minuten. Aber ich wagte nicht, ihn zu fragen. Ich hatte Angst, er würde wieder zu weinen anfangen. Warum hatte ich Casey nicht besser gekannt? Casey mit seinen verrückten Attitüden. Mit seiner ansteckenden und unverwüstlich guten Laune. Plötzlich tat es mir leid, dass ich mir nicht die Mühe gemacht hatte, ihn wirklich kennenzulernen. Jetzt war es zu spät. Er würde nie wieder einen Fuß in dieses Zimmer setzen. Der Parfümduft würde allmählich schwächer werden, bis ihn der Geruch eines neuen Bewohners vollständig vertrieben haben würde. Die Blumen würden verdorren, der Kleiderschrank würde ausgeräumt werden. Frenchy war der Letzte, der auf Caseys Bett gesessen hatte. Es würde das Bett eines anderen werden.

Ich dachte an das erste Mal, als ich Casey begegnet war. Ich hatte meinen Blick nicht von seiner Erscheinung abwenden können. Er trug einen knallvioletten Anzug über einem kanariengelben Hemd und eine rote Krawatte. Ich hatte fast Kopfschmerzen bekommen, als ich ihn sah. Sein Haar war blondiert und länger gewesen, als eigentlich in Mode. Aber am meisten waren mir damals seine gezupften Augenbrauen aufgefallen, seine kräftig geschminkten Augen und seine gepuderten Wangen. Er hatte sofort gemerkt, dass ich ihn anstarrte, und mir ein Lächeln zugeworfen, als wäre er stolz auf den schockierenden Anblick, den er abgab. Ich würde dieses erste Bild von ihm nie vergessen. Ich war entsetzt gewesen. Bis ich die Person hinter dem Äußeren und der Pose kennengelernt hatte. Casey war viel mehr als sein provozierendes Äußeres. Und doch war es auch ein Teil von ihm. Ich hatte ihn immer um seine Courage bewundert. Er machte sich nichts aus dem, was andere über ihn dachten. Ich sah wieder sein begeistertes Gesicht vor mir, als Robert uns die Neuigkeiten über *The Cat* berichtete . . .

Zum ersten Mal nach seinem Tod wurde mir wirklich bewusst, dass Casey nicht mehr da war.

Elf

Eine Tasse zu drei Vierteln mit Mehl füllen, einen halben Teelöffel Backpulver und einen halben Teelöffel Salz nehmen und alles vermischen.«

Ich hörte, wie JoAnne mit den Zutaten hantierte, die Frenchy ihr nannte. Ich hatte keine Lust auf Essen. Ich hatte keine Lust, gleich wieder in *The Cat* zu gehen.

»Ein halbes Pfund Schweinefett und ein drittel Pfund Butter in das Mehl einarbeiten. Zwei Tassen Milch hinzugeben.« Warum trieben sie plötzlich so einen Aufwand mit dem Essen? Wir hatten dem Kochen nie viel Aufmerksamkeit geschenkt, auch JoAnne nicht. Aber seit Caseys Tod stürzten sie sich hartnäckig auf alles, was sie irgendwie ablenken konnte. Sogar ich konnte mich kaum auf etwas konzentrieren. Nur die Arbeit in *The Cat* brachte mich auf andere Gedanken. Sobald dort viel zu tun war, dachte ich nicht mehr an Casey. Aber vor und nach der Arbeit spukte das Bild seines blutigen Körpers durch meinen Kopf. Tagsüber konnte ich mich zu nichts aufraffen. Ich lag im Bett und wartete auf den Abend, auf die paar Stunden, in denen mein Kopf so voller Bestellungen war, dass ich Casey vergessen konnte. So ging es schon seit einer Woche und ich hatte das ängstliche Gefühl, so würde es für immer bleiben. Ich wünschte, ich könnte wie JoAnne und Frenchy tun, als wäre das alles nicht geschehen. Als wäre Casey nicht tot und als müssten wir seinen Mördern keine gigantische Geldsumme zahlen . . . Ach, ich wusste natürlich, dass Frenchy es noch viel schwerer hatte als ich. Seine Bewegungen waren weniger geschmeidig, der harte Blick stieg schneller in seine Augen. Aber er wollte mit niemandem darüber sprechen. Er versuchte, sich gemeinsam mit JoAnne in nutzlosen Tätigkeiten zu verlieren.

»Muss ich das Huhn nicht zuerst kochen?«

»Du musst es erst ausnehmen und dann schmoren.«

Der Brief, der am Fenster geklebt hatte, ließ mich nicht los. Wer war der Gläubiger, der Casey auf so schreckliche Weise ermordet hatte? Casey hatte ihn als »einen Bekannten« bezeichnet. Ich versuchte, mich zu erinnern, ob er jemals einen Namen genannt hatte. Auch in seiner Wohnung hatten wir keine Hinweise entdeckt ... Ich fand den Gedanken unerträglich, dass wir so viel Geld für diesen unsichtbaren Dreckskerl zusammenkriegen mussten.

Ich hörte, wie Frenchy den Ofen schürte, und es dauerte nicht lange, bis die Wärme die ganze Wohnung füllte. Ich schloss meine Augen wieder und versuchte noch ein wenig zu schlafen. Nur noch kurz und wir mussten schon wieder an die Arbeit. Langsam fand der Hühnchenduft einen Weg in meine Nase.

»Adrian.« Jack lehnte an der Schlafzimmertür. »Wir können essen«, sagte er leise, aber ich reagierte nicht. Ich hielt die Augen fest geschlossen, obwohl ich wusste, dass er sehen konnte, dass ich nicht schlief. Er kannte mich zu gut. Ich hörte, wie er ins Zimmer kam. Die Matratze bewegte sich, als er auf das Bett krabbelte, ich wurde seiner Wärme gewahr, bevor ich seinen Körper spürte. Er kuschelte sich an meinen Rücken und legte seinen Arm um mich.

»Was ist los?«, flüsterte er in meinen Nacken. Ich antwortete nicht. Sein Arm blieb geduldig liegen.

»Ich muss ständig an Casey denken«, brachte ich schließlich

raus. Meine Stimme zitterte, als ich seinen Namen aussprach. »Und an das Geld. Wir bezahlen verdammt noch mal seinen Mörder . . .«

»Nein, wir bezahlen, um dafür zu sorgen, dass *The Cat* weiterbestehen darf«, beschwichtigte er mich. »Genau wie Frenchy sagte.« Am Klang seiner Stimme hörte ich, dass er selbst nicht ganz davon überzeugt war. Er konnte das wütende Zittern nicht bezwingen. Er legte seine Hand auf meine und streichelte mit dem Daumen über meine Finger.

»Es wird alles gut«, flüsterte er. Ich wollte ihm nur zu gern glauben, aber ich konnte es nicht. Tausendzweihundert Dollar . . . Wo sollten wir die herholen?

Als er wieder aufstand, folgte ich ihm zum Tisch.

»Wir dürfen den Kopf nicht hängen lassen. Wir müssen etwas unternehmen, einen Plan schmieden«, sagte er zu French und JoAnne.

»Einen Plan?«, fragte Frenchy, aber ich las in seinen Augen, dass er sehr wohl wusste, worüber Jack sprach. Auf dem Tisch stand eine Schüssel mit Huhn unter einem Teigmantel.

»Unser kleines Unternehmen bringt nicht genug ein.« Jack meinte ihre Erpresserpraktiken. »Und *The Cat* auch nicht. Nicht einmal, wenn wir jeden Abend einen Haufen Gäste haben.«

»Wir zahlen also«, sagte JoAnne.

»Das müssen wir wohl«, antwortete Jack. Er schnitt ein Stück aus der Hühnchenpastete und wollte es auf meinen Teller legen, aber ich schüttelte den Kopf. Ich hatte keinen Appetit.

»Wir lassen nicht zu, dass sie *The Cat* kaputt machen!«, sagte Frenchy grimmig.

»Aber wir bezahlen Caseys Mörder!« Ich wusste, dass sie recht hatten, aber ich konnte diesen Gedanken kaum ertragen.

»Sie hoffen, dass wir nicht bezahlen. Dann können sie uns einen nach dem anderen umbringen und *The Cat* zugrunde richten. Aber diese Chance geben wir ihnen nicht!« Frenchy blieb bei seinem Standpunkt, obwohl die anderen ihn für weit hergeholt hielten. Auch ich glaubte nicht, dass es den Gläubigern darum ging, *The Cat* zu ruinieren. Sie wollten einfach ihr Geld zurück. Aber ich glaubte sehr wohl, dass Casey nicht so schnell und bestialisch ermordet worden wäre, wenn er keine *fairy* gewesen wäre. Frenchys Worte hatten sich in meinem Kopf festgesetzt. Die Leute sahen auf *fairys* herab, sahen auf uns herab ... French hatte recht. Wir mussten das Geld zusammenbringen, um zu zeigen, dass wir uns nicht auf der Nase herumtanzen ließen. Nur wussten wir noch nicht, wie wir das hinkriegen sollten. Ich pulte an einer Kruste, die am Rand der Schüssel festgebacken war.

»Wir müssen uns allmählich etwas überlegen. Wir haben schon eine Woche verstreichen lassen, ohne etwas zu unternehmen«, sagte JoAnne.

»Wir müssen uns etwas ausdenken, was viel Geld einbringt. So wie unser Immigranten*business* vor zwei Jahren«, sagte Jack heftig. Aber ich wollte nicht wieder in den Hafen, um arglose Immigranten zu prellen. Jack war deswegen festgenommen worden. Sie hatten ihn damals fast sofort wieder freigelassen, aber das würden sie bestimmt kein zweites Mal tun. Ich seufzte tief. Ich hatte keine Lust auf weitere krumme Geschäfte. Aber hatten wir eine andere Wahl?

»Wir müssen uns etwas Neues ausdenken«, sagte ich, bevor sich Jack allzu sehr für seinen eigenen Plan ereifern konnte.

»Es ergibt sich bestimmt bald eine Gelegenheit«, äußerte Frenchy. »So haben wir doch auch mit unserem kleinen Unternehmen angefangen, weißt du noch?« Jack nickte. »Wir halten die Augen offen und ergreifen jede sich bietende Gelegenheit.« Frenchy schien sich seiner Sache sicher.

»Und wenn wir so eine Chance bekommen, dann setzen wir uns dafür ein«, ergänzte Jack. Sie waren sich mal wieder einig. Frenchy grinste.

»Machen wir!«

Ich wünschte, ich könnte ihre selbstsicheren Blicke genauso entschlossen beantworten. JoAnne sah mich ermutigend an und ich lächelte mühsam.

ZWÖLF

Ich sah, dass Frenchy den Mann schon eine Zeit lang beobachtete. Geld!, schrien dessen Kleidung und Haltung. Mehr Geld, als wir in der Umgebung von *The Cat* gewohnt waren. Er fummelte an den Lederhandschuhen auf seinem Schoß herum. Sein Hut lag neben ihm auf dem Tisch, aber er hatte seinen Mantel nicht ausgezogen, als schaue er nur kurz herein. Aber er saß schon seit einer halben Stunde dort. Als ich seine Bestellung aufnehmen wollte, hatte der Mann erschrocken aufgesehen und schnell etwas gemurmelt. Als hätte er überhaupt nicht damit gerechnet, dass ihn ein Kellner fragen würde, was er in einer Bar trinken wolle. Wir kannten diese Art von Männern mittlerweile. French hatte mir beigebracht, sie zu erkennen. Er wusste, was sie wollten, aber er liebte es, sie schwitzen zu sehen. Sie fühlten sich so herrlich unwohl in diesem Viertel. Wahrscheinlich hatte der Mann Todesängste ausgestanden, um hierherzukommen, in jedem Bettler oder jedem Rüpel einen Mörder gesehen, der es auf ihn abgesehen hatte. Er hatte sich bestimmt Mühe gegeben, durch den Mund zu atmen, um den Gestank nicht zu riechen, hatte auf jeden Schritt geachtet, um nicht in Dreck oder Morast zu treten oder auf halb verrotteten Gemüseresten auszurutschen. Er hatte um sich gespäht, bevor er hier eintrat, obwohl er wusste, dass ihn niemand erkennen würde. Die Leute hier lasen keine Zeitungen, die meisten konnten nicht einmal lesen. Aber Frenchy hatte ihn erkannt, sobald er zögerlich auf der Schwelle gestanden hatte. Er hatte ein Grinsen nicht unterdrücken können. Jetzt müsse er allmählich in Aktion treten, flüsterte er mir zu, bevor der Mann wieder weggehe. Ich sah zu, wie der Meister das Spiel spielte.

»Guten Abend, *Sir«,* sagte er und lachte gefällig, »kann ich Ihnen mit irgendetwas dienen?« Der Mann schaute auf und fragte sich, ob er schon einen Fisch am Haken hatte. Ob er diesen Jungen würde fragen können.

»Womit könnten Sie mir denn von Diensten sein?«, fragte er vorsichtig.

Frenchy ließ seine Finger träge über die Tischplatte gleiten.

»Ich kann Ihnen noch etwas zu trinken besorgen und Sie warten bis zwei Uhr. Dann bin ich für heute hier fertig und kann Ihnen alles bieten, was Sie möchten.« Er lachte wieder einnehmend.

»Gut, dann nehme ich jetzt noch ein Likörchen . . .« Der Mann räusperte sich. »Und dann warte ich gern noch eine Weile.«

»Sie bezahlen das Zimmer. Und zwei Dollar für mich.« Der Mann nickte flüchtig, als hätte er Angst, jemand würde ihnen zuhören.

Frenchy brachte ihm seinen Likör, ohne noch ein Wort über ihre Verabredung zu verlieren. Er ignorierte den Mann ansonsten und bediente die anderen Gäste, als wäre nichts geschehen.

Dann winkte er mich herbei. Nicht, um mit seiner Taktik zu prahlen, sondern weil er einen Plan hatte. Er studierte mein Gesicht, während er mich einweihte, und genoss die Wirkung seiner Worte. Er war verrückt. Das konnten wir nicht machen!

»Wir fragen Jack, ob er dafür ist. Wenn er es für einen guten Plan hält, machen wir es. Was meinst du?«

Ich konnte nichts dagegensetzen. Es würde sowieso auf zwei gegen einen hinauslaufen. Und ich vertraute Jack . . . Obwohl ich wusste, dass ich das bei diesen Geschäften lieber nicht sollte.

Frenchy grinste triumphierend, als er sah, dass ich mich fügte.

»Wann kommt Jack?«

»Nach seiner Arbeit – also gleich. Er holt mich ab.«

»Informierst du ihn?« Ich nickte.

»Wir werden einen Coup landen, mein Freund. Das ist ein großer Fisch, das kann ich dir garantieren.« Er grinste und legte einen Arm um meine Schultern. *Fancy* Katzen mögen Fisch.«

Wir mussten an diesem Abend nur zwei Gäste vor die Tür setzen, als wir schließen wollten. Die anderen hatten die leisen Andeutungen, die wir ab halb zwei streuten, verstanden. Frenchys Mann saß noch dort, aber Robert hatte mittlerweile begriffen, dass der nicht ohne Frenchy abziehen würde. Der Pianist – ich konnte mir seinen Namen einfach nicht merken – nahm seinen Hut und ging ohne ein Wort. Er sprach nie viel. Es war ein seltsamer, etwas unwirscher Kerl, aber er brachte die Gäste mit seiner Musik in Stimmung. *The Cat* lief gut. Die Gäste kamen wieder und brachten neue Gäste mit. Robert hatte Alfie sogar als dritten Kellner eingestellt. Während der Woche hatten wir bis zwei Uhr geöffnet, sodass die Leute nach dem Varieté oder Theater noch hierherkommen konnten. Samstags hatten wir gar keine feste Schließungszeit, dann hielten wir so lange offen, wie noch Gäste da waren. Es würde nicht mehr lange dauern, bis *The Cat* zum Begriff geworden wäre. Ein Schauder des Vergnügens lief über meinen Rücken, wenn ich daran dachte. Zum Glück wussten unsere Gäste nichts von der Deadline, die Caseys »Bekannter« uns gestellt hatte und die zentnerschwer auf unseren Schultern lastete. Knapp zweieinhalb Monate hatten wir noch. Ich versuchte, nicht darüber nachzugrübeln, versuchte, meine Ängste und Zweifel zu unterdrücken. Wir würden das Geld zusammenkriegen. *The Cat* bekam niemand klein. Ich versuchte zu glauben, was die Jungs immer wiederholten. Es würde uns gelingen, *The Cat* würde wachsen. Damit Casey nicht umsonst gestorben wäre. Und jetzt hatte Frenchy also schon wieder einen Plan ...

Sobald er mich eingeweiht hatte, konnte ich meinen Blick nicht mehr von der Uhr wenden. Jetzt, wo es so weit war, plagte mich ein dumpfes Pochen in meiner Brust. Jack, der gerade erst eingetroffen war, zwinkerte mir frech zu. Er hatte Lust auf den Coup.

Frenchy und sein Herr zogen ab. Es handelte sich um irgendeinen Architekten, den er aus der Zeitung kannte. Der Mann hatte sein eigenes Mietshaus erbauen lassen und inzwischen gab es vier Anzeigen von Bewohnern gegen ihn, weil durch ihre Wohnungen allerlei Türen und Gänge liefen, durch die er seine eigene Wohnung erreichen konnte. Das hatte Frenchy mir in Kurzfassung erzählt. Ich schaute ihnen durch das Fenster nach. Sie gingen dicht nebeneinanderher. Würde sein Plan gelingen? In einiger Entfernung blieb Frenchy plötzlich stehen. Er entschuldigte sich und eilte wieder zurück.

»Bitte schön, Jungs«, grinste er und legte triumphierend einen Schlüssel auf den Tresen. »Beeilt euch, ich bin hundemüde. *Lex Residence, Lexington Avenue, 50th Street, first floor.*« Und er verschwand wieder nach draußen.

Jack grapschte nach dem Schlüssel. Wir verabschiedeten uns von Robert und Alf und machten uns auf den Weg.

Wir gingen zügig. Ich wusste nicht, wie viel Zeit wir hatten. Gerade ausreichend, meinte Jack. Wie lange konnte Frenchy den Mann beschäftigen?

Leichter Regen setzte ein. So weich, dass man ihn kaum spürte, aber ich sah die Tropfen im Licht der Straßenlaternen fallen.

»Hier ist es«, flüsterte Jack beinahe feierlich. Der Bürgersteig unter unseren Füßen hatte sich schon vor geraumer Zeit verändert. War weiter geworden, schöner, flacher. Wir standen vor einem breiten Haus mit dunklen Fenstern. Plötzlich juckte es mich schrecklich an den Händen und auf dem Rücken.

»Sollte nicht einer von uns draußen stehen bleiben?«, flüsterte ich Jack zu. Der schüttelte den Kopf. Ich vertraute ihm, ohne zu wissen, weshalb. Hierin hatte er doch keine Erfahrung, oder? Unglaublich selbstsicher drückte er die Tür auf und betrat mucksmäuschenstill den Hausflur. Das kalte Weiß des Marmors leuchtete auf, als der Lichtschein der Laternen hinter uns eindrang. Es roch nach einer seltsamen Mischung aus Pfeifentabak und einem schweren blumigen Parfüm. Geräuschlos huschte Jack zu der einzigen Tür, die vom Hausflur abging. Vor uns lag eine große Treppe. Es schien, als hätte der marmorne Flur alles Licht gesammelt, denn als die Haustür hinter mir ins Schloss fiel, konnte ich Jack trotzdem mühelos zur Tür folgen. Ich hörte, wie er den Schlüssel im Schloss drehte, und im nächsten Moment stand er in der Wohnung. Es war nicht stockdunkel, wie ich befürchtet hatte. Große Fenster gingen zur Straßenseite hinaus und die Vorhänge waren nicht zugezogen.

»Wohnt dieser Typ hier allein?« Jack merkte nicht, wie erstaunt meine Frage klang.

»Er ist nicht verheiratet. Aber vielleicht hat er Personal. Wir müssen vorsichtig sein.«

Das waren nicht gerade die beruhigenden Worte, auf die ich gehofft hatte. Ich nahm mir kurz die Zeit, meine Augen an die düstere Umgebung zu gewöhnen. Ich erwartete jeden Moment,

Nachbarn durch die Türen und Gänge auftauchen zu sehen, von denen Frenchy mir erzählt hatte.

Es machte sich offensichtlich gut bezahlt, Häuser zu entwerfen. Im Esszimmer stand ein Tisch, an dem ein vollständiges Bataillon Platz gefunden hätte. Die Stühle hatten eine federnde Sitzfläche und eine halbe Meile weiter hinten standen Lehnsessel, aus denen man nie wieder herauskommen würde, sobald man sich in die Kissen fallen ließe. Schränke blickten wie schwergewichtige Bewacher auf uns nieder. Was bewachten sie? Was war in ihrem Inneren?

Jacks Schritte wurden durch dicke Teppiche gedämpft, die den Boden der gesamten Wohnung bedeckten. Er bewegte sich wie ein Schatten durch das Wohnzimmer, zog Schubläden und Schränke auf.

»Such dahinten«, flüsterte er und wies auf ein anderes Zimmer. Er zog einen Strauß Kunstblumen aus einer Vase und tastete hinein. Das Zimmer, das er mir zugewiesen hatte, sah aus wie ein Arbeitszimmer mit Bibliothek. An den Wänden standen Bücherschränke und beim Fenster ein wuchtiger Schreibtisch mit einem Stuhl. Ich ging sofort dorthin und begann in den Papieren und Sachen zu wühlen, die über den gesamten Tisch verstreut lagen. Das Geraschel machte einen Heidenlärm, ich konnte Jack im Nebenzimmer kaum hören. Ich war wie versteinert, als plötzlich ein Mann vor dem Fenster auftauchte. Er sah mich direkt an. Durch den Schein der Laterne fiel der Schatten seines Hutes über sein Gesicht. Er stand kaum drei Meter von mir entfernt. Ich wollte abtauchen, unter den Schreibtisch kriechen, aber ich konnte mich nicht rühren.

»Adrian«, flüsterte Jack im Zimmer neben mir. Ich konnte nicht antworten. Seine Stimme drang nur mit Mühe zu mir durch.

»Adrian«, sagte Jack wieder, jetzt beunruhigter. Er betrat den Raum. Ich wollte ihn warnen, wegschieben, selbst wegspringen, aber ich konnte nur unbeweglich stehen und auf den Mann starren, der sich nun eine Zigarette anzündete.

Jack legte eine Hand auf meine Schulter. Ich erschrak.

»Der sieht uns nicht. Es ist zu dunkel hier drin.« Der Mann drehte sich um und ich konnte endlich wieder Luft holen.

»Komm, schau dir das an.« Jack zog mich wie ein kleines Kind am Arm mit ins Wohnzimmer. Ich schaute schnell noch einmal nach hinten, um zu sehen, ob ich Spuren hinterlassen hatte. Jack nahm meine Hand und ließ meine Finger an der Seite des Kamins entlanggleiten.

»Hast du es gespürt?« Aber ich war zu nervös, um irgendetwas zu spüren. Über uns hörte ich ein Poltern. Wir hatten keine Zeit für Spielchen.

»Fühlst du den Spalt?« Er ließ meine Hand los, fingerte eine Klappe auf und brachte eine Zigarrenkiste zum Vorschein. Sie sprang fast von allein auf, so dick war das Geldbündel, das darin lag. Bestimmt mehr als zweihundert Dollar!

»Wir haben es, lass uns abhauen«, flehte ich. Das Poltern schien näher zu kommen. Kam da jemand die Treppe hinunter?

»Wir sind lange genug hier gewesen.« Wie viel Zeit hatten wir? Frenchy hatte gesagt, wir sollten uns beeilen. Gleich würde der Mann zurückkommen. Oder jemand anderes. Das Zimmer schien mir auf einmal enorm hell. Mich überfiel das Gefühl, jeder müsste uns hören und sehen können. Wir mussten hier weg. Jetzt!

Jack nickte und versteckte das Kistchen unter seiner Jacke, während wir zur Wohnungstür huschten. Er schloss die Tür behutsam und für mein Gefühl viel zu langsam hinter uns ab. Ich wollte aus dem Flur spurten und rennen, bis wir wieder in unserem eigenen Viertel waren. Aber ich wagte es nicht, ohne Jack wegzulaufen, und auch nicht, im Flur zu flüstern. Das Poltern über uns war verstummt. Unsere Schritte waren kaum zu hören. Bis die Haustür mit einem Klicken hinter uns zufiel, hatten wir die Straße schon fast hinter uns gelassen.

Dreizehn

JoAnne hatte die Hausarbeiten übernommen, um die Jack und ich früher gelost hatten. Wir hatten nichts gesagt und sie hatte nicht gefragt, aber unmerklich hatten sich unsere Gewohnheiten verändert, hatten sich der Anwesenheit einer Frau im Haus angepasst. Ich fand es nicht mehr seltsam, dass sie da war, wenn ich nach Hause kam. Oder dass mich ihr Gesumme morgens weckte. Sie stand sehr früh auf und allmählich spürte ich wieder etwas vom morgendlichen Leben. Manchmal saßen wir gemeinsam in der Frühe am Tisch und tranken Kaffee. Meistens sprachen wir nur ganz wenig. Wir genossen die erwachende Stadt und das Nichtstun. Was ich mir selbst kaum einzugestehen wagte, war, dass ich es durchaus auch einmal genoss, so ohne Jack mit JoAnne. Wenn es regnete, erwachte die Stadt viel langsamer zum Leben.

Manchmal saßen wir auch nachts noch ein wenig zusammen, wenn *The Fancy Cat* zugemacht hatte. Wir gingen nie sofort zu Bett. Unser Lebensrhythmus hatte sich komplett verschoben. Nachts war Jack meist dabei und dann konnte ich mir nicht vorstellen, dass mir seine Abwesenheit manchmal guttat. Ich wollte ihn dann gern ganz dicht neben mir auf dem Sofa haben und JoAnne auf der anderen Seite. Wir lauschten zu dritt dem Grammofon und legten abwechselnd eine neue Platte auf.

Heute Nacht war Jack nicht da. Er musste für den Nachtwächter einspringen in dem Hotel, in dem er arbeitete.

Es war angenehm, nach einem lebhaften Abend in aller Ruhe

zu Hause zu sitzen. *The Cat* lief gut und wir mussten hart arbeiten. Wir versuchten, uns weniger Sorgen um Caseys Bekannten zu machen, versuchten, weniger zu grübeln. Das Geld würden wir zusammenkriegen. Uns blieben noch zwei Monate und Frenchys Plan hatte eine Menge eingebracht. Gut zweihundertfünfundsiebzig Dollar waren in dem Zigarrenkistchen gewesen. Und wir hatten vor, noch einmal loszuziehen. Es würde uns gelingen. *The Cat* war *wirklich* ein Traum, der wahr wurde. Nicht plötzlich, wie im Märchen, sondern langsam aber sicher, indem wir viel und hart arbeiteten.

JoAnne und ich starrten hinaus. Der Regen klopfte sanft an die Scheibe. In launischen Linien schlängelte sich das Wasser daran hinunter. Das Licht der Straßenlaternen spiegelte sich seltsam darin wider.

»Denkst du noch oft an den Klub?«, fragte ich vorsichtig. JoAnne wandte den Kopf, sah mich an und nickte langsam.

»Jeden Abend. Und manchmal denke ich, dass ich Veronica sehe. Auf der Straße oder zwischen den Gästen in *The Cat*. Letzte Woche bin ich sogar einem Mädchen hinterhergelaufen. Gerade als sie ein Haus betreten wollte, holte ich sie ein. Ich tippte ihr auf die Schulter und sie drehte sich um. Aber sie war es nicht. Ich weiß nicht, was in mich gefahren war. Ich dachte wirklich, sie sei es! Dass ich mich irgendwie geirrt hatte bei dem Brand.« Sie lehnte ihren Kopf an meine Schulter.

»Du hältst mich bestimmt für gestört.«

Ich schüttelte den Kopf.

»Das tue ich nicht«, sagte ich, als mir bewusst wurde, dass sie mein Kopfschütteln nicht sehen konnte.

»Du bist wirklich lieb, Adrian.« Die Platte war abgelaufen, aber ich wollte JoAnne nicht von mir schieben, um die Nadel erneut daraufzusetzen. Ich fragte mich, ob ich ihr erzählen konnte, dass ich meinen Bruder auch überall zu sehen meinte, als ich gerade erst in New York war und ihn so schrecklich vermisste. Aber Alexander war nicht tot. Ich sagte nichts.

Das Prasseln des Regens und JoAnnes Wärme machten mich schläfrig.

Als es an der Tür klopfte, stand ich widerwillig auf.

Es war Frenchy. Triefend nass stand er vor unserer Tür, ohne Jacke, ohne Kappe.

»Darf ich kurz reinkommen?«

»Natürlich. Du bist ja völlig durchweicht.«

»Schon wieder einen heftigen Streit mit meinem Mitbewohner gehabt. Ich bin wütend rausgestürmt und erst da wurde mir klar, dass ich nichts bei mir hatte. Aber ich war zu dickköpfig, um wieder hineinzugehen und meine Jacke zu holen.« Er schälte sich aus seinem nassen Westchen und knöpfte sein ebenso durchweichtes Hemd auf. »Dieser Kerl reizt mich bis aufs Blut. 'n Abend, JoAnne.« Ich suchte im Schlafzimmer nach einem Hemd und einer Hose, die noch einigermaßen sauber waren.

»Hier, zieh das an, bevor wir hier einen Teich haben.« Frenchy warf seine Kleidungsstücke in das Waschbecken.

»Treibt mich wirklich zum Wahnsinn.«

»Was macht er denn?«, fragte JoAnne.

»Meistens nur kleine Dinge. Aber das häuft sich an. Als ich heute Mittag nach Hause kam, hatte er all meine Hemden, die ich zum Trocknen aufgehängt hatte, zusammengeschoben und seine eigenen Kleidungsstücke schön ausgebreitet aufgehängt. Meine Hemden waren noch patschnass!« Frenchy begann sich aufzuregen. »Er macht nie den Abwasch nach dem Essen. Also muss ich erst alles spülen, wenn ich essen will. Er geht an meine

Sachen. Er unterstellt mir alles Mögliche. Vorhin ist er ausgerastet, weil ich ihn angeblich immer aufwecke, wenn ich nach Hause komme . . .«

»Reg dich nicht auf, du kannst hierbleiben, wenn du willst«, sagte ich. »Jack ist heute Nacht sowieso nicht da.«

»Danke!«

Ich machte uns dreien noch eine Tasse warme Milch und eine halbe Stunde später gingen wir zu Bett. JoAnne schlief wie immer auf dem Sofa.

French zog sich aus und kroch neben mir ins Bett. Ich lauschte im Dunkeln seinem Atem. Es war seltsam, neben jemand anderem zu schlafen.

»Glaubst du, dass Jack das schlimm findet?«, flüsterte Frenchy plötzlich. Seine Frage erstaunte mich. Ich drehte mich unruhig zur Seite.

»Er hat doch keinen Grund, das schlimm zu finden?«

French antwortete nicht, aber ich ging davon aus, dass er den Kopf schüttelte.

Ich schob mich etwas weiter Richtung Bettkante, aus Angst, in der Nacht unbewusst zu ihm zu rutschen. Ich versuchte, nicht an Frenchys nackten Körper so dicht bei mir zu denken. Wenn ich meine Hand ausstrecken würde . . . Ich lauschte wieder seinem Atmen und hörte, dass auch er noch nicht schlief. Dachte er an mich? Würde ich seiner Hand auf halber Strecke begegnen, wenn ich . . . Ich dachte hartnäckig an Jack. Was würde er sagen, wenn er uns früh am nächsten Morgen hier fand? Ich probierte, mich auf den Schlaf zu konzentrieren, der sich nicht einstellen wollte.

Vierzehn

Bist du sicher, dass die Mädchen schlafen?«, flüsterte ich Jack zu, bevor er die Klinke herunterdrückte.

»Warum in Gottes Namen sollten sie noch wach sein?«

»Würdest du es nicht ausnutzen, wenn der Herr und die Frau des Hauses einmal ausgingen?«

»He, Adrian, willst du hier eine Predigt halten? Hättest du nicht mitgehen wollen, hättest du das vorher sagen müssen, nicht jetzt. Wir haben keine Zeit herumzudiskutieren«, zischte Jack böse. Ich hielt die Klappe. French stand dicht hinter mir. Ich konnte nicht weglaufen. Ich konnte nur hinter Jack hineingehen. Frenchy schloss die Tür hinter uns und wir zogen die Schuhe aus. Es lagen fast keine Teppiche in der Wohnung. Wir taten gut daran, sehr leise vorzugehen. Auf Strümpfen lief ich hinter Jack her, die Schuhe in der Hand. Ich fand es beklemmend zu wissen, dass auf der anderen Seite der Wohnung Hausmädchen schliefen. Vielleicht schliefen auch Kinder in den Zimmern. Was, wenn wir das falsche Zimmer betreten würden? Aber ich traute mich nicht, noch etwas zu sagen. Ich ließ meine Hände über Schränke gleiten, nahm Bücher von ihrem Platz, öffnete Schubladen und Schachteln. Fast schon Routine – zumindest die Bewegungen. Aber an die Angst würde ich mich nie gewöhnen. Jack und Frenchy schienen damit keine Probleme zu haben. Als fänden sie dies hier ebenso normal, wie in unserer eigenen Wohnung herumzustöbern. Wie beim letzten Mal spürte ich das dumpfe Pochen in meiner Brust.

Aber es war notwendig. Wenn wir *The Fancy Cat* behalten wollten, wenn wir unseren Traum wahr machen wollten, mussten wir das Geld für Caseys Bekannten irgendwie zusammenkriegen. Und das hier half. »Das ist doch nicht anders, als Immigranten im Hafen zu betrügen«, hatte Jack mir vorgehalten. »Und das hast du auch ohne Probleme gemacht.« Ich hörte Frenchy und Jack in einem anderen Zimmer leise miteinander reden und fragte mich, ob es um mich ging. Sollte ich zu ihnen gehen? Dann verbannte ich diesen idiotischen Gedanken aus meinem Hirn und versuchte mich auf das zu konzentrieren, weswegen wir gekommen waren. Ich stellte meine Schuhe kurz auf dem Boden ab und zog einen Schrank auf. Das wenige Licht im Zimmer spiegelte sich im Tafelsilber. Zwölf glänzende Löffel lagen ordentlich nebeneinander, daneben zwölf Gabeln und Messer. Ich öffnete eine weitere Schranktür und fand darin noch einmal zwölf kleinere Löffel, Gabeln und Messer. Ich fragte mich, wie viel das alles wohl wert sei, überlegte gleichzeitig, dass wir es nicht mitnehmen konnten und dass es nicht so schlimm sei für diese Leute, wenn wir Geld von ihnen stahlen. Ich spürte eine Hand auf meiner Schulter und erschrak fast zu Tode.

»Schau dir das mal an, wir haben etwas Schönes gefunden«, flüsterte mir Jack schmunzelnd ins Ohr. Ich atmete auf und folgte ihm ins Wohnzimmer, das zur Straße hinausging. Frenchy hatte einen Packen Fotos auf dem Boden ausgebreitet. Wir hockten uns neben ihn.

»Pfui Teufel, wo hast du die denn gefunden?« Es waren Fotos von nackten Frauen vor exotischen Kulissen.

»Hier, schau dir das an. Wer glaubt denn, dass diese Trine mit nacktem Hintern im Schnee sitzt?« French lachte. Die Fotos waren abstoßend. Die Frauen hatten ein künstliches und gefälliges

Lächeln und tote Augen. Es waren junge Frauen, aber sie wirkten verlebt. Sie lagen auf Bänken, räkelten sich auf flauschigen Teppichen oder saßen mit geöffneten Beinen und schielten zum Fotografen hinüber. Ich war froh, dass es zu dunkel war, um alle Details unterscheiden zu können.

»Wer beschäftigt sich denn um Himmels willen mit so etwas?«, fragte ich. Mir grauste.

»Glaubst du, seine Frau weiß davon? Dass ihr ehrenwerter Ehemann solche Bilder appetitlich findet?«, fragte Jack gemein.

Ich starrte auf das Foto einer Frau, die ihre Beine gespreizt hatte, und mit den Händen hinter dem Kopf bis zu den Knöcheln im Meer stand. Ich schaute auf die dunklen Haarbüschel unter ihren Armen und zwischen den Beinen und dachte an Jo-Anne.

»Schade, dass wir seine Reaktion nicht sehen können«, sagte Frenchy. »Oder die seiner Frau.« Er dekorierte das gesamte Zimmer mit den Fotokarten, stellte eine ganze Reihe auf den Kaminsims, legte eins auf den Beistelltisch zwischen die Whiskeygläser und verstreute den Rest auf dem Boden.

Ich sah an Jacks Reaktion, dass etwas nicht stimmte, noch bevor ich den Schlüssel im Schloss hörte. Eine Hand drückte mir die Kehle zu und legte sich um mein Herz. Jack stand wie versteinert und lauschte den Schritten im Gang. French ließ die Fotos fallen.

Meine Schuhe, wollte ich sagen, aber ich brachte keinen Laut über die Lippen. Ich wusste natürlich, dass wir uns aus dem Staub machen mussten, aber mein Kopf ließ mich im Stich und ich konnte nicht überlegen, wie und wohin. Die Schritte kamen näher. Dann wurde die Tür des Zimmers neben dem Wohnzimmer geöffnet. Ein Poltern war zu hören. Licht ging an und schien durch den Türspalt. Jack schoss an mir vorbei zum Fenster.

»Die Feuertreppe«, flüsterte er. Er fummelte am Fenster herum, aber es ging nicht auf.

»Keine Zeit!«, zischte Frenchy. Er lief zur Tür und presste sich mit dem Rücken gegen die Wand. Seine Hand flog zum Schlüsselloch, aber der Schlüssel steckte auf der anderen Seite der Tür. Die Klinke bewegte sich nach unten und die Tür wurde geöffnet. Ein großer Lichtfleck fiel über den Boden und ein Mann betrat den Raum, wir konnten nur seine dunkle Silhouette ausmachen. Frenchy packte ihn sofort und drückte ihn an die Wand. Jack eilte an mir vorbei und drückte die Tür zu, sodass es gleich wieder dunkel wurde. Der Mann sagte nichts. Ich hörte, wie er sich sträubte und hinter Frenchys Hand gedämpft protestierte.

»Wenn du schweigst, tun wir dir nichts«, zischte Jack. Auch er hielt den Mann nun fest. Der Protest verstummte. Ich ging zu ihnen, um zu helfen, aber sie hatten den Mann fest im Griff.

»Wo ist dein Geld?«, fragte Frenchy. Der Mann gab keinen Mucks von sich.

»Wo ist dein Geld?«, fragte Frenchy wieder und schüttelte den Mann kräftig durch. Er nahm seine Hand von dessen Mund.

»Bitte, tut mir nichts«, jammerte er.

»Wo ist dein Geld, Kerl!«, fuhr Jack ihn böse an. Ein zitternder Finger wies in Richtung Tür.

»Sag es!«

»Im Geschirrschrank!«, erklang es leise. »Unter den kleinen Löffeln.«

Ich zog die Tür auf und ging wieder zum Geschirrschrank. Verdammt, das hätte ich eben doch sehen müssen! Weil das

Licht im Zimmer brannte, wusste ich sofort, wo ich suchen musste. Ich kramte durch die Löffel. Mein Atem ging schnell. Was taten wir da bloß? Und wo war das verdammte Geld? Es lag überhaupt nicht bei den Löffelchen! Aber dann sah ich, dass die Form, in der diese säuberlich angeordnet waren, lose in der Holzkiste ruhte. Ich zog die samtene Passform heraus und plötzlich lagen unzählige Geldscheine zum Greifen nah im gelben Lichtschein. Ich raffte sie zusammen und stopfte sie in meine Taschen. Nirgends Münzen? Vielleicht woanders . . .? Mein Blick flog durch das Zimmer. Keine Zeit! Ich lief ins Wohnzimmer zurück. Es war, als würde ich ein schwarzes Loch betreten. Aber sofort hörte ich wieder den ängstlichen, lauten Atem des Mannes.

»Ich habe es. Ich habe es!«, stammelte ich nervös.

»*Okay.* Machen wir, dass wir wegkommen!«, hörte ich Jack sagen. Er drängte mich durch die Tür. Frenchy zischte dem Mann noch etwas zu und kam dann hinter uns her. Er zog die Tür zu und drehte den Schlüssel im Schloss. Ich griff nach meinen Schuhen und wir eilten die Treppe hinunter. Auf nassen Strümpfen rannte ich hinter French und Jack her, bis sie in die erste Gasse einbogen, auf die wir trafen. Dort zog ich meine Schuhe wieder an.

»Wir haben es! Wir haben es!«, frohlockte Jack. Er schlang die Arme um unsere Schultern.

»Na bitte, wir können es! Gemeinsam können wir es. Sie kriegen uns nicht klein!«, sagte French feurig. »*The Cat* lebt! *The Cat* jagt ihre Beute!« Er sah uns ausgelassen und übermütig an. Ich lachte zurück. Er hatte recht. So leicht machte man uns keine Angst. Im Gegenteil. Dieser Kerl hatte klein beigegeben vor *uns!* Ich war fröhlich. Ihre Begeisterung wirkte ansteckend. Und doch war ein Teil von mir auch verwirrt. Ich fand es toll, dass wir uns das trauten, dass wir diesem Mann einen Schrecken eingejagt hatten, aber zugleich ängstigte es mich. War das wirklich der Adrian, der ich sein wollte?

Fünfzehn

Ich knöpfte meine Jacke zu und zog meine Kappe tief über die Ohren.

»Wohin gehen wir?«

French zuckte mit den Schultern. Er schlief nun immer öfter bei uns. Aus ein paar Latten und zwei Strohsäcken hatten JoAnne und er ein Doppelbett im Wohnzimmer gebaut. Tagsüber schoben wir die Strohsäcke hinter das Sofa und die Latten darunter.

»Willst du denn irgendwohin?«, fragte er. Ich schüttelte den Kopf. Einfach nur nach draußen. Weg von dem Gestank. Ich wusste nicht, woher es kam und wie es sein konnte, aber die Toiletten im gesamten Gebäude waren verstopft und es stank von oben bis unten. Ein Gestank, der unter der Tür hindurchkroch, sich durch die Ritzen in der Decke kringelte und in der Kleidung, den Haaren und der Nase festsetzte. Ich hoffte, dass irgendjemand den Hauseigentümer informiert hatte. Wir jedenfalls nicht. Wir waren dafür zu faul und außerdem fanden wir, das sei eine Aufgabe für vorbildliche, pflichtbewusste Bürger. Eine Gruppe, zu der wir selbst uns nicht rechneten und wozu niemand uns zählte. Aber es war noch immer nichts unternommen worden und wir lebten schon den dritten Tag in diesem Gestank. Die meisten Bewohner kippten übrigens ihre vollen Nachteimer weiterhin ins Klo. Wie lange würde es noch dauern, bis wir in der Scheiße wateten?, fragte ich mich wütend.

Uns blieb nichts anderes übrig, als zu flüchten, in die kalte, aber frische Luft draußen. Jack war bei der Arbeit im Hotel und JoAnne war mit den Shows für *The Cat* beschäftigt. Sie hatte Caseys Aufgaben übernommen, ohne dass Robert oder sonst jemand sie darum gebeten hatte. Aber es war die logischste Lösung und alle fanden es gut. Waren dankbar dafür.

Erst am Ende der Straße hatten wir den Gestank aus unserem Mietshaus hinter uns gelassen. Aber in unserer Kleidung und im Kragen unter meiner Nase blieb er noch zwei Blöcke länger hängen. Und vier Blöcke weiter bildete ich mir ein, ihn immer noch riechen zu können.

Frenchy sagte nicht viel. Der Winter hatte plötzlich eingesetzt und die Temperaturen lagen gerade noch über dem Gefrierpunkt. Und er schien bleiben zu wollen. Die ganze Woche schon war es eisig kalt. Der Himmel war dicht bewölkt und die Leute schauten regelmäßig besorgt nach oben. Alle hofften, es würde noch nicht zu schneien beginnen.

Wir liefen *uptown*, um unsere Nasen nicht nur von dem Geruch nach Scheiße zu säubern, sondern auch, um von dem üblichen Gestank der Lower East Side erlöst zu sein. Der Gestank von ausgeleerten Nachteimern und verrottendem Gemüse, von Schlachtabfall und Fisch, der nicht mehr frisch genug war, um verkauft zu werden, vermischt mit dem Geruch dampfender Pferdeäpfel, Ratten und Moder. Sie bildeten eine permanente Dunstglocke, die im Sommer kaum auszuhalten war. Je weiter man *uptown* ging, desto weniger Gestank und Lärm gab es. Der Bürgersteig wurde breiter und schöner. Die Straßen waren gepflastert und die Kinder trugen Schuhe. Aber die Menschen wurden kälter, gleichgültiger. Sie riefen sich nichts mehr zu, grüßten einander nicht, brüllten nicht vor Lachen. Die Kinder jagten sich nicht gegenseitig. Frauen scharten sich nicht zusammen, um den neusten Tratsch auszutauschen. Die Welt zerfiel in Individuen, die einander nicht kannten oder nicht kennen wollten.

Zwischen diesen Extremen gab es die Viertel, in denen die Straßen gepflastert und der Gestank erträglich war. Durch die man laufen konnte, ohne ständig mit jemandem zusammenzustoßen, wo aber die Leute sehr wohl auf die Straße gingen, einander sehr wohl etwas zu sagen hatten. Wo auch große Reklameschilder und Aufschriften einem etwas sagen wollten. Schreiende Farben und aufdringliche Buchstaben versuchten, die Aufmerksamkeit auf einen Laden oder eine Firma zu lenken. Sie mussten mit den Handkarren mit Sonnenblumenkernen und sauren Drops auf dem Bürgersteig konkurrieren. Hier donnerte der *elevated train* oberirdisch über das Gelände, während unterirdisch an der U-Bahn gearbeitet wurde. Das war die Lower East Side ohne Gestank und Gerümpel, ohne die erstickende Fülle und den Dreck, aber mit der Reklame, den spielenden Kindern und den unzähligen Verkäufern.

»Aus dem Weg, *lad!*«, schrie plötzlich eine Männerstimme. Ein Balken schwang plötzlich an meiner Nase vorbei und ich wich erschrocken aus. Wenn Frenchy nicht meinen Arm ergriffen hätten, wäre ich in die Baugrube gefallen.

»Immer schön auf dem Weg bleiben, ja?« Er grinste. Der Mann, der mich gewarnt hatte, beachtete uns schon nicht mehr. Er ging weiter, den Balken auf seiner Schulter. Sie waren zu sechst. Allesamt stramme Kerle, die selbst bei dem Wetter nur eine Hose und ein schmutziges Hemd trugen. Sie hatten raue Hände und raue Gesichter. Sie schufteten und schleppten sich ab. Sie gruben eine Röhre für die neue U-Bahn-Linie.

»Wo warst du in Gedanken?«, fragte French.

»Nirgends«, antwortete ich ausweichend. Ich hatte keine Lust auf ein Gespräch.

Wir setzten uns auf die Stufen, die zum Bahnsteig des *elevated train* führten, neben eine Frau, die Postkarten und Zeitschriften verkaufte – oder verkaufen sollte. Ihre Aufmerksamkeit galt eher den Männern auf der Baustelle als ihrem vollgestopften Karren.

Ich lachte in mich hinein und versuchte herauszufinden, welcher von den Kerlen ihr Interesse weckte.

Als sich einer von ihnen aufrichtete und sich theatralisch den Schweiß von der Stirn wischte, drehte sie mit ihrer Schuhspitze über den Boden, wodurch ihre Hüften mitwiegten. Der Mann schaute sie an und errötend senkte sie den Blick. Aber noch keine Sekunde später hielt sie den Kopf schon wieder aufrecht und konnte gerade noch die Kusshand auffangen, die ihr der Mann zuwarf. Sie kicherte und versteckte sich hinter ihrem Wagen.

Ich war eifersüchtig auf diese Frau. Nicht weil der Mann, der ihr einen Kuss zugeworfen hatte, so gut aussah, sondern weil sie mit ihm flirten konnte, ohne dass ein Hahn danach krähte. Ich musste verdammt noch mal sogar aufpassen, dass ich nicht nach Jacks Hand griff, wenn wir auf der Straße waren. Oder dass ich mich nicht zu dicht neben Frenchy setzte. Manchmal war ich streitlustig und dann liebte ich es, dass wir anders waren als die meisten Leute auf der Straße. Dann genoss ich das Geheimnis, das wir teilten, die verstohlenen Zeichen, die wir einander gaben, die geheime Sprache, die wir benutzten. Ich liebte mein Schattenleben, sah auf die Bürgermännchen nieder, die jeden Abend brav zum lieben Frauchen mussten und in ihren Anzügen, Krawatten und keuschen Manieren gefangen waren.

Aber oft stimmte es mich auch niedergeschlagen und düster. Weil es so kompliziert war. Weil so viel auf dem Spiel stand. Weil die meisten Menschen auf *uns* herabsahen. Ich wollte ohne Angst die Arbeiter anschauen und mit ihnen flirten. Ich wollte Jacks Hand nehmen und ihm einen Kuss geben, wenn ich dazu Lust hatte. Ich wollte mich an Frenchy lehnen. Ich wünschte, ich könnte ehrlich sein gegenüber Herrn und Frau Cooper. Damit ich nicht ängstlich meine Ohren gespitzt halten musste, wenn Jack und ich miteinander schliefen. Damit ich nicht über Herrn Coopers schlüpfrige Witze zu lachen bräuchte und nicht mit ihm über Schauspielerinnen fantasieren müsste. Dann bräuchten wir uns nicht in unseren eigenen Bars abzuschotten. Dann hätten wir kein Geld von düsteren Gestalten leihen müssen. Dann hätte niemand Casey ermordet . . .

Why should the world be over-wise,
In counting all our tears and sighs?
Nay, let them only see us, while
We wear the mask.[3]

»Auch eine?«, fragte Frenchy und zündete sich eine Zigarette an. Ich schüttelte den Kopf.

»Lass mich einfach mal ziehen«, sagte ich und nahm die Zigarette aus seinen Lippen. Ich zog kurz und gab sie ihm zurück, ohne ihn anzusehen.

Ich wagte nicht, daran zu denken, was geschehen würde, wenn die Coopers jemals hinter die wahren Verhältnisse in unserer Wohnung kämen. Sie dachten möglicherweise, JoAnne sei Jacks Schwester oder so. Und wir nicht mehr als Kollegen oder Freunde. Vielleicht dachten sie gar nichts. Wenn sie auch nur eine winzige Ahnung von der Wahrheit hätten, würde ich nie mehr mit Angela losziehen dürfen. Das Mädchen würde den Korridor nicht mehr überqueren dürfen. Das fände ich ganz schrecklich. Denn sosehr ich es auch hasste, zwei Leben führen zu müssen, so sehr liebte ich doch beide Leben. Und Angela und ihre Eltern kamen dieser ganz normalen Familie, zu der ich einst gehört hatte, noch am nächsten. Genau wie bei Familienmitgliedern brauchte ich sie manchmal und hatte manchmal genug von ihnen. So gehörte es sich. Jack und French schien es nichts auszumachen, dass sie ganz allein in diesem Leben standen. Aber ich vermisste meine *roots*, das unkomplizierte Leben, in dem ich zusammen mit Alexander im Stroh lag, und gemeinsam mit ihm Charlotte in die Luft schwang.

Ich konnte nie wieder zurück in dieses sorglose Leben. Mein Schattenleben konnte ich nicht mehr abschütteln. Ich konnte nie mehr ganz ehrlich sein. Das hatte mir Alexanders Reaktion zu Genüge gezeigt. Er war ein Teil von mir gewesen. Hatte mehr über mich gewusst als ich selbst. Aber *das* hatte er nicht akzeptieren können. Es war für ihn sogar ein Grund gewesen, mich aus seinem Leben zu streichen. Und vielleicht sogar aus seinen Erinnerungen. Keinen einzigen meiner Briefe hatte er beantwortet. Ich wusste, dass es nicht selbstverständlich war, alles aufzuschreiben. Man konnte nicht aufrichtig sein in Briefen. Aber ich beantwortete Mutters Briefe doch auch? Auch wenn es nur ein paar Zeilen waren. Selbst das hatte Alexander nie getan.

War es denn so schrecklich? Dass einen der eigene Zwillingsbruder nicht mehr kennen wollte? Casey hatte nie Probleme damit gehabt, sich zu dem zu bekennen, was er war. Er hatte auch nicht das leichteste Leben gewählt. Zwei Leben zu führen, war manchmal verwirrend. Mich selbst hatte noch nie jemand belästigt oder überfallen. Mich hatten sie noch nie hasserfüllt als Schwulen bezeichnet. Ich wollte mein zweites Leben nicht aufgeben. Und das wollte Jack auch nicht. Ob er seine Familie manchmal vermisste? Er sprach nie darüber. Ich kannte ihn durch und durch, kannte seine beiden heutigen Leben. Aber über seine Vergangenheit, sein Leben als Kind, wusste ich nichts.

Würde ich mit Frenchy über so etwas reden können? Er würde bestimmt ein Gedicht aufsagen, das dazu passte. Aber von sich selbst würde er nie etwas preisgeben.

»Mein Arsch tut weh«, sagte er plötzlich. Ich lachte.

»Vielen Dank für diese Information.«

»Lass uns gehen. Ich will einkaufen. Ich brauche neue Schuhe.« Die brauchte er ganz gewiss nicht, aber ich lächelte und stand auf. Schuhe aussuchen und anprobieren war die perfekte Ablenkung, um die düsteren Gedanken aus dem Kopf zu verbannen.

Sechzehn

New York, 20. November 1912

Liebe Mutter, lieber Vater,
meine allerliebste Charlotte!

Vor einiger Zeit wurde Casey, ein guter Freund von mir, ermordet. Er wurde niedergestochen. Ich habe ihn gefunden, zusammen mit Frenchy – dem hübschesten Jungen, der mir je begegnet ist. Casey war blutüberströmt. Es war schrecklich.
Er war wirklich ein guter Freund. Zwar eine fairy, *die nicht so viel um moralische Werte gab – als Nebenverdienst ließ er sich von anderen Männern ficken –, aber auf seine Art war er ein wunderbarer Mensch. Er wurde ermordet, weil wir für unsere neue Bar Geld geliehen hatten, das wir nicht zurückbezahlen konnten. In sechs Wochen müssen wir das Geld beisammenhaben. Wenn uns das nicht gelingt – und das ist sehr wahrscheinlich – werden sie uns bestimmt auch finden. Ich fühle mich gehetzt.*

Ich seufzte und schrieb, was sich für einen Brief nach Belgien gehörte:

Bei mir ist alles in Ordnung. Ich arbeite in einer neuen Bar. Es wird ein Erfolg. Amerika ist ein fantastisches Land. Ich hoffe, dass es Euch gut geht. Vielen Dank für Euren Brief. Grüße an Charles, Louise und den kleinen Adrian. Bitte schreibt mir bald wieder.
Euer Euch liebender Sohn Adrian

Ich schnupperte am Papier. Ich wollte vermeiden, dass meine Eltern einen nach Kacke stinkenden Brief von mir erhielten. Vor einigen Tagen war die Verstopfung der Toiletten endlich beseitigt worden und allmählich verschwand der Geruch aus den Korridoren, den Zimmern, aus unserer Kleidung und den Haaren. Aber ich roch ihn immer noch.

Ich spürte JoAnnes Nähe, bevor sie mich ansprach.

»Hast du manchmal Heimweh?« Sie legte ihre Hände auf meine Schultern und massierte mich leicht.

»Nein. Es ist eine vollkommen andere Welt«, sagte ich ohne das geringste Zögern in meiner Stimme.

»Vermisst du Alexander nicht?«

»Nein.« Ihre Hände blieben still auf meinen Schultern liegen. Sie spürten die Lüge.

Die Tür flog plötzlich mit einem Knall auf.

»Hast du je so etwas erlebt? Diese Scheißkerle!«

»Hallo French«, sagte ich ruhig.

»Wo bist du gewesen?«, fragte JoAnne, aber Frenchy hörte nicht zu.

»Sie werden Caseys Sachen öffentlich verkaufen!« Er zog seine Handschuhe aus, warf alles aufs Sofa und plumpste daneben. »Zusammen mit noch etlichen anderen Sachen. Sie wollen verdammt noch mal auch noch Geld aus seinem Tod schlagen! Statt erst einmal zu überprüfen, ob er es jemandem hinterlassen hat!

»Woher weißt du das?«, fragte JoAnne. Ihre ruhige Stimme beschwichtigte Frenchy ein wenig.

»Einfach so . . . von . . . einem Mann.«

»Und wann soll das stattfinden?«

»Heute schon. Ich gehe da jetzt hin! Der Erstbeste, der etwas von Caseys Sachen kaufen will, wird es gottverdammt . . .«

»French, dagegen kannst du doch nichts machen.«

»Wir haben doch das Wichtigste aus seiner Wohnung geholt?«, half ich JoAnne. Er seufzte frustriert, stützte sich auf die Knie und fischte eine Zigarette aus der Innentasche seiner Jacke.

»Ich muss einfach sicher sein!« Er zündete sie an und inhalierte tief. »Was ist, wenn da noch etwas ist, was auf uns hindeutet?« JoAnne sah mich bedeutsam an.

»Adrian wird gehen.«

»Warum? Ich will selbst . . .«

»French . . .« Sie setzte sich neben ihn und legte ihm eine Hand aufs Knie. Solche kleinen Frauentricks wirkten sogar bei ihm. »Das wäre zu schwer für dich. Tu dir das nicht an. Adrian wird schon wissen, was wichtig ist. Und ich werde ihn begleiten. Wir kaufen alles, was nicht in die falschen Hände gelangen darf, in Ordnung?« Das war eine fromme Lüge. Ich wusste nur allzu gut, dass sie befürchtete, Frenchy würde dort Krach schlagen. Und wahrscheinlich wusste er das selbst auch, denn er gab sich schnell geschlagen.

Dennoch blieb er wie ein launisches Kind schweigend auf dem Sofa sitzen, als wir losgingen.

»Von welchem Geld wirst du die Sachen kaufen?«, fragte ich, während wir die Treppen hinabliefen. JoAnne zuckte die Schultern. »Wir brauchen nichts zu kaufen. Ihr habt doch alles mitgenommen. Aber jetzt können wir zumindest herausfinden, an wen Caseys Sachen gehen. Das wird Frenchy beruhigen.«

Der Verkauf fand in einer großen Lagerhalle am Hafen statt. Bevor wir hineindurften, mussten wir uns in eine Liste eintragen und bekamen eine Nummer. JoAnne gab schnell einen falschen Namen an, und als Herr und Frau Parker setzten wir uns auf die unbequemen Holzstühle. Auch die anderen Leute, die zu dieser Veranstaltung kamen, gehörten nicht gerade zur Oberschicht der New Yorker Bevölkerung. Sie betraten die Halle wie ein billiges Theater, redeten lebhaft und rutschten unruhig auf ihren Stühlen hin und her. Sie stanken und der Lärm, den sie machten, schien von den Wänden widerzuhallen. Sie schrien einander alles Mögliche zu und taten, als wüssten sie über alles Bescheid: was verkauft werden sollte, von wem es war und warum es von der Polizei zum Verkauf angeboten wurde. Ich hasste diese Massen.

Hinten in der Halle standen zwei Männer mit Zylindern und Monokeln. Sie waren die einzigen, die aussahen, als würden sie wirklich etwas ersteigern wollen. Ihnen war es wahrscheinlich egal, was genau sie kauften. Sie würden Möbel und Hausrat in billige Häuser stecken und diese zu einem hohen Betrag an neue Immigranten vermieten. Es war egal, ob es sich um ein Bett handelte, in dem jemand an TBC gestorben war, oder einen Tisch, auf dem jemand seine Frau in Stücke gehackt hatte.

»Sie verkaufen heute auch den Koffer, in dem Antonio Pellucci nach dem Überfall das Geld versteckt hat«, rief eine Frau mit schriller Stimme zu ihrer Nachbarin.

»Der misslungene Banküberfall von letztem Monat?« Ich konnte die Frau nicht sehen, aber ich war mir sicher, dass sie nickte. Ich hatte von dieser Geschichte gehört. Die Gäste in *The Cat* hatten darüber geredet. Antonio Pellucci war der Neffe eines der vermutlich größten Mafiosi in der Stadt und er und seine Kumpane hatten eine Bank in der 3rd Avenue überfallen. Man hatte ihnen allerdings aufgelauert – eine andere Bande wollte sie bestehlen, sobald sie nach draußen kämen. Aber offensichtlich hatte jemand von dieser anderen Bande Antonios Onkel einen Tipp gegeben, denn auch der stand mit seinen Männern bereit, um Antonio zu helfen. Es war auf ein spektakuläres Feuergefecht hinausgelaufen, und als die Polizei eintraf, fand sie nur noch *einen* Koffer voller Geld und vier Verwundete. Wie immer hatte keiner der vier Verletzten reden wollen. Sie verpfiffen nicht einmal ihre Feinde. Solche Geschichten machten oft die Runde, aber es geschah immer gerade irgendwo ums Eck oder just in einer anderen Straße. Selbst bekam man diese spannenden Gefechte und die gefährlichen Männer nie zu Gesicht. Ich hatte Antonio Pellucci jedoch schon einmal in einer Zeitung gesehen, mit der ein Gast in *The Cat* herumgewedelt hatte. Ein finsterer, kleiner Mann mit einem dünnen Schnurrbart. Ich hatte mich gefragt, ob er überhaupt echt sei. Er sah so lächerlich typisch aus. Vielleicht hatten sie einfach einen düster aussehenden Typen gesucht, der perfekt dem Klischee entsprach, das wir von einem solchen Mafioso hatten. Das Gespräch über den bewussten Koffer ging unverdrossen weiter, die Frauen kosteten die Geschichte aus. JoAnne schubste mich mit dem Ellenbogen an und grinste. Ich seufzte aus tiefster Seele.

Ich roch die Kerle, noch bevor sie sich auf die Stühle neben mich setzten. Sie hätten Brüder sein können. Sie waren breitschultrig und trugen blaue Arbeitshosen und widerlich schmutzige, karierte Hemden mit aufgerollten Ärmeln. Draußen war es nur wenige Grad über null, aber Winterkleidung passte offensichtlich nicht zu ihrem rauen Image. Dennoch trugen sie beide eine Strickmütze. Ihre Kleidung und Haare, selbst ihre Münder verströmten einen Gestank nach verrottendem Fisch. Ihre Nägel und die Furchen in ihren Händen waren dunkelbraun von geronnenem Blut. Sie waren grob und ungehobelt. Und grauenhaft laut. Das waren die Typen, denen ich am liebsten zu Leibe rücken würde, aber ich wusste, dass ich mich das nie trauen würde. Sie waren zweimal breiter und einen Kopf größer als ich. JoAnne hatte meine Abneigung sofort gespürt. Ich verdrehte die Augen und sie kicherte.

Die Sachen, die heute verkauft werden sollten, wurden nach vorn geschleppt und ohne viel Umschweife dem Publikum präsentiert. Es waren vor allem die Herren hinten im Saal, die kauften. Wenn sie für irgendetwas Interesse zeigten, gehörte es ihnen schon beim zweiten Gebot. Manchmal dauerte es ein wenig länger. Aber bei Weitem die meisten Leute waren nur als Zuschauer hier. Ich fragte mich, welche Geschichten hinter all diesen vorbeiziehenden Möbeln und Gegenständen steckten. Es versetzte mir einen Schock, als ich das erste Stück sah, das ich erkannte. Caseys Sekretär. Was hatten sie mit den Sachen gemacht, die wir darin gelassen hatten? Ich warf JoAnne einen Blick zu und sie schaute fragend zurück. Wir hatten doch hoffentlich alles Wertvolle herausgenommen? Ich hatte keine Zeit, länger darüber nachzudenken, denn der Sekretär ging für zwei Dollar an die Herren mit den Zylindern. Es wurde auch ein Bett verkauft, das von Casey hätte sein können, aber sicher war ich mir nicht. Ein Kleiderschrank folgte. Zwei Schemel, ein eiserner Bottich, für den die Herren kein Interesse zeigten – wahrscheinlich brauchten Immigranten ihrer Ansicht nach so etwas nicht. Eine Frau mit einem Kind auf dem Rücken kaufte die Wanne.

Unter lautem Gemurmel und entzückten Schreien wurde der Koffer von Antonio Pellucci herbeigebracht. Jeder wollte ihn sehen, aber nur wenige wollten ihn kaufen. Der Einstiegspreis war viel zu hoch. Schließlich wurde er von einem Mann erstanden, der aussah, als wäre er geradewegs von Coney Island entlaufen. Der würde den Koffer wahrscheinlich anschließend in einer Vitrine ausstellen und Schaugeld verlangen, bis er den Kaufpreis wieder drinhatte.

Ein ganzer Haufen Kleidung wurde aus einem großen Sack auf einen Tisch geschüttet. Ein violetter Anzug und eine rote Krawatte hoben sich grell von den anderen Kleidungsstücken ab. Ich schluckte. JoAnnes Arm neben meinem erstarrte.

»Schau mal, die sind von dieser *fairy!*«, sagte einer der Fischausnehmer neben mir laut. »Verbrennen!«, rief er nach vorn. »Niemand will solche besudelten Fetzen kaufen!« Er hätte mir genauso gut einen Schlag ins Gesicht verpassen können. JoAnne ergriff meinen Arm, genau wie sie es bei French getan hätte, damit er nicht ausfällig gegenüber diesen Typen würde. Aber ich war zu bestürzt. Ich konnte nicht glauben, was dort geschah. Mein Herz raste in meiner Brust. Langsam wandte ich den Kopf, damit meine Augen sehen konnten, was meine Ohren hörten. Der Mann sah mich an. »Sind doch die typischen Klamotten von so einem Arschficker«, sagte er und blies mir beim Lachen einen Schwall Fischgestank entgegen. »Hat der sauer geguckt, als wir ihn mit Fischabfällen beworfen haben. Bin neugierig, ob er die Flecken rausbekommen hat.«

»Werden wohl nicht die einzigen Flecken auf seinem Anzug gewesen sein.« Sein Kompagnon lachte dreckig. Ich wollte etwas sagen, aber ich konnte nicht. Ich musste hier weg. Ich stand so abrupt auf, dass mein Stuhl umkippte. Grob zwängte ich mich an den beiden Kerlen vorbei zum Ende der Reihe und stampfte wütend ins Freie. Ich wünschte mir eine Tür, die ich knallhart hätte zuschmettern können, aber das Hallentor war zur Seite geschoben. Draußen suchte ich nach etwas, gegen das ich treten konnte, aber es gab nichts, woran ich mir nicht den Fuß gebrochen hätte. Ich presste meine Hände fest gegen die Hallenmauer und schrappte mit meinen Handflächen über die rauen Backsteine, bis ich einen brennenden Schmerz empfand, der die Wut in meinem Körper ein wenig linderte. Ich spürte, wie sich Steinchen und Staub in die Wunden setzten. Als das Dröhnen in meinem Kopf nachließ, blieb eine nicht auszufüllende Leere zurück und meine Beine knickten ein. Ich lehnte mich mit dem Rücken gegen die Mauer und ließ den Kopf auf die Knie sinken. JoAnne setzte sich neben mich, aber sie sagte nichts. Warme Spuren zogen über meine Wangen.

»Warum sagen sie so etwas?«, fragte ich heiser, ohne eine Antwort zu bekommen. »Sie kannten ihn doch gar nicht.« Ich schloss die Augen. »Sie kannten ihn nicht . . .« JoAnne legte einen Arm um mich und schmiegte ihren Kopf an meinen, sodass ich ihr Blumenshampoo roch. Das war das einzig Richtige, was sie tun konnte. Sie schwieg. Sie wusste, was ich sagen wollte. Sie empfand und dachte dasselbe.

Langsam begann es zu schneien. Dicke schmelzende Flocken fielen auf meine Jacke und den Boden, aber sie blieben nicht liegen. Es war der erste Schnee des Jahres. Ich achtete nicht darauf, wir blieben einfach sitzen.

Wie lange es dauerte, bis die Auktion vorbei war, wusste ich nicht. Irgendwann setzte sich die Meute wieder in Bewegung. Manche schleppten ihre Beute mit sich. Andere schwatzten genau wie beim Hereinkommen über Gott und die Welt und wussten alles besser. Sie gingen mit ihrem Gestank und ihrem Lärm vorbei.

Nach einiger Zeit waren alle gegangen und ich hörte, wie das Tor zugeschoben wurde. Während der gesamten Zeit hatte JoAnne kein Wort gesagt und ihren Arm nicht wegbewegt. Der Fischgestank kam als letzter Schwall und zog weiter, ohne hängen zu bleiben. Ich schaute langsam auf und sah die beiden Kerle am Kai entlang in Richtung East River laufen.

»Warum will uns jeder treffen? Warum lassen sie uns nicht in Ruhe?«, grollte ich. War denn jeder gegen uns? Ich schüttelte Jo-Annes Arm von mir und stand auf.

»Was hast du vor?«

»Ich will wissen, wohin sie gehen.«

»Du kannst sie . . .«

»Und dann komme ich mit Frenchy und Jack zurück«, schnauzte ich. »Sie dürfen einfach nicht so über Casey reden!« JoAnne versuchte nicht, mich von meinem Plan abzubringen. Sie lief mit mir, als ich den Männern mit einigem Abstand folgte. Ich sah, wie sie eine Hafenkneipe betraten. JoAnne blieb neben mir stehen, als wir fast eine Stunde warten mussten, bevor sie wieder herauskamen, und nahm meine Hand, als wir weitergingen und ihnen zur Bleeker Street folgten. Erst als der eine Kerl in einem Haus verschwand und der andere sich von ihm verabschiedete, drückte sie meine Hand und traute sich vorzuschlagen, jetzt nach Hause zu gehen.

Gut. Aber ich würde zurückkommen. Und sie würden dafür büßen. So sprach man nicht über Casey! So sprach man nicht über *fairys*, nicht über uns! Wir ließen uns verdammt noch mal nicht ins Abseits schieben!

Siebzehn

Es war vorbei. Dennoch empfand ich keine Erleichterung. Verstört ging ich hinter Frenchy und Jack die Treppe hinauf. Wir waren durchfroren und durchnässt und froh, nach Hause zu kommen. JoAnne hatte Vanillepudding gekocht. Die ganze Wohnung roch danach und es war mollig warm. Ich zog mühsam meine nasse Jacke aus und hing sie neben die von Jack und Frenchy auf die Leine über dem Waschbecken. Schnell ging ich ins Wohnzimmer, wo JoAnne den noch warmen Pudding verteilte. Der eiskalte Regen war schnell vergessen, als ich mit meiner Nase über der dampfenden Schale hing.

»Was ist passiert?«, fragte JoAnne. Sie versuchte, missbilligend zu klingen, aber ihr Blick war neugierig. Jedes Mal, wenn wir loszogen, um zu stehlen oder – wie vorhin – Rache zu nehmen, blieb sie zu Hause, gespannt auf unsere Geschichten. Ich fand es beruhigend zu wissen, dass sie auf uns wartete, dass wir zu ihr zurückkehren konnten. Irgendwie gab es mir das Gefühl, alles sei normal und lief seinen gewohnten Gang. Ein Geregeltes-Leben-Gefühl. Auch wenn wir nicht wie brave Hausväter von der Arbeit heimkehrten. Dafür hatten wir andere Geschichten zu erzählen. Auch wenn sie nicht meine Frau war und ich sie mit Jack und Frenchy teilen musste. Ich ließ es mir gefallen und gab mich gern diesem friedlichen Idealbild hin.

»Der Anzug hat gewirkt«, sagte Jack verächtlich.

»Der belästigt uns nicht mehr«, sagte Frenchy gleichzeitig. »Und Adrian hat ihm eine kräftige Tracht Prügel verpasst.«

JoAnne forderte uns auf, geordnet zu erzählen. Anzufangen bei dem Moment, als Frenchy Caseys geblümtes Jackett angezogen hatte, sein Haar mit Brillantine nach hinten gestrichen und JoAnne seine Augen geschminkt und die rote Krawatte gebunden hatte.

Jack und French betraten die Bar, Frenchy voran. Er blieb einen Augenblick auf der Schwelle stehen, um seine Augen an das Halbdunkel zu gewöhnen und um dafür zu sorgen, dass ihn auch jeder hereinkommen sah. Jack folgte ihm und ich blieb noch kurz auf der Straße und wartete. Ich fragte mich, ob sie da sein würden, die beiden Kerle, die Casey überfallen hatten. Wir würden ihnen eine Lektion erteilen. Aber erst würden wir sie aus ihrer Kneipe locken. Frenchys Jackett sollte wie ein rotes Tuch auf einen Stier wirken. Ich hoffte bloß, dass die Kerle da sein würden, bevor der Wirt French und Jack aus der Kneipe werfen würde. Das hier war alles andere als *The Cat*. Eigentlich sollte ich noch draußen bleiben, aber der eiskalte Regen trommelte auf meinen Kopf und ich hatte keine Lust, die vereinbarten fünf Minuten zu warten. Ich ging auch hinein.

Der warme Gestank von abgestandenem Bier und Holzfeuer schlug mir entgegen. Ich hörte Stimmen, aber es war zu dunkel, um gleich die verschiedenen Tische erkennen zu können. Raue Stimmen riefen laut oder lachten dröhnend. Ich trat über die Schwelle, um die Türöffnung freizugeben, gerade *ich* sollte keine Aufmerksamkeit auf mich lenken. Jack und French saßen zusammen an einem Tisch in der Mitte, nicht weit von der Tür zum Hinterzimmer entfernt. Ich nahm an einem Tisch ganz in ihrer Nähe Platz und setzte mich so, dass ich sowohl ihren Tisch als auch die beiden Türen gut im Auge behalten konnte. Der Rattenkampf war offensichtlich noch im vollen Gang. Aufgeregte Schreie im Hinterzimmer übertönten das Kreischen der Tiere. Ein kräftig gebauter Typ hielt – so unauffällig, dass es niemandem entgehen konnte – Wache neben der Tür, damit keiner »aus Versehen« hineingehen würde. Unsere beiden »Freunde« waren nicht da. Wahrscheinlich verfolgten sie den Kampf. Es würde mich nicht wundern. So coole Typen.

Ich bestellte ein Bier und betrachtete die bittere, laue Flüssigkeit, ohne davon zu trinken. Ich mochte kein Bier, aber ich wollte keinen Argwohn wecken, indem ich einen Likör bestellte. Und ich musste einfach etwas haben, auf das ich meinen Blick richten konnte. Immer wenn ich aufschaute, wanderten meine Augen zu French und Jack. Sie spielten sehr überzeugend ein verliebtes Pärchen. Jede Berührung, jeder Blick zwischen ihnen brannte auf meiner Haut und in meinem Bauch. Aber ich hatte es selbst so gewollt. Ich traute mich nicht, in aller Öffentlichkeit zu flirten. Ich hatte gesagt, das müssten sie tun. Und sie hatten mir nicht widersprochen. Warum nicht? Warum hatte Jack das einfach so für gut befunden? Ich bestellte einen Whiskey und schüttete ihn hinunter. Warum spielten sie das Spiel jetzt schon? Die stinkenden Fischausnehmer waren noch beim Rattenkampf. Sie brauchten überhaupt noch nicht so herumzumachen. Ich versuchte nicht nachzudenken. Meine Aufgabe war es, den Anschein zu erwecken, als käme ich häufiger hierher. Als würde ich mein gerade verdientes Geld hier versaufen, statt es meiner Frau zu bringen. Als könnte mich jeden Moment ein Kind aus der Kneipe holen, um mir zu sagen, dass sie zu Hause Hunger hätten. Ich sollte so aussehen wie drei Viertel der übrigen Gäste. Ich trank auch das Bier aus, und um den ekligen Geschmack hinunterzuspülen, bestellte ich einen weiteren Whiskey.

Es dauerte eine Weile, bevor der Mann bei der Hintertür einen Schritt zur Seite trat, um den ersten erhitzten Zuschauer in die Bar zu lassen. Die meisten gingen gleich hinaus. Ich spürte, dass Jack mich im Auge behielt. Ich kannte die Männer, ich sollte ihnen ein Zeichen geben. Gerade als ich allmählich befürchtete, sie hätten den Rattenkampf gar nicht beobachtet, kam einer von ihnen durch die Tür. Allein. Es war der größere der beiden, der Kerl, der bei der Auktion neben mir gesessen hatte. Genau wie in der Halle überfiel mich der Drang, ihm sofort an die Gurgel zu gehen. Aber auch jetzt wieder war mir gleichzeitig bewusst, dass ich gegen diesen Kerl keinerlei Chance hatte. »Warte nur, wir kriegen dich . . .« Näher konnte ich meinem Wunsch im Augenblick nicht kommen.

Sein Kumpel war nicht bei ihm. Der Kerl ging gleich zum Ausschank und gab seine Bestellung auf. Er ließ sich auf einen Barhocker fallen und stützte sich schwer auf den Tresen. Ich trank mein Glas aus und sah ihn weiterhin an. In der Bar war es mittlerweile voll genug geworden. Er würde mich nie erkennen. Er würde mich nicht einmal hier sitzen sehen. Ich versuchte, meinen Blick nicht zu Frenchys frivolen Fingern abschweifen zu lassen. Ich versuchte, nicht aus dem Augenwinkel zu beobachten, wie Jack und French ihre Köpfe zusammensteckten und wie Jack French etwas ins Ohr flüsterte. Ich versuchte, nicht auf Frenchys girrendes Lachen zu hören, das so sehr dem Caseys glich. Aber ich sah und hörte alles. Und ich sah, wie es sich im Gesichtsausdruck des Mannes widerspiegelte. Vielleicht erkannte er das Jackett, das Frenchy trug. Vielleicht empfand er es als wirklich abstoßend, was er sah. French lachte lauter. Jedes Mal, wenn er über Jacks Wangen streichelte, spürte ich meine Wange brennen. Der Fischausnehmer drehte sich um und sagte etwas zum

Wirt. Der sah in ihre Richtung. Das geblümte Jackett und die rote Krawatte schienen in dem verqualmten Raum aufzuleuchten. Sie mussten jetzt schnell sein, bevor sie rausgeworfen wurden und unsere Chancen verspielten. Aber bevor der Mann hinter dem Ausschank hervorkommen konnte, machten sie Anstalten aufzubrechen. Sie bezahlten und zogen ihre Jacken an. French bewegte sich so schwungvoll durch den Raum, dass wohl jeder aufschauen musste. Der Fischausnehmer war mittlerweile so aufgebracht, dass er fast kochte. Ich hatte meine Getränke schon bezahlt und war bereit, ihnen sofort zu folgen. Was würden sie draußen vor dem Fenster noch alles ausfressen, um den Kerl zur Weißglut zu bringen?

Keiner der beiden sah mich an, als sie an mir vorbei zur Tür gingen. Sobald die Tür hinter ihnen ins Schloss fiel und Frenchys letztes girrendes Lachen noch im Raum nachhallte, stand ich auf und zog meine Jacke an. Aber der Fischmann war schneller. Er sprang von seinem Hocker und bahnte sich mit großen Schritten einen Weg nach draußen. Ich eilte ihm nach.

Dann ging alles sehr schnell. In Wirklichkeit und in meinem Kopf. Bis ich draußen war und in den Regen trat, hatten Frenchy und Jack den Kerl schon gepackt. Er versuchte sich loszureißen, aber sie drückten ihn grob mit dem Rücken an die Wand. Meine Nase, mein ganzer Kopf füllte sich mit seinem abscheulichen Fischgeruch und ich konnte den gewaltigen Drang, ihn zusammenzuschlagen, nicht länger unterdrücken. Mit aller Kraft, aller Wut und aller Missgunst, die in mir steckten, rammte ich ihm die Faust in den Magen. Dreckschwein! Er versuchte wieder, sich loszureißen, aber French und Jack hielten ihn fest. Ich schlug noch einmal zu. Wer dachte er, dass er sei? Ein dumpfes Geräusch entwich seinem Mund. Er sollte uns in Ruhe lassen. Ich verpasste ihm einen Fausthieb ins Gesicht. Er sollte seine Dreckspfoten von Casey lassen! Dieser Saukerl. Bleib doch in deiner eigenen stinkenden Welt. Dachte er denn wirklich, er sei etwas Besseres als wir? Noch ein Faustschlag. Und noch einer. Keinen Deut besser war er. Er war nicht mehr als ein fieser, schmieriger Fischausnehmer! Der Mann wehrte sich nicht, sondern hing kraftlos zwischen French und Jack. Wir würden ihn schon lehren ... Mit uns war verdammt noch mal nicht zu spaßen!! Wir ließen uns nicht ...

»Adri, es ist genug, hör auf«, sagte Jack leise. Seine Stimme erreichte mich nur schwer. Der Fischgestank und die Wut füllten meinen Kopf.

»Warum habt ihr Casey schikaniert?«, fragte French eiskalt. Ich hörte auf zuzuschlagen und schmeckte Blut in meinem Mund. Ich hatte mir auf die Lippe gebissen. Der Mann versuchte, sich loszureißen. Ich war nicht stark genug gewesen, um ihn bewusstlos zu schlagen. French und Jack drückten ihn unsanft zu Boden und Jack pflanzte seinen Fuß in sein Genick.

»Ich brauche nur ein einziges Mal mein Gewicht zu verlagern«, sagte er ruhig.

French kniete neben dem Kopf des Mannes.

»Warum hast du Casey belästigt?«, fragte er wieder.

Der Mann hatte erst nicht gewusst, wovon wir redeten. Oder so getan, als wisse er es nicht. Jack hatte das Wort *fairy* verwenden müssen, bevor er es begriff. Er hatte schließlich zugegeben, dass sie Casey überfallen und ihn mit Fischabfall beworfen hatten. Ich konnte mich an die Befragung nicht im Geringsten erinnern. Das Einzige, was ich noch wusste, war, dass ich stocksteif im Regen stehen geblieben war. Durchweicht und durchgefroren. Dass ich

Angst gehabt hatte, ein Polizist könne vorbeikommen. Ich erinnerte mich an den Fischgestank, den ich immer noch roch und den Blutgeschmack in meinem Mund. Das Gefühl von Übelkeit, das langsam in mir aufstieg.

Als alles vorbei war und ich mich erbrochen hatte, wurde mein Kopf wieder klar. Wir ließen den Mann auf dem Boden liegen und gingen nach Hause, wo JoAnne auf uns wartete.

Schweigend löffelte ich meinen Pudding. Die anderen hatten die ganze Geschichte erzählt. Ich versuchte in Gedanken zu benennen, was ich empfand. Schuld? Nein. Ich fühlte mich nicht schuldig, weil ich den Mann verprügelt hatte. Es hatte mich erleichtert. Er hatte es verdient.

Ich fühlte mich schuldig, weil ich keine Schuld empfand.

Achtzehn

Ja, das stimmt. Es ist sehr schwierig hereinzukommen, wenn der Kerl ein Gesicht nicht kennt«, bestätigte ich. Herr Cooper nickte.

»Meine Entschlossenheit hat Früchte getragen«, sagte er.

Ich dachte an die paar Male, als ich vor zwei Jahren versucht hatte, eine Stelle in der Bekleidungsindustrie zu ergattern, indem ich mich frühmorgens an der Ecke Hester und Ludlow Street gemeldet hatte. Ich hatte es nach einiger Zeit aufgegeben. Herr Cooper nicht. Und jetzt hatte er einen festen Job. Weil der Mann, der die Arbeit verteilte, sein Gesicht kannte. Bis Jack und ich aufstanden, arbeitete er schon über drei Stunden hart. Er war stolz darauf. Ich wäre das auch gewesen, vor zwei Jahren. Aber mittlerweile war ich verwöhnt, arbeitete nur von sechs bis zwei, und konnte am nächsten Morgen lang im Bett liegen bleiben. Ich brauchte tagsüber nicht zu arbeiten. Wir verdienten genug. Wir konnten es uns erlauben, zu lesen und herumzulümmeln. Bis Casey ermordet wurde, hatten wir ein fürstliches Dasein. Dieser verdammte Gläubiger hatte es gewaltig durcheinandergebracht. Er dominierte nun unsere Tage. Es reichte nicht mehr, wenn wir nur in *The Cat* arbeiteten. Wir schmiedeten immer wieder neue Pläne, streunten regelmäßig durch die Stadt auf der Suche nach Geld. Aber wir hätten das nie geschafft, wenn wir allesamt auch noch zwölf Stunden täglich hätten arbeiten müssen.

Herr Cooper war immer froh, wenn er seine Geschichten mal jemand anderem als seiner Frau erzählen konnte. Aufgrund unserer unterschiedlichen Arbeitszeiten sahen wir uns nicht oft und es schien, als wolle er diesen Schaden nun wiedergutmachen. Er redete pausenlos, erzählte schlüpfrige Witze – Männer unter sich. Ich lachte höflich, spielte mit und fragte mich unterdessen, ob Herr und Frau Cooper wohl blind und taub seien. Unglaublich, dass sie nicht durchschauten, wie es zwischen mir und Jack stand. Dass sie nicht sahen, mit welch düsteren Angelegenheiten wir beschäftigt waren, keine Ahnung hatten, dass ich in der vergangenen Woche einen Mann zusammengeschlagen hatte. Ich war ein Meister des Doppellebens geworden. Zwei Leben, zwei Gesichter.

Frau Cooper saß in einer Ecke und nähte. Sie schenkte mir Tee ein und zog sich zurück. Angela saß schweigend mit dem Kätzchen in den Armen da und starrte aus dem Fenster. Sie schien froh zu sein um das Tierchen. So konnte sie einem Wesen Aufmerksamkeit schenken, das ihr ein wenig Aufmerksamkeit zurückgab. Und ich brauchte diese Rolle nicht immer zu übernehmen. Die Pfote war wieder geheilt und JoAnne hatte Angela gezeigt, wie sie das Tierchen säugen konnte, indem sie ein Tuch in eine Milchflasche gesteckt hatte. Sie hatte es vorbildlich nachgeahmt und jetzt konnte das Kätzchen schon allein fressen und trinken. Angela kam nicht mehr so häufig zu uns wie am Anfang und das war mir sehr recht. Sie konnte mich manchmal ganz schön nerven, wenn sie so schweigsam um mich herumhing. Sie sah alles, aber sie sagte nichts und auch an ihrem Blick war nicht viel auszumachen. Eigentlich fand ich sie manchmal richtig unheimlich.

Ich merkte, dass Herr Cooper so allmählich alles Erzählenswerte berichtet hatte und nur noch ein wenig plauderte, um keine Stille eintreten zu lassen und mir nicht die Gelegenheit zu geben wegzugehen. Aber ich hatte gelernt, selbstsicher und entschlussfähig zu sein. Ich wartete, bis er einen Schluck von seinem Tee nahm.

»Jetzt muss ich aber wirklich gehen. Wir haben noch eine ganze Menge zu tun«, sagte ich vage und erhob mich resolut.

»Warte, Adrian«, sagte Frau Cooper, ging hastig zu einem Schrank und kramte darin herum. »Ich habe etwas für dich.« Meine Hand lag schon auf dem Türknauf. »Pardon, ich will dich nicht aufhalten«, sagte sie entschuldigend.

»Kein Problem, Sie halten mich nicht auf.« Meine Höflichkeit war schneller als ich. Natürlich hielt sie mich auf. Ich wollte weg. Frau Cooper steckte mir ein Päckchen zu.

»Es ist nur eine Kleinigkeit. Weil du so viel für unsere Angela tust. Ihr dieses Kätzchen geschenkt hast. Ich . . . wir . . . mein Mann und ich sind dir dafür sehr dankbar.« Sie starrte unbeholfen auf ihre Hände.

Ich nahm das Geschenk entgegen und öffnete es. Es war ein selbst gestrickter Schal.

»Vielen Dank. Wirklich sehr schön. Genau die richtigen Farben.« Das war wirklich etwas, das ich brauchen konnte.

»Ich bin froh, dass er dir gefällt«, sagte Frau Cooper leise. »Komm mal wieder vorbei, wenn du Lust hast.« Ich nickte kurz, schüttelte ihrem Mann die Hand und ging, bevor sie mir noch mehr Versprechen abluchsen konnte.

French lag ausgestreckt auf dem Sofa, die Füße auf einer Kiste. JoAnne saß neben ihm und Jack hockte mit Stift und Papier in der Hand auf dem Tisch, die Füße auf einem Stuhl. Robert und Alf waren auch da.

»Gut. Wir haben mittlerweile fünfhundertdreiundachtzig Dollar zusammen.« Jack stopfte das Geld in die Uhr zurück, in der es schon die ganze Zeit versteckt war. Ich nahm einen Stuhl und setzte mich zu ihnen.

»Was macht ihr?«

Jetzt erst bemerkten sie mich.

»Warum hockst du so oft bei den Nachbarn?«, fragte Jack. Ich zuckte mit den Schultern.

»Herr Cooper wollte mir etwas erzählen.«

»Lass sie doch. Warum bleibst du nicht einfach bei uns? *Wir* sind deine Freunde«, sagte er kratzbürstig. Ich sah ihn an, wagte aber nicht zu sagen, dass ich meine Familie vermisste. Er würde es nicht verstehen, er schien kein Bedürfnis nach einer Familie zu haben. Außerdem hatte ich keine Lust, mit ihm zu streiten.

»Wir zählen das Geld«, sagte Frenchy, um uns abzulenken. Jack schaute wieder auf seinen Zettel.

»Robert, wie viel kann die Kasse von *The Cat* dazulegen?«

Robert zögerte. »Es gibt eine Menge fester Kosten, aber ich denke, es muss möglich sein ...« Er dachte kurz nach, »... wenn die Geschäfte weiterhin so gehen wie jetzt, dass *The Cat* zwanzig Dollar pro Woche beisteuern kann. Auch von den vergangenen Wochen natürlich. Vielleicht noch mehr, aber das kann ich erst gegen Ende des Jahres sagen.«

»Wir hatten zwölf Wochen, das macht also ...« Jack rechnete es mühsam auf seinem Zettel aus.

»Zweihundertvierzig Dollar«, sagte ich.

»Zweihundertvierzig Dollar«, wiederholte er, als sei er gerade selbst darauf gekommen.

»Ich habe noch fünfzig Dollar von diesem braven Mann, der seinen Neffen mit dem Ofen ermordet hat«, sagte French mit einem Grinsen.

»Ich habe auch noch hundert Dollar«, sagte Alf plötzlich. Wir schauten ihn erstaunt an. Darüber hatte er noch nie etwas verlauten lassen.

»Erspartes?«

»Nein.« Er strahlte vor Stolz. »Eine Freundin von einer Schwägerin von mir hatte einen Hund, der werfen sollte. Zwei der Welpen waren aneinandergewachsen. Sie hatten zwei Köpfe und nur einen Körper. Die Freundin wollte die Tierchen töten, aber ich habe sie auf Coney Island verkauft. Hundert Dollar!« JoAnne graute es.

Ich rechnete im Kopf schneller als Jack auf seinem Zettel. Wir brauchten noch über zweihundert Dollar bis Neujahr. Noch einen Monat also, um das Geld zusammenzukriegen. Ein Monat war im Handumdrehen vorbei. Was, wenn es uns nicht gelang? Würden sie uns auch ...? Vielleicht blufften sie nur. Aber was mit Casey passiert war, war kein Bluff. Würden sie in *The Cat* kommen? Oder würden sie uns irgendwo auflauern? In einer kleinen Gasse, wie bei Casey? Es drehte sich in meinem Kopf ... Wir *mussten* es schaffen.

»Noch einen großen Fisch und wir haben es zusammen«, sagte Frenchy. Seine Stimme klang ganz anders, als ich mich fühlte. Er sagte es, als bräuchten wir einen Fahrschein für die U-Bahn.

»Das Geld für die Bank«, sagte Jack plötzlich. Wir sahen ihn verständnislos an. Er nickte aufgeregt. »Jeden Tag bringt ein Kurier vom Hotel das eingenommene Geld zur Bank. Ich schätze, dass es immer etwa zwei- bis dreihundert Dollar sind. Es ist an jedem Wochentag ein anderer Kurier und sie nehmen jedes Mal eine andere Strecke. Aber alle drei Wochen geht derselbe Kurier wieder dieselbe Strecke.« Er sah an unseren Gesichtern, dass wir ihm immer noch nicht ganz folgen konnten. »Also, wenn Kurier eins am Donnerstag Strecke A geht, folgt derselbe Kurier drei Wochen später am Donnerstag wieder Strecke A«, erklärte er geduldig.

»Woher weißt du das alles?«

»Hank war früher auch Kurier. Aber durch einen Unfall hinkt er ein wenig, wodurch er nicht so gut zu Fuß ist. Jedenfalls nicht gut genug für diese Aufgabe.«

»Also wenn wir diese Woche einem der Kuriere folgen, dann wissen wir gleich, wo wir ihn drei Wochen später überfallen können?«, fragte French begierig. Seine Augen glänzten. »Das wäre gerade noch rechtzeitig.« Jack nickte grinsend.

Die Idee hielt jeden gleich gefangen. Es schien relativ sicher und sogar Robert war dafür zu haben. Auch JoAnne sah uns aufgeregt an. Jack erklärte es noch ein wenig ausführlicher. Gerade um keine Überfälle zu provozieren, wurde das Geld jeden Tag so unauffällig wie möglich weggebracht. Man musste nur wissen, *wer* der Kurier war. Jack konnte leicht an diese Information gelangen. Er brauchte Hank nur heimlich auszuhorchen. Seine Begeisterung übertrug sich auf uns und wir waren plötzlich so lebhaft wie früher. Alle äußerten Ideen und Pläne, alle redeten durcheinander ... Ich spürte wieder dieselbe Verbundenheit, die ich auch empfunden hatte, als wir den Plan für *The Fancy Cat* geschmiedet hatten. Es würde uns gelingen. Gemeinsam konnten wir alles. Wir würden das Geld zusammenbringen und diesem verdammten Gläubiger zeigen, dass er uns nicht unterkriegte. Es fühlte sich gut an. Ich fühlte mich stark. Und es stimmte, was Frenchy bis zum Abwinken wiederholte. Wir ließen uns nicht auf dem Kopf herumtanzen, nur weil wir Schwule waren. Gemeinsam waren wir stark. Casey konnte stolz auf uns sein. Niemand würde uns noch beleidigen und schikanieren. Niemand würde es in Zukunft wagen, einen unserer Freunde zu ermorden.

Neunzehn

»Das waren zwei Cent zu wenig.« Ich hielt meine Hand offen hin, sodass der Verkäufer sehen konnte, was er mir gegeben hatte. Der Mann erschöpfte sich in unaufrichtigen Entschuldigungen und gab mir noch zwei Cent zurück. Ich ärgerte mich schon lange nicht mehr darüber. Ich wusste, dass er es jedes Mal wieder versuchte, dass ich das Wechselgeld nachzählen und um Herausgabe bitten musste, und dass er es mir dann ohne Murren gab.

Ich stellte meinen Kragen ein weniger höher und verkroch mich wieder in dem Schal, den ich von Frau Cooper bekommen hatte. Es war fast windstill, aber es herrschte tiefkaltes, trocken frostiges Wetter, das einen bis auf die Knochen auskühlte und überall hineinkroch. Eine Kälte, gegen die man sich nicht schützen konnte, nicht einmal mit einem warmen Wollschal. Ich überlegte, ob ich Frau Cooper auch ein Geschenk machen müsste, aber ich hatte keine Ahnung, was, also schob ich den Gedanken beiseite. Ich kaufte noch zwei Flaschen Milch und blieb zaudernd vor dem Stand eines Waffelverkäufers stehen. Seine Waffeln sahen so herrlich warm aus . . . Der *maple syrup* machte sie jedoch sehr klebrig. Der Mann bemerkte mein Zögern und drehte herausfordernd das schwere Waffeleisen um. Ich ließ mich verführen, und während ich mit den Einkäufen nach Hause ging, verspeiste ich die dampfende Waffel von der der Ahornsirup tropfte. Sie schmeckte köstlich, aber mir wurde kaum wärmer.

Mit dem Rücken drückte ich die Tür zu unserem Mietshaus auf und ging mit vorsichtigen Schritten die Treppe hoch. Ich versuchte, mich so leise wie möglich durch den Korridor zu bewegen, damit Angela oder ihre Eltern nicht hörten, dass ich zurück war. Ich hatte keine Lust auf ein Gespräch.

Frenchy war nicht zu Hause. Ich stellte den Einkaufskorb auf den Tisch und schaute auf die Uhr auf dem Kaminsims. Er war bestimmt schon zu *The Cat* gegangen. Ich sollte jetzt auch gehen. Ich zog die Uhr auf, hielt meine klebrigen Finger flüchtig unter den Wasserhahn – nicht zu lang, denn das Wasser war eiskalt – und ging wieder.

»Sind Jack und JoAnne schon zurück?«, war das Erste, was mich Frenchy fragte, als ich *The Cat* betrat. Ich schüttelte den Kopf. Jack und JoAnne waren zu Harwoods Prozess gegangen. Sie hatten mich gefragt, ob ich mitwollte, aber ich hatte überhaupt kein Bedürfnis zu sehen, wie sich ein voll besetzter Gerichtssaal angesichts der Verurteilung eines reichen »Perversen« die Lippen leckte. Und ich wollte auch nicht wissen, ob Harwoods Zynismus intakt geblieben war und er uns unbeirrt obszön zuzwinkern würde, wenn er uns sah, oder als gebrochener Mann peinlich schluchzend dort sitzen würde. Letzteren Harwood konnte ich mir kaum vorstellen und dabei wollte ich es auch belassen. Frenchy durfte nicht gehen, weil im Gerichtssaal immerhin auch hohe Herren sitzen konnten, die sich an sein hübsches Gesicht erinnern würden.

Ich hing Jacke, Kappe und Schal an die Garderobe. French koppelte gerade ein leeres Fass von der Zapfanlage ab und rollte es zur Tür.

»Hallo«, begrüßte ich Robert. Er hatte eine große Holzkiste auf den Tresen gestellt, aus der er neue Likörflaschen nahm, die er an der Wand hinter dem Ausschank anordnete. Er nickte kurz. Ich nahm schnell den Schrubber und machte mich daran, den Boden zu wischen. Die Stühle wurden immer schon abends hochgestellt. Ich wollte gerade fragen, wo Alf blieb, als er hereinkam.

»'n Abend, Jungs«, sagte er munter und zog gleich seine Jacke aus, um sich an die Arbeit zu machen. Als Robert mit den Flaschen fertig war, brachte er zusammen mit Alf alle leeren Fässer, die wir in einem der Hinterzimmer sammelten, zur Tür. Wenig später traf der Brauer ein und sie halfen ihm, die Fässer auf den Karren zu laden und die neuen wieder nach hinten zu bringen. Sie ließen die Tür offen und die Kälte kam sofort herein und kühlte mich aus wie ein schleichendes Gift. Aber Robert und Alf liefen in Hemdsärmeln rein und raus, als wäre es Sommer. Nachdem ich den Boden gewischt hatte, ging ich in die Hinterzimmer, um sie aufzuräumen. Alles lief mittlerweile ganz routiniert. Jeder wusste exakt, was er zu tun hatte, jeder machte jedes Mal genau das Gleiche. Wir hatten nichts abgesprochen, die Aufgaben hatten sich wie von selbst verteilt. Robert und Alf fanden es angenehm, sich mit den Fässern abzurackern, und ich nicht. Also wischte ich den Boden und räumte die Hinterzimmer auf. French half mir dabei, weil er neugierig war, was die Leute möglicherweise dort vergessen hatten. Alle fanden es auch selbstverständlich, dass Robert das Geld zählte – auch wenn er das bereits am Abend davor schon tat, nach Schließungszeit. Und alle fanden es auch in Ordnung, dass Alf ihm dabei half, die Gläser und Flaschen zu ordnen. JoAnne kümmerte sich normalerweise um die Bühne. Sie wischte sie, stellte alles bereit und staubte das Klavier ab. Wenn sich jemand vor der Tür erbrochen hatte, goss sie einen Eimer Wasser über den Bürgersteig, sodass die Gäste den Gestank nicht in ihre Kleidung bekamen und den Glibber nicht an die Schuhsohlen.

Ich nahm einen der Mülleimer, die hinter dem Ausschank standen, mit nach hinten. In jedem Zimmer standen ein einfaches Bett, ein Tisch und ein Stuhl. In einem der Zimmer lagen auch ein dicker Teppich und viele Kissen, eine Idee von Casey. Und das größte Zimmer war als Garderobe für die Künstler der Show gedacht. Auch unsere Kellneranzüge hingen dort. An der Tür des Zimmers, das dem Vorhang am nächsten lag, der den hinteren Teil von der Bar trennte, hing ein gewichtiges Schild mit der Aufschrift »Privat«. Die Tür stand nun offen, weil die Fässer hineingerollt werden mussten.

Ich räumte erst die drei Zimmer mit dem Bett auf. Ich überprüfte, ob es keine sichtbaren Flecken auf den Laken gab, zog sie glatt, stellte den Stuhl ordentlich an den Tisch und warf zurückgelassene schmutzige Taschentücher, Papierchen und Zigarettenkippen in den Mülleimer. Ich ließ die Tür offen, um ein wenig zu lüften, hob die vergessene leere Flasche neben der Tür auf und ging ins nächste Zimmer. So räumte ich eins nach dem anderen auf und gewöhnlich war ich dann gegen Viertel nach sechs fertig, sodass ich mich noch vor Öffnung von *The Cat* umziehen konnte. Aber heute hatte ich wohl schneller gearbeitet als sonst, denn ich war früher fertig. French wischte noch die Bühne, als ich die Bar wieder betrat.

»Schon fertig?«, fragte er erstaunt. »Ich wollte dir gerade helfen.«

»Es war nicht so schmutzig.«

»Etwas gefunden?« Ich schüttelte den Kopf und half Robert und Alf, die Stühle wieder herunterzustellen.

»Gott, da ist er wieder«, seufzte French, als er auf mich zukam.

Ich wandte mich zur Tür, aber ich wusste schon, wen ich dort zu sehen bekäme. Francis wartete mit eingezogenem Kopf, bis wir die Tür öffnen würden. Er kam fast jeden Abend und war immer eine Viertelstunde zu früh. Und jetzt fast eine halbe Stunde, sah ich auf Roberts Taschenuhr, die auf dem Tresen lag. Am liebsten hätte ich ihn draußen stehen lassen, bis es sechs Uhr war und alle hereindurften. Aber es war eiskalt, er wusste, dass wir ihn gesehen hatten, und sein Klopfen am Fenster klang ärgerlich kläglich.

»Ist er nicht zum Prozess gegangen?«, fragte ich, aber French schüttelte den Kopf.

»Stell dir vor, sie würden ihn erkennen. Nein, das wäre nicht sehr vernünftig gewesen.«

»Und weiß er, dass Jack und JoAnne dort sind?«

»Ja, aber frag mich nicht, wer ihm das erzählt hat. Ich bestimmt nicht.«

Alf öffnete ihm die Tür und Francis kam herein. Es war, als würde er die ungezwungene Atmosphäre, die in *The Cat* herrschte, wenn die Bar noch für das Publikum geschlossen war, mit gierigen Zügen aufsaugen. Der Junge konnte ja vielleicht nichts dafür, aber immer wenn ich ihn sah, dachte ich, dass Harwood wegen *ihm* festgenommen worden war. Und dass Casey dadurch seine Gläubiger nicht hatte bezahlen können.

»Tag Jungs«, sagte er heiser. Er hustete kurz, zog ein lächerlich großes Taschentuch heraus und schnäuzte sich die Nase, die schon ganz rot war. Niemand erwiderte seinen Gruß. Er kam sofort zu mir.

»Ist Jack schon zurück?«, fragte er.

»Nein.« Mehr sagte ich nicht. Mehr wusste ich auch nicht. Ich ging nach hinten, um ihn los zu sein und um meinen *Fancy-Cat*-Anzug anzuziehen.

Als ich zurückkam, saß er an einem Tisch. Er hatte seine Jacke schon ausgezogen und über den Stuhl daneben gehängt. Robert war so korrekt, ihm noch nichts auszuschenken, aber niemand hätte es gewagt, ihn – ebenso korrekt – vor die Tür zu setzen und ihn dort warten zu lassen.

»Adrian.« Frenchy winkte mich heran. »Dein Kragen sitzt nicht richtig.« Er richtete den Kragen meines Jacketts. Er roch nach Lavendel.

»Neuer Duft?«, fragte ich.

»Von Casey. Stand noch in den Hinterzimmern. Gefällt er dir?« Er sah mich mit einem flirtenden Lächeln an. Ich zuckte mit den Schultern und sah schnell auf seine Finger, die immer noch mit meiner Schleife spielten.

»Ja, ganz nett.«

Ich erschrak, als die Klingel an der Tür auf einmal ging und Jack und JoAnne hereinkamen. Francis federte hoch, aber sie ignorierten ihn beide und gingen direkt zum Tresen. Jacks Wangen waren rot vor Kälte und Aufregung. JoAnne zog ihre Handschuhe aus und setzte sich auf einen Barhocker. Sie lachte. French und ich gingen zum Ausschank, um zu hören, was sie zu erzählen hatten. Alf schloss die Tür wieder ab.

»Du siehst ganz wunderbar aus«, sagte Jack beiläufig zu mir und legte flüchtig die Hand auf meine Hüfte.

»Hast du ihn gesehen? Wie geht es ihm?«, fragte Francis nervös.

»Gut, gut«, wollte sich Jack aus der Affäre ziehen. Aber auch wir wollten wissen, wie es gewesen war.

»Wie war er?«

»Alf, gib mir was zu trinken. Etwas, von dem mir warm wird ... Er war gut. Kam mit erhobenem Kopf in den Saal. Und auch seine

Erklärungen waren prima. Er hielt ein tolles Plädoyer über die Aufnahme von jungen Leuten in die Gesellschaft. Benahm sich wie ein echter Mentor.«

»Hat er sich schuldig bekannt?«, fragte French.

»Nein.«

»Aber sie haben ihn auf frischer Tat ertappt!«, rief French aus. Ich sah zu Francis. Der versank fast im Boden vor lauter Scham. Ich konnte ein Grinsen nicht unterdrücken.

»Sein Anwalt tischte eine Geschichte auf über die Einweihung unschuldiger Jungs, damit sie auf die Gefahren, die auf sie lauerten, vorbereitet seien. Ich kann es nicht nacherzählen, aber es war glänzend. Natürlich glaubte niemand auch nur ein einziges Wort, aber Harwood und sein Anwalt konnten es mit so viel Schwung verkaufen, dass man ihnen gern glauben *wollte*. Fast wie auf Coney Island.« Jack nahm einen großen Schluck des Genevers, den Alf ihm hingestellt hatte.

»Aber sie hatten nicht die geringste Chance. Die polizeilichen Aussagen waren so detailiert, dass es einer Frau in der Jury schlecht wurde und sie hinausgeführt werden musste.« Frenchy schnaubte verächtlich.

»Und auch die anderen Zeugen, die die Gegenpartei aufgerufen hatte«, fuhr Jack fort, »ließen kein gutes Haar an ihm. Sein gesamter Lebenswandel passierte Revue. Sie haben einfach alles versucht, um sein Image zu besudeln und ihn zu vernichten. Und ihr kennt Harwood. Ich glaube nicht, dass es schwierig war, Männer zu finden, die gegen ihn aussagen wollten. Brave, respektable Männlein seines eigenen Standes selbstverständlich. Die strahlen Autorität aus.«

»Sagten sie etwas über *The Cat?«*, fragte Robert misstrauisch.

»Nein, zum Glück nicht«, antwortete JoAnne. »Aber am Ende

war er nicht mehr der triumphierende Harwood, der in den Saal spaziert war.« In meinem Kopf tauchte wieder das Bild eines gebrochenen Harwood auf, der unbändig schluchzte. Das konnte nicht wahr sein.

»Wie lang hat er bekommen?«, fragte Francis mit gequetschter Stimme.

»Wissen wir noch nicht. Morgen geht es weiter. Aber lang wird es nicht dauern, denn Harwood will keine Zeugen aufrufen lassen, die für ihn aussagen. Ich denke, dass er auf mindestens zwei Jahre zusteuert.« Francis war leichenblass geworden.

»Haben sie etwas über ihn gesagt?«, fragte ich mit einem Kopfnicken in seine Richtung. Der Junge zog sich noch ein Stückchen weiter in sein Schneckenhaus zurück, aber ich las in seinen Augen, dass auch er die Antwort wissen wollte.

»Die Polizei schilderte ihn als kleine Hure und der Anwalt beschrieb ihn als braven Jungen, der nichts Falsches getan hatte und wohlbehalten zu seiner Mutter zurückgekehrt ist.« Frenchy lachte spöttisch.

»Aber darum ging es eigentlich gar nicht«, ergänzte JoAnne. »Es diente alles nur dazu, den reichen Harwood ein für alle Mal an den Schandpfahl zu nageln. Darauf war seine eigene Klasse aus, die unteren Klassen hielten es für ein fantastisches Schauspiel und die Justiz wollte ein Exempel statuieren. Wollte zeigen, wie gerecht sie vorgeht, ohne Klassenunterschied.«

Ein Teil von mir fand es nicht so schlimm, dass Harwood den Kürzeren hatte ziehen müssen. Es fühlte sich ein bisschen an wie süße Rache. Hatte er schließlich nicht dafür gesorgt, dass Casey das Geld nicht rechtzeitig hatte zurückbezahlen können? Indirekt war es seine Schuld, dass Casey . . . Ich wusste, dass dies ein unsinniger Gedanke war. Dass ich ungerecht war. Aber jemandem musste ich doch die Schuld an allem, was passiert war, geben können! Caseys echten Mörder kannten wir nicht. Würden wir wahrscheinlich nie kennenlernen. Es machte mich wahnsinnig, dass ich nicht wusste, gegen wen ich meine Wut richten sollte. Und damit war ich nicht allein. Ich sah es an Jack, an Frenchy . . . Ich sah, wie sich meine eigenen Gedanken in den Gesichtern der anderen widerspiegelten.

»Francis, dürfen wir gerade mal etwas besprechen?«, sagte Jack plötzlich kurz angebunden. Der Junge schaute betreten auf, wagte aber nicht aufzumucksen. Er hockte sich an seinen Tisch und starrte trübsinnig vor sich hin. Warum in Gottes Namen hatte Harwood ihn uns nur aufgehalst?, dachte ich angewidert.

»Dieser Kerl, der den Polizisten den Tipp über Harwood gegeben hatte, war auch da«, fuhr Jack in leisem, aber scharfem Ton fort. »Offensichtlich ist er so ein idiotischer Moralapostel, der am Madison Square wohnt und abends das dortige Treiben im Auge behält. Er warnt die Polizei immer, wenn er zwei Männer gleichzeitig die Toiletten betreten sieht. Er war stolz darauf, dass dank seiner Hilfe schon diverse krankhafte Subjekte – so nannte er sie – verhaftet werden konnten. Ich kochte, als er das sagte.«

»Was treibt solche Typen bloß dazu?!«, rief Frenchy böse aus. »Welchen Vorteil ziehen sie um Himmels willen daraus, andere Leute anzuzeigen?«

»Woher weiß er überhaupt, dass diese Toiletten dafür bekannt sind . . .?«

»Das weiß doch mittlerweile jeder«, unterbrach mich JoAnne. »Welcher normale Mann geht denn schon auf die öffentlichen Toiletten am Madison Square? *Jeder* weiß, dass man dort nicht einfach aufs Klo geht!«

»Also ist es dieser Scheißkerl, der dafür gesorgt hat, dass Casey . . .«, grollte Frenchy zwischen zusammengebissenen Zähnen. Er dachte demnach genau wie ich. »Wenn *er* Harwood nicht verpfiffen hätte, dann hätten wir unser Geld ganz normal bekommen!« Wir sahen uns schweigend an. In meinem Kopf begann es wieder zu brodeln. Dieser Kerl war also schuld an all unserem Elend. Und er war auch noch stolz darauf! Vielleicht musste er einmal am eigenen Leib erfahren, was er uns angetan hatte. Und Harwood. Und Casey . . .

»Der Kerl wird daran glauben«, sagte French kalt. Es schien ihm ernst zu sein.

»Sollten wir uns nicht lieber mit den Schulden von *The Cat* beschäftigen, als Racheaktionen auszutüfteln?«, fragte Robert. Er legte so viel Missachtung in seine Stimme, dass ich ihm an den Hals hätte gehen können.

»Dieser Kerl hat verdammt noch mal dafür gesorgt, dass Casey . . .«, begann Frenchy laut.

»Ach, nein, Mann. Doch nicht wirklich. Außerdem ist das Geld im Augenblick wichtiger als deine Wut. Diese Kerle sind viel gefährlicher als der idiotische Tippgeber.« Er räumte brüsk unsere Gläser ab. »Es ist sechs Uhr.« Frenchy sah uns vollkommen verblüfft an, weil er so kurz angebunden in seine Schranken verwiesen wurde. Wütend ließ er sich vom Barhocker rutschen und machte die Tür wieder auf.

Etwa eine Stunde später fiel mir plötzlich auf, dass French und Jack nicht mehr da waren. Ich lief mit Bestellungen hin und her und kam nur mühsam nach. Wo waren sie hin? Ohne mich? Ohne mir auch nur etwas zu sagen? Ich hatte sie nicht hinausgehen sehen. Vielleicht waren sie in den Hinterzimmern . . . Nein! Das würden sie doch nicht . . . Ich sah plötzlich ihre Flirterei in dieser

Hafenkneipe wieder vor mir. Es hatte *echt* gewirkt. War es vielleicht gar kein Theater gewesen? In meinem Kopf schien etwas zu explodieren. Ich stürmte zu den Hinterzimmern. Eine der Türen war geschlossen. Ich blieb abrupt stehen, legte meine Hand auf den Türknauf und versuchte mich schon auf das vorzubereiten, was ich zu sehen bekommen würde, als ich merkte, dass die Tür zur Garderobe offen stand. Im Spiegel an der Wand sah ich ein Stück von Frenchys Schulter. Ich ließ den Türknauf los und ging mit großen Schritten zur Garderobe. Jack saß auf einem Schemel und Frenchy lehnte am Schminktisch.

»Was macht ihr hier?«, fragte ich und konnte den beschuldigenden Ton nicht ganz aus meiner Stimme bannen.

»Schließ die Tür, wenn du so herumbrüllst«, sagte Jack. Er klang überhaupt nicht böse. Ich machte, was er sagte.

»Wir nehmen uns diesen Tippgeber vor«, sagte French.

»Machst du mit?« Jack sah aufrichtig hoffnungsvoll aus. »Aber Robert darf nichts davon erfahren.« Ich nickte langsam.

»Wir haben einen Plan. Hör zu.«

Zwanzig

Braucht ihr mich überhaupt?«, flüsterte ich Jack und Frenchy zu.

»Klar«, flüsterte Frenchy zurück, aber er sah mich nicht an und auch sonst reagierte keiner der beiden. Sie hielten ihre Blicke auf den Ausgang des Kinos gerichtet, studierten jeden, der herauskam. Der feine Nieselregen bildete einen Schleier durch den Lichtschein der Laternen. Ich traute mich nicht, noch etwas zu sagen.

»Da ist er«, murmelte Jack so leise, dass nur wir es hörten. Wir zogen unsere Kappen tiefer über die Augen und stellten den Kragen auf. Jack und Frenchy nahmen sofort die Verfolgung auf. Ich versuchte, ihnen unbemerkt nachzugehen. Das sanfte Prasseln des Regens übertönte unsere Schritte.

Das war also der Kerl, der der Polizei einen Tipp über Harwood gegeben hatte. Wir wussten, wohin er ging, wir wussten, wo er wohnte und was er getan hatte. Und wir wollten ihm klarmachen, dass wir das wussten.

Vor der Tür seines Hauses blieb der Mann kurz stehen. In dem Moment, als er das Haus betrat, schoss Jack hinter ihm her. Es geschah blitzschnell. Er ergriff den Mann von hinten und drehte ihm die Arme auf den Rücken. French und ich huschten an ihnen vorbei ins Haus und schlossen die Tür. Jack drückte den Mann gegen die Tür, sodass niemand mehr hereinkonnte. Es war dunkel im Korridor. Nur ein kleines Fenster ganz am Ende ließ ein wenig Licht herein. Gerade genug, um Umrisse erkennen zu können, doch mehr nicht. Der Mann versuchte zu schreien, aber Jack presste ihm die Hand auf den Mund.

Lass bitte niemanden die Treppe herunterkommen, betete ich. Aber es blieb still.

»Wow, was ist das denn für ein schöner Junge«, flüsterte Frenchy tief und schmeichelnd in das Ohr des Mannes. Ein ersticktes Murmeln hinter Jacks Hand. Mein Bauch brannte vor Spannung.

»Warum hasst du uns?« Frenchy sprach aufreizend langsam. »Warum ekelst du dich vor uns? Warum glaubst du, dass wir unbedingt hinter Schloss und Riegel gehören?« Der Mann gab keinen Ton mehr von sich.

»Wir haben dich was gefragt«, knurrte Jack. Er schob sein Knie zwischen den Beinen des Mannes nach oben.

»Nun? Warum?«, fragte Frenchy. Jack nahm seine Hand kurz weg.

»Wer seid ihr?«, brachte der Mann mühsam heraus.

French näherte seinen Mund dem Ohr des Mannes. »Tss, tss. Weißt du das nicht, Freundchen?« Er ließ seine Zunge in das Ohr gleiten. Der Mann schauderte.

»Warum gibst du der Polizei Tipps? Haben wir dir etwas getan?« Er wartete kurz, aber der Mann sagte nichts, keuchte nur ängstlich. »Oder glaubst du, wir seien Schwächlinge, leicht zu kriegen. Schwule ...«

»Dann liegst du falsch, bester Freund«, sagte Jack, »vollkommen falsch. Das wollten wir dir gern erzählen. Kannst du das behalten, was meinst du? Oder sollen wir dabei ein wenig nachhelfen?« Der Mann schüttelte wild den Kopf.

»Weißt du, was durch deinen schönen Auftritt passiert ist, Scheißkerl?«, sagte French plötzlich laut. »Unser Freund wurde ermordet! Niedergestochen wie ein Hund!« Er spuckte dem

Mann das letzte Wort ins Gesicht. »Durch deine Schuld! Weißt du, wie sich das anfühlt, du Schwein? Abgestochen zu werden?« Der Mann wagte nicht, sich zu bewegen. Auf einmal sah ich etwas im schwachen Licht funkeln. Ein Messer! Langsam strich Frenchy damit über das Gesicht des Mannes. Der begann zu jammern und flehte etwas Unverständliches hinter Jacks Hand. Ich spürte, wie meine Knie weich wurden. Was war das? Das würden sie doch nicht tun? Warum hielt Jack Frenchy nicht zurück? Das ging zu weit!

»Sag, dass es dir leidtut«, sagte Jack kalt.

»Es tut mir leid, es tut mir leid, es tut mir leid«, reihte der Mann seine Worte heulend aneinander.

»Sollen wir ihn mal spüren lassen, wie angenehm es ist, von einem Mann gefickt zu werden?«, fragte Frenchy unflätig. Der Mann jammerte noch lauter. »Hör auf, French. Hör auf, wollte ich flehen.« Aber tief in mir erklang eine andere Stimme, eine, die wissen wollte, wie weit er es treiben würde. Dieser Kerl hatte es schließlich verdient . . .

»Gut. Lass den Angstarsch los«, sagte French. Jack gab dem Mann einen kräftigen Tritt und stieß ihn in den Korridor hinein. Wir hörten ihn stolpern, fallen. French zog die Tür auf und wir machten, dass wir davonkamen. Ich sah French und Jack vor mir rennen, hörte sie keuchen. Mit klopfendem Herzen lief ich hinter ihnen her.

Einige Blöcke weiter verlangsamten wir unseren Schritt.

Dümmlich grinsend schauten wir uns an. Der Regen tropfte aus unseren Haaren und von unseren Kappen. Meine Knie zitterten immer noch.

»Schade, dass wir sein Gesicht nicht gut sehen konnten!«, grinste Frenchy.

»Wow, was für ein schöner Junge«, wiederholte ich lachend Frenchys Worte und klopfte ihm auf die Schulter.

»Der Kerl hat sich doch verdammt noch mal in die Hose gepinkelt!«, rief Jack ausgelassen. »Wirklich! Mein Knie ist klatschnass!« Wir schrien vor Lachen. Die Spannung entlud sich.

»Das vergisst er sein Lebtag nicht!«

»Warum musstest du denn so dringend sein Ohr lecken, du Ferkel?«, fragte Jack. »Dabei hat er mir die Hose vollgepisst!«

Frenchy schlang seine Arme um unsere Schultern.

»Wir verpassen ihnen eine Lektion, diesen schissrigen Bürgerskerlchen!«, brüllte er durch die Nacht. Der Nieselregen durchweichte uns, aber ich spürte es kaum. French gab mir einen Kuss, gab Jack auch einen, in meinem Bauch flatterten Schmetterlinge.

»Eat this!«, rief Jack ausgelassen. Mein Kopf war leicht, als hätte ich Opium geraucht. Wir hatten dem Kerl gezeigt, ihn fühlen lassen, dass wir keine Schwächlinge waren . . .

Plötzlich empfand ich eine gewaltige Liebe für Jack. Ich liebte Frenchy, ich liebte uns, wie wir waren. Ich wollte so gern zu ihnen gehören, zu ihnen beiden. Ich dachte nicht mehr an die Angst des Mannes, nicht mehr an das Messer. Es war, verdammt noch mal, sein verdienter Lohn!

In diesem Moment war ich für kurze Zeit von der nagenden Unruhe erlöst. Ich empfand keinen Zweifel mehr und keine Schuld.

Einundzwanzig

Wir kapierten nicht, wie er es erfahren hatte. Aber er wusste es. Robert wusste, was wir getan hatten. Und er war stinksauer. Natürlich fühlte er sich verraten, weil wir den Plan hinter seinem Rücken geschmiedet und ausgeführt hatten, während er sicher gewesen war, dass seine Autorität ausreichte, um uns zu stoppen. Aber er war vor allem wütend, weil er Angst hatte. Wir zögen zu viel Aufmerksamkeit auf uns, rief er. Wir sollten uns eher bedeckt halten. Wir benähmen uns wie wilde Hunde. Wenn wir die Polizei auf dem Hals hätten, könnten wir all unsere Träume vergessen. Wir würden nicht nur *The Cat* ruinieren, wir würden auch unsere Gläubiger nicht mehr bezahlen können. Die Deadline nähere sich mit Riesenschritten. Wir seien doch nicht blöde! Wir wüssten doch auch, was dann geschehen würde! Ob wir *The Cat* vielleicht nicht behalten wollten? Dann sollten wir uns darauf konzentrieren, das Geld zusammenzubringen. Das war es, was zählte. Es sei töricht, unsere Wut so unbesonnen abzureagieren.

Aber Jack ließ sich nicht von ihm abkanzeln und ihr Streit am Tresen schlug hohe Wellen. Ich saß mit Angela auf der Bühne und versuchte, nicht hinzuhören, aber das gelang mir nicht ganz. Jack war der Ansicht, Robert ließe sich zu viel gefallen. Dass wir uns von diesen Gläubigern nicht schikanieren lassen dürften. Dass wir uns nicht mehr so viel Sorgen über dieses Geld machen sollten. Wir würden es schon rechtzeitig zusammenkriegen. Wir hatten doch schon einen fertigen Plan für den Überfall auf den

Geldkurier? Aber das konnte Robert nicht beruhigen. Sie hörten sich nicht einmal mehr zu, sondern wiederholten ihren eigenen Standpunkt immer wieder mit anderen Worten. Immer schärfer. Frenchy unterstützte Jack und Alf sagte nicht viel, aber an seiner Haltung konnte man erkennen, dass er Roberts Meinung teilte.

Ich hatte keine Lust, darüber nachzudenken. Es war mir zu kompliziert. Einerseits hatte Robert recht. Wir sollten uns ein wenig bedeckter halten. *The Cat* ging vor. Aber wenn ich mich an dieses alles überwiegende, himmlische Gefühl von Stärke und Verbundenheit erinnerte, das mich überkommen hatte, zweifelte ich wieder, ob Roberts Weg der richtige war. Unsere Aktion hatte mir ein Gefühl gegeben, als würde ich wachsen. Es hatte sich richtig gut angefühlt. Wir durften uns nicht davonjagen lassen.

Angela merkte nicht einmal, dass ich mit meinen Gedanken nicht bei der Sache war. Ich hatte sie in *The Cat* mitgenommen. Ich fand, ich müsse doch wieder ein wenig auf sie aufpassen, aber gleichzeitig wollte ich mir nicht wieder Jacks Vorwürfe anhören. Also kombinierte ich meine beiden Leben.

Angela folgte meinem Finger an den Wörtern im Heft entlang.

a b c d e f g h i j k
l m n o p q r s t u v
w x y z
a b c d e f g h i j k
l m n o p q r s t u v
w x y z

cat – dog – is – it – they – the

The cat is here.
It is white.
The dog is here, too.
It is black.
They are friends.

Sie lauschte, während ich die Wörter langsam vorlas. Sie sprach sie selbst nie aus, aber ich sah es an ihrem Gesicht, wenn sie die Buchstaben erkannte. Ich versuchte mich daran zu erinnern, wie Bruder Dijkmans mir das Lesen beigebracht hatte. Aber ich wusste nichts mehr von seiner Methode. Ich erinnerte mich nur noch an die kurzen Wörter, die Alexander und ich heimlich auf unseren Kreidetafeln mit den Buchstaben zusammenstellten, die wir gelernt hatten. Je mehr Buchstaben wir lernten, desto gewagter wurden unsere Botschaften füreinander. »D ist dumm!«, hatte Alexander geschrieben. Das »D« von Bruder Dijkmans. So hatte er uns den Buchstaben beigebracht. Ich hatte mich schlappgelacht und Alexander hatte seine Tafel nicht schnell genug abwischen können. Mutter wurde in die Schule bestellt.

Als wir alle Buchstaben kannten, zu Wörtern und dann zu Texten übergingen, verlor Alexander das Interesse und ich blieb allein mit meiner Liebe zu Geschichten. Bis ich die Gedichte von Jack und French kennengelernt hatte. Anfangs las ich sie genauso mühsam wie Angela diese Wörter. Aber ich hatte mich mit Leidenschaft und Interesse darauf gestürzt. Und jetzt konnte ich Niederländisch und Englisch lesen.

»Kannst du *cat* zusammensetzen, Angela?«, fragte ich. Das Mädchen zögerte zu lang. Meine Aufmerksamkeit richtete sich schon wieder auf die Diskussion zwischen Robert und Jack. Träge wanderte ihr Finger zu den richtigen Buchstaben.

Ich bat sie, auf das Wort *dog* in der Wörterreihe oben auf dem Blatt zu zeigen. Eine Zeit lang hatte ich versucht, sie zum Sprechen zu bringen. Ohne Erfolg. Also hatte ich all meine Kreativität aufgewendet, um eine andere Methode zu finden. Das tat mir gut. Ich fühlte mich nützlich. Als wäre ich wichtig in ihrem Leben. Und ich erinnerte mich an meine eigene Schulzeit. Die Erinnerungen an zu Hause und an früher schmerzten nicht mehr. Lang gehütete Skizzen, an denen ich mich nicht mehr schnitt.

»Du spielst mit deinem Leben! Du spielst mit *unserem* Leben!«, rief Robert böse.

»Mann, nerv nicht. Wir kriegen die tausendzweihundert Dollar doch zusammen!«, antwortete Jack bissig.

»Es geht nicht nur ums Geld. Du musst damit aufhören, Leute zu überfallen! Warum greift ihr diese Männer so mitleidlos an? Wo liegt da der Sinn?«

»Sie sind gegen uns, sie machen uns das Leben schwer, sie greifen uns an!«, rief Frenchy schrill.

»Ich will die Bullen nicht am Hals haben und ich will ganz bestimmt keine Probleme mit diesem gewieften Gläubiger. Hört auf damit!« Robert hörte Frenchy nicht einmal zu.

»Du bleibst also einfach ruhig hier hocken, zahlst brav das Geld zurück und dann ist alles wieder ganz in Ordnung«, sagte Jack spitz.

»Sie haben Casey umgebracht!«, schrie Robert. »Als Warnung!«

»Ja! Sie haben Casey umgebracht!«, brüllte Jack zurück. »Und macht das *nichts* mit dir? Wirst du darüber nicht wütend?«

»Jawohl, aber *ich* versuche, meine Gefühle im Griff zu halten. *Ich* konzentriere mich auf das, was wichtig ist. Ich trete nicht wie ein freigelassener Wilder um mich.«

»Nein, du bist einfach zu feige, um dich überhaupt gegen etwas zu wehren.«

»Zu feige?!« Robert lief rot an und öffnete den Mund, um zu protestieren, aber Jack hörte nicht mehr zu und lief weg. Frenchy folgte ihm und sie setzten sich an einen Tisch.

»Ihr kennt keine Grenzen mehr!«, rief Robert ihnen noch nach. »Keinen Deut besser als diese Gläubiger seid ihr.« Ich blieb ein wenig unbehaglich sitzen. Robert begann mit brüsken Bewegungen Gläser zu spülen, Alf pfiff geringschätzig zwischen den Zähnen. Jack und French ignorierten sie. Nicht ausgesprochene Flüche und Vorwürfe hingen schwer in der Luft. Erstickend.

Hatte Robert recht? Traten wir wie die Wilden um uns? Waren wir auf dem Holzweg? Aber dieser Tippgeber hatte doch dafür gesorgt, dass . . . Ich wollte nicht mehr darüber nachdenken.

»Komm, Angela.« Meine Stimme war rau. »Wir gehen wieder nach Hause.« Das Mädchen ließ sich willig an der Hand mitnehmen. Ich atmete tief durch, als ich in der erlösenden frischen Luft draußen war. Ich würde erst zurückkommen, wenn *The Cat* öffnete und jeder seine Gedanken bei der Arbeit halten musste.

Was war bloß geschehen? Woher kam diese plötzliche Uneinigkeit zwischen uns? Waren wir wirklich zu weit gegangen? Oder hatte Jack recht und wir durften uns nicht auf dem Kopf herumtanzen lassen? Ich versuchte, das Gefühl von Triumph und Zusammengehörigkeit wieder heraufzubeschwören. Und die überwältigende Liebe, die mich dabei überkommen hatte. Aber der Zweifel nagte weiter. Manchmal hatte ich das Gefühl, dass ich Dinge dachte, Dinge tat, die nicht zu mir passten. So war ich nicht. So wollte ich nicht sein. Aber dann dachte ich an Jack, hörte seine Stimme in meinem Kopf, spürte Frenchys frohen Kuss. Und alles schien berechtigt.

Zweiundzwanzig

Im Central Park herrschte ungeheuer viel Betrieb, aber schließlich war es auch das Wochenende vor Weihnachten und endlich war das Eis des großen Weihers dick genug, um darauf Schlittschuh zu laufen. JoAnne war begeistert. Sie freute sich jedes Jahr schon ab September auf den Winter. Und es würde uns auf andere Gedanken bringen.

Frenchy war ein wenig knurrig. Er hatte am Morgen seine Schlittschuhe in seiner alten Wohnung geholt. Das war so ungefähr das Letzte, was noch von ihm dort lag. Er hatte einen flammenden Streit mit seinem Mitbewohner über ausstehende Miete und noch irgendwas gehabt, aber Einzelheiten wollte er nicht erzählen. Auf jeden Fall hatte er alles mitgenommen, was noch von ihm dort war – bis hin zu seiner Matratze –, und war damit definitiv aus seiner alten Wohnung ausgezogen. Nicht, dass sich dadurch viel änderte. Frenchy wohnte schon seit zwei Monaten so gut wie ganz bei uns. Er war nur noch zu seiner Wohnung gegangen, wenn er etwas von dort gebraucht hatte. Aber von jetzt an *konnte* er nicht mehr zurück. Ich wusste nicht, ob ich mich darüber freuen sollte oder eher nicht.

Wir suchten uns eine freie Stelle irgendwo am Ufer und setzten uns, um die Schlittschuhe unterzuschnallen. Ich musste an das vergangene Jahr denken, als ich Jack neue Schlittschuhe zu seinem Geburtstag gekauft hatte. Wir hatten sie nachts im Schein des Vollmonds eingeweiht. Das Geschenk war meine Idee gewesen, die Durchführung seine. Es war der romantischste Augenblick, den ich je erlebt hatte. Wir hatten uns an den Händen gefasst und uns gegenseitig warm gerieben. Wenn ich an die große, leere weiße Fläche dachte, über die wir gemeinsam im Mondlicht Kreise gezogen hatten, konnte ich das Prickeln noch immer spüren.

Jetzt jedoch war der Weiher dichter bevölkert als die Lower East Side und Jack war nicht bei uns. Er musste arbeiten und würde anschließend mit Hank etwas trinken gehen, um aus ihm herauszubekommen, zu welcher Zeit die Geldkuriere aufbrachen. Hoffentlich würde er vorsichtig zu Werk gehen. Hank durfte nichts ahnen, es stand zu viel auf dem Spiel.

»Na kommt schon, beeilt euch ein bisschen!«, spornte JoAnne uns an. Sie war schon fertig und wartete auf dem Eis auf uns.

»Geh ruhig, wir kommen nach«, sagte ich. JoAnne konnte viel besser Schlittschuh laufen als ich. Mir gelang es gerade einmal, mich auf den Beinen zu halten und ein wenig dahinzugleiten, aber damit hörte es schon fast auf. JoAnne konnte Figuren ziehen und ihre Füße beim Laufen über Kreuz setzen. Auch French konnte es besser als ich. Aber sie hatten es von Kindesbeinen an gelernt, zusammen mit ihren Freunden und Freundinnen, vermutete ich. Genau wie die Kinder ein Stückchen weiter entfernt, die einen Schlitten übers Eis zogen, an dem sich die Kleinen festhalten konnten. Ich war zu Hause nie Schlittschuh gelaufen.

»Komm, unser Fräulein wird ungeduldig«, sagte French. Er zog mich hoch und ich machte den ersten vorsichtigen Schritt auf dem Eis.

»Denk dran, Adrian, gleiten, nicht gehen!«, rief JoAnne, während sie sich rückwärts von uns entfernte.

»Noch größere Schritte«, korrigierte JoAnne wieder. Sie fuhr dicht vor mich und fasste mich an den Händen.

»Nicht auf die Füße schauen.« Ich sah auf und sie lächelte mich an. Ihre Locken sprangen spielerisch unter ihrer Mütze hervor. Ich wollte es gar nicht besser können, denn dann würde sie mich loslassen und mir nicht mehr so ermutigend zulachen.

Auf einmal griffen zwei Hände nach meinen Hüften.

»Fast wäre ich gefallen«, flüsterte mir Frenchy eine gespielte Entschuldigung ins Ohr. Er hielt mich kraftvoll fest und schob mich vorwärts. Seine Hände glühten auf meinen Hüften und ich spürte, wie meine Beine schlaff wurden.

»Und eins und zwei«, zählte JoAnne meine Schritte.

Nach einiger Zeit hatte ich genug. Als French mich plötzlich losgelassen hatte, war ich verwirrt gewesen und gefallen. Weil er mir aufhalf und mich ermutigte, weiterzulaufen – er versprach, mich nicht mehr loszulassen –, ließ ich mich noch einmal überreden, aber mein Steißbein schmerzte. Also beschloss ich, mich lieber an den Rand zu setzen.

French leistete mir bald Gesellschaft. Ich mache einen traurigen Eindruck, so allein am Ufer, sagte er, aber ich wusste genau, dass er einfach müde war.

Es war merkwürdig zu sehen, dass es den Reichen auf einmal gar nichts mehr ausmachte, sich zwischen den Arbeitern zu vergnügen. In der ganzen Stadt hatte man fein säuberlich voneinander getrennte Viertel, Bars und Restaurants. Im Theater saßen sie hoch über dem Pöbel in ihren Logen. Aber hier fanden sie es offensichtlich noch nicht einmal schlimm, vor den Augen der Arbeiter auf den Hintern zu fallen. Pärchen liefen Hand in Hand in großen Kreisen, als würden sie im Park spazieren gehen. Vornehme Herren hielten ihre Gattinnen an der Hand und erklärten ihnen gewichtig, wie sie die Füße setzen und ihr Gleichgewicht wahren mussten. Mütter standen am Ufer und tauschten Tratsch aus. Die reicheren Mütter saßen auf Decken und tranken Tee aus mitgebrachten Picknickkörben. Sie brauchten nicht auf ihre Kinder zu achten, das übernahmen die Kindermädchen. Jungen übertrumpften einander, indem sie um die Wette den Teich überquerten.

Und in all diesem Gewimmel wirbelte JoAnne umher. Ab und zu hielt sie an und winkte uns zu. Jedes Mal, wenn sie eine Pirouette gedreht hatte, schaute sie sich um, ob wir es auch gesehen hatten. Wir *hatten* es gesehen. Und wir waren nicht die Einzigen. Alle schauten ihr zu. Frauen beobachteten neidisch ihre eleganten Bewegungen. Kinder bewunderten sie mit offenem Mund. Männer warfen eifersüchtige Blicke auf die beiden Jungs, mit denen sie hier war. Ich genoss diese Blicke.

»Entschuldigung«, sagte eine Frauenstimme hinter mir. Als ich mich umdrehte, merkte ich erst, dass sie auf meine Jacke getreten war. Sie hatte zwei kleine Kinder bei sich und einen großen Korb am Arm. Ich rutschte ein wenig zur Seite, sodass sie vorbeikonnten. Die junge Frau stellte ihren Korb zwei Meter entfernt ab. Auch sie war in Begleitung eines Mannes. Er trug ein dunkles, teuer aussehendes Cape und einen schwarzen Zylinder. Seine Handschuhe waren aus feinem Leder. Er war ein gutes Stück älter als sie.

»Ihr Vater?«, fragte ich Frenchy, als ich sah, dass er sie ebenfalls musterte.

»Unsinn. Ihr Boss.«

Der Mann blieb stehen und schaute zu, wie sie den Kindern die Schlittschuhe unterschnallte. Danach überreichte sie ihm seine, ohne ihn anzusehen.

»Kindermädchen.«

Die Kinder warteten schon auf dem Eis. Die junge Frau

schnallte rasch ihre Schlittschuhe unter. Der Mann hatte neben ihr gewartet und bot ihr seine Hand, als sie aufstehen wollte. Sie sah ihn an, zögerte, wagte nicht, sich zu weigern, nahm seine Hand und bedankte sich höflich. Während sie ungeschickt zum Eis stakte, ließ er seine Hand flüchtig über ihren Rücken gleiten.

»Er missbraucht sie«, sagte Frenchy.

»Woher weißt du das?«

»Körpersprache.« Ich lächelte über Frenchys wilde Unterstellung und achtete noch aufmerksamer auf ihre Gesten. »Sie will ihn nicht anfassen, aber sie muss. Also macht sie es. Es jagt ihr Schauder über den Rücken.« Der Mann betrat das Eis, blieb dann aber stehen und schaute zu, wie sie zu den Kindern lief und ihnen eine Hand gab.

»Er genießt die Macht, die er über sie hat«, schlussfolgerte Frenchy weiter.

»Sie spürt, dass er sie mit den Augen auszieht«, ergänzte ich.

French lachte. »Und ich habe *ihn* in der Zwischenzeit längst ausgezogen!«

»Pfui Teufel, French. Dieser Kerl hat bestimmt Haare auf dem Rücken!«

»Und einen Fettbauch. Und Mundgeruch.« French bekam Spaß an dem Spiel. »Und er kriegt ihn bestimmt nicht hoch bei seiner Frau.«

»Aber bei dieser hier schon?«, fragte ich grinsend.

»Macht erotisiert. Und er wird vorher bestimmt selbst ein wenig Hand anlegen.«

»Stopp! Das will ich mir gar nicht vorstellen!« Ich lachte.

»Was willst du dir nicht vorstellen?«, fragte JoAnne, die zu uns kam.

»Nichts, nur ein Scherz.«

»Wie sich der Kerl dahinten einen runterholt«, antwortete Frenchy gleichzeitig.

Während JoAnne ihre Schlittschuhe wieder abschnallte, kam der Mann zurück und setzte sich. Er hatte sein Cape über die Schultern zurückgeschlagen und in seiner Westentasche prankte deutlich sichtbar eine gut gefüllte Geldbörse.

Auch French hatte es sofort bemerkt, als sondere das Geld einen Geruch ab.

»Könnte dieser Kerl uns nicht helfen, die Schulden von *The Cat* zu bezahlen?«, fragte er mich spöttisch. Ich verstand nicht sofort, was er meinte.

»JoAnne, lenk diesen freundlichen Herrn doch mal ein wenig ab, ja?«, sagte er schnell. Ohne eine weitere Erklärung abzuwarten, ging JoAnne hüftwiegend auf den Mann zu. Wahrscheinlich vermutete sie, was Frenchy vorhatte.

»Mein Herr, hätten Sie vielleicht Feuer für mich?«, fragte sie und drehte mit ihrer Schuhspitze im gefrorenen Gras. Sie legte einen Finger an ihre Lippen und schaute ihn aufreizend an. In solchen Momenten konnte man deutlich erkennen, welcher Art von Arbeit sie früher nachgegangen war. Ich wollte lieber nicht darüber nachdenken. Mittlerweile war Frenchy zu dem Mann gegangen. Er rempelte den Herrn an und wurde gleichzeitig ausfällig gegenüber JoAnne.

»Lass diesen Kerl in Ruhe, ja? Komm mit!« Er zog sie am Arm mit sich und ging wortlos an mir vorbei, ohne mich anzusehen.

Ich sammelte schnell alle Schlittschuhe ein und folgte ihnen, bis wir außer Sicht waren.

French hatte JoAnne losgelassen und inspizierte den Inhalt der Geldbörse.

»Auf den ersten Blick so etwa achtzig Dollar. Schon wieder ein Schritt in die richtige Richtung«, grinste er.

»Das hat er verdient. Soll gefälligst die Finger von seinem Kindermädchen lassen«, übertönte ich die zaghafte Stimme meines Gewissens.

Dreiundzwanzig

»Magst du Weihnachten?«, fragte ich JoAnne, während ich ihr half, die Girlanden aufzuhängen.

»Ja«, sagte sie, ohne nachzudenken. »Früher schon.« Sie nahm Engelshaar aus der großen Schachtel und drapierte es über dem Ausschank. Ich befestigte noch mehr Girlanden.

»Im Klub mussten wir an Heiligabend immer arbeiten, aber nach der Show feierten wir mit den Mädchen noch einmal doppelt so heftig. Viel billiger Wein und Gekicher. Das war schön, wenn auch nicht gerade das, was man sich unter Weihnachtsstimmung vorstellt.« In ihren Worten schwang keine Bitterkeit mit. Immer, wenn sie über den Klub oder die Mädchen sprach, wurde ihr Blick abwesend und ihre Stimme leise. Aber sie konnte nicht verbergen, dass sie Weihnachten noch immer liebte. Am Tag zuvor hatte sie die Girlanden gebastelt und die Worte *Merry Christmas* aus Papier geschnitten. Sie hatte besondere Weihnachtsplätzchen in verschiedenen Formen gebacken. Das brachte eine gemütliche Betriebsamkeit in unsere Wohnung und ich freute mich, dass endlich wieder ein wenig Weihnachtsstimmung in mein Leben tröpfelte.

»Ich bin froh, dass ich einen Weihnachtsfreund gewonnen habe«, sagte ich leise zu JoAnne. Sie sah mich an und lächelte. Ein Lächeln, das viel wusste und noch mehr verstand. Ich war oft nervös. Der erste Januar näherte sich mit Riesenschritten und ich konnte ein wenig Ablenkung gut gebrauchen. Jack war das Fest nicht so wichtig und in den vergangenen zwei Jahren hatte ich es daher auch nur mäßig gefeiert. Hoffentlich würde mein dritter amerikanischer Weihnachtsabend nun ein wenig feierlicher. Weil keiner der Jungs Weihnachten mochte, hatten wir beschlossen, *The Cat* an Heiligabend wie gewohnt zu öffnen. Aber auf JoAnnes und mein Drängen hin wurde die Bar wenigstens geschmückt und Robert hatte für diesen Abend sogar *Christmas carrol singers* engagiert. Wenn Casey das gewusst hätte . . . Ich grinste in mich hinein. Casey graute es vor so viel Bürgerlichkeit. Aber mich versetzte es in eine warme Stimmung.

Uns blieben noch zwei Stunden, bis *The Cat* seine Pforten öffnen würde, und in dieser Zeit genossen wir gemeinsam JoAnnes selbst zubereiteten Truthahn mit Moosbeerensoße – zumindest behauptete JoAnne, dass sie ihn selbst zubereitet hatte, doch ich hatte sie im Verdacht, nur die Soße selbst gemacht zu haben. Egal, das Essen schmeckte herrlich. Unser eigenes Festmahl.

Robert hatte den Streit der vorherigen Woche nicht mehr erwähnt und auch Jack und French sprachen nicht mehr darüber. Wir durften *The Cat* nicht für einen Streit riskieren. Vielleicht war es die Weihnachtsstimmung, die alle ein wenig versöhnlicher sein ließ. Dennoch waren wir alle aufgrund dessen, was uns bevorstand, angespannt, aber niemand wollte jetzt über das Geld oder die Gläubiger sprechen.

Bevor wir anfingen zu essen, bat Frenchy förmlich um Stille. Er stand auf und schaute uns alle an.

»Ich will die Festfreude nicht trüben, aber ich möchte doch kurz ein Gedicht vortragen, damit auch Casey ein wenig bei diesem Weihnachtsessen anwesend ist.« Es wurde augenblicklich still, als Frenchy begann:

»Oh dainty Pansy! hooded all in blue,
With chastely folding cloak of green,
A maid whom Eros never knew,
Nor Love has Seen!
I yet must fancy, scarce dreamt by thee
That 'neath thy most discreetest thought
There lurks a will which may be taught
By Love – and me!«[4]

Ich lächelte. Frenchy hatte wieder das perfekte Gedicht gewählt. Ursprünglich geschrieben als eine Ode an die Blume war *pansy* auch ein Wort, das *fairys* für sich selbst verwendeten. Seine Stimme war klar. Der Kerzenschein ließ seine Haare golden aufleuchten und Sterne in seinen Augen funkeln. Er sah unwiderstehlich aus und ich verspürte den Drang, ihn zu berühren. Sofort schob ich den Gedanken weit von mir und suchte schnell Jacks Hand unter dem Tisch. Er drückte sie sanft. Das Gedicht war viel zu kurz und Roberts Applaus durchbrach die zauberhafte Atmosphäre. Frenchy grinste und setzte sich wieder. Es hatte der Feststimmung nicht geschadet. Alf entkorkte eine Flasche Rotwein und unser Weihnachtsessen konnte beginnen. Wir lobten JoAnne überschwänglich für das köstliche Mahl und sie errötete vor Freude. Die Jungs erzählten Witze und lachten. Unter dem Tisch legte Jack zärtlich eine Hand auf mein Knie und zwinkerte mir zu. Ich lächelte ihn an. Es war ein wunderbarer Moment . . .

Als Robert plötzlich aufsprang und ankündigte, wir müssten an die Arbeit, fanden es alle ausgesprochen schade.

Nach zwei Stunden war noch niemand aufgetaucht außer den *Christmas carrol singers,* die sich in den Hinterzimmern eingesungen hatten, und drei jüdischen Männern, die an einem Tisch bei der Tür saßen und leise miteinander tuschelten. Und Francis natürlich.

Er war nicht *zu* früh gekommen, wie sonst so häufig, hatte sich aber offensichtlich doch irgendwie recht schnell vom Weihnachtsmahl bei seiner Mama wegstehlen können. Naiv strahlend war er hereingekommen und hatte uns allen – mit einem Kuss, den ich notgedrungen erwiderte – ein himmlisches Weihnachtsfest gewünscht. Er hatte sich gleich an den Tresen gesetzt und versucht, Robert in ein Gespräch zu verwickeln. Der hatte ihn ausgefragt, vorgefühlt, ob er vielleicht mehr über Harwood wisse. Als er aber feststellte, dass dem nicht so war, hatte er ihn einfach sitzen lassen und zwei Meter von ihm entfernt angefangen, das Geld zu zählen. Auch ich hatte alle Höflichkeit fahren lassen. Ich hatte genug von dem Kerl. Die jüdischen Männer am Tisch tranken so langsam, dass Frenchy und ich nichts zu tun hatten. Ich hatte mich an einen Tisch gesetzt, ein schneeweißes Blatt Papier, das ich extra mitgenommen hatte, vor mich gelegt und kaute auf meinem Bleistift. Mir fiel noch nicht einmal ein passender Auftakt ein. Ich hatte keine Ahnung, wie ich Alexander ansprechen sollte. Ich hatte es nach all den unbeantworteten Briefen aufgegeben, war davon ausgegangen, dass seine Drohung, nie wieder etwas mit mir zu tun haben zu wollen, ernst gemeint war. Aber nun wollte ich es doch noch einmal probieren. Würde ein an Heiligabend verfasster Brief nicht vielleicht doch etwas in ihm auslösen? Die Lieder der *Christmas carrol singers*, die beim Eintreten der jüdischen Männer zu singen angehoben hatten, versüßten Kopf und Herz und machten mich weich. Weihnachten, Fest der Vergebung ... Ich wusste nicht, was ich ihm schreiben sollte. Er wollte bestimmt nichts hören über Casey, den er verabscheute, oder über Jack, auf den er schrecklich eifersüchtig gewesen war. Aber mehr als die Jungs hatte ich nicht in meinem Leben.

Frenchy schwang sich auf einen Stuhl mir gegenüber.

»Was machst du?«, wollte er wissen. Ich seufzte.

»Ich versuche, meinem Bruder einen Brief zu schreiben«, begann ich.

»Deinem Zwillingsbruder? Der dich im Stich gelassen hat?« Ich ging nicht darauf ein.

»Ich weiß nicht, was ich ihm schreiben soll. Ich weiß noch nicht einmal, wie ich ihn anreden soll.«

»Schreib ihm, was für ein fantastischer Typ ich bin. Gut aussehend. Charmant. Und unglaublich geil.«

Er grinste. Ich schaute schnell aufs Papier, damit er nicht sah, wie ich errötete.

»Ich glaube nicht, dass er das lesen möchte. Du weißt doch, weswegen er mit mir gebrochen hat?« Ich sah vorsichtig auf. French lachte nicht mehr. Sein Blick war hart und frostig.

»Warum schreibst du ihm dann? Wenn er dich nicht annimmt, wie du bist, dann lass ihn doch links liegen! Wie er es mit dir gemacht hat.« Seine Stimme klang kalt.

»Er ist mein Bruder. Ich vermisse ihn.« French schnaubte verächtlich.

»So jemanden nenne ich keinen Bruder. *Wir* sind Brüder, mein Freund.«

Jack würde mich bestimmt verstehen, dachte ich. Er wusste, wie eng mein Band mit Alexander einst war. Aber French hatte auch nicht ganz unrecht. Jemanden, der so reagierte, konnte man nicht seinen Bruder nennen. Ich seufzte erneut und legte meinen angeknabberten Bleistift auf das Blatt Papier. French hatte recht. Und warum sollte Alexander jetzt auf einmal antworten?

»Können wir die Typen nicht vor die Tür setzen und nach Hause gehen?«, kam Jack nörgelnd zu uns. Er legte seine Arme um meine Schultern und küsste mich in den Nacken. Ich gab ihm einen Klaps auf die Hand.

»Marsch, marsch ins Bett, Däumling«, flüsterte er mir in unverkennbar zweideutigem Ton ins Ohr.

»Verzieht euch doch mal kurz in die Hinterzimmer«, meinte Frenchy locker. Er legte lässig die Füße auf den Tisch und zündete sich eine Zigarette an. Ich sah ihn missbilligend an. Ich wollte die Hinterzimmer nicht benutzen. Dann wüssten alle hier, was wir dort taten und wie lange wir wegblieben. Und sie würden bestimmt auch die ganze Zeit die Ohren spitzen. Mich schauderte es.

»Aber du hast recht. Die Männer haben schon lange nichts mehr bestellt. Ich werde mal den Rausschmeißer spielen«, sagte French, als wir nicht auf seinen Vorschlag reagierten. Er stand auf, streifte seine Zigarette im Aschenbecher auf dem Tisch ab und lief wie ein Cowboy zu dem Tisch neben der Tür. Die Männer murrten ein wenig und machten abwehrende Gesten, aber sie wurden nicht wirklich böse, sondern gingen zur Tür. Frenchy lächelte.

»Ich habe ihnen wirklich die Wahl gelassen.« Er lachte im Vorbeigehen und setzte sich zu Robert an den Tresen. Als die *Christmas carrol singers* sahen, dass die einzigen Gäste gingen, stockten sie kurz. Mit einer Handbewegung gab Robert ihnen zu erkennen, dass sie aufhören durften. Keine schlechte Idee, fand ich. Ihre Lieder machten das Ausbleiben unserer Gäste nur noch bitterer.

»Musst du morgen ins Hotel?«, fragte ich Jack. Ich hoffte auf ein Nein. Ich wollte ausschlafen an Weihnachten. Ich wollte ihn den ganzen Tag für mich haben. Jack stöhnte und legte den Kopf auf den Tisch.

»Morgen nicht, nein. Aber . . . das weißt du noch nicht . . . Hank erzählte mir heute Morgen, dass er aufhört! Man hat ihm den Job am Empfang angeboten und der Scheißkerl hat ihn verdammt noch mal angenommen!« Er setzte sich wieder gerade hin. »Nicht zu vergessen, dass *ich* den Job mal abgelehnt habe, um unsere Regelung nicht aufs Spiel zu setzen!«, sagte er böse.

Ich wusste, dass Jack die Stelle am Empfang unglaublich gern selbst gewollt hatte, aber noch lieber die bequeme Abmachung beibehalten wollte, die er mit Hank getroffen hatte. Und jetzt schnappte sich Hank selbst diesen Arbeitsplatz. Niederträchtig.

»Ohne Hank . . .«, setzte ich an.

Jack seufzte. »Ohne Hank muss ich viel öfter arbeiten. Und darauf habe ich keine Lust. Ich will bei euch sein, bei dir. Ich würde auch gern in *The Cat* arbeiten.«

»Und wann . . .«

»Ab dem ersten Januar. Ab nächster Woche also«, unterbrach mich Jack düster.

Erster Januar . . . Das Datum hatte einen Unheil verkündenden Klang. Und zudem war es gefährlich nah. Als hätte er unser Gespräch verfolgt und könnte meine Gedanken lesen, rief Robert uns plötzlich.

»Jungs! Ich habe das Geld . . .« Er brach abrupt ab, als ihm bewusst wurde, dass Francis auch noch in der Bar herumhing. Er brauchte uns nicht mehr herbeizuwinken. Wir standen sofort auf und stellten uns zu French an den Tresen. JoAnne hatte das ganze Geschehen von der Bühne aus verfolgt, wo sie mit einem der

Christmas carrol singers ins Gespräch gekommen war. Mit weiblicher Intuition – oder womit sonst konnte sie sich so genau in die Dinge hineinversetzen – rief sie Francis zu sich. Der Einfaltspinsel durchschaute das Manöver nicht und gesellte sich zu ihr.

Grübelnd setzte ich mich auf einen Barhocker. Wie sollte das werden mit Jack? Dieser verdammte Hank aber auch!

Robert hatte einen ganzen Stapel Geld vor sich liegen.

»Meine Herren, ich habe das Geld gezählt und um den Gewinn ergänzt, den *The Cat* in den vergangenen Monaten gemacht hat«, sagte er in feierlichem Flüsterton. »Und mit dem, was durch . . . äh . . . andere Methoden zusammengekommen ist, haben wir nun . . .« Er legte gewichtig die Hand auf den Stapel, ». . . eintausenddreiundsechzig Dollar.« Ich betrachtete die Scheine, die seine große gerötete Hand flach drückte. »Eintausenddreiundsechzig Dollar! Aber uns fehlten noch einhundertvierzig . . .«

»Wie steht es um euren Plan mit dem Geld vom Hotel?«

»Gut«, sagte Jack kurz angebunden. Ich sah seinen Augen an, dass er erwog, Robert wieder auf ihren Streit hinzuweisen – *das* konnte er also sehr wohl gutheißen? –, aber er tat es nicht.

»JoAnne ist dem Kurier gefolgt. Wir wissen, wer es ist und welche Strecke er nimmt«, sagte Frenchy schnell. »Adrian, Jack und ich haben den Plan bis ins Detail ausgearbeitet. Übermorgen ist es so weit.«

»Und ihr haltet es kurz und anständig?«, fragte Robert. Ich legte meine Hand auf Jacks Arm und antwortete rasch, bevor er aufbrausen konnte.

»Ja, klar. Es geht nur ums Geld. Wir bringen *The Cat* nicht in Gefahr.«

»Demnach haben wir nächste Woche das Geld sicher beisammen. Zumindest, wenn euer Plan nicht misslingt.«

»Er wird nicht misslingen«, sagte Jack laut.

»Gut, aber wir wissen immer noch nicht, für wen dieses Geld nun genau ist«, brachte Alf das Gespräch auf ein anderes Thema. Auch er wollte eindeutig den Frieden wahren.

»Das werden wir wohl nächste Woche erfahren. Caseys Bekannter wird sein Geld bestimmt abholen«, antwortete Robert. Er seufzte tief. »Dann hat unser Kopfzerbrechen endlich ein Ende. Ab dem Zeitpunkt gehört der Gewinn aus *The Cat* uns.« Ich seufzte leise. Ich freute mich auf das neue Jahr. Endlich würden wir damit anfangen, reich zu werden. Dieser Gläubiger hatte nur für Aufschub gesorgt, aber das war jetzt bald vom Tisch. Ab der nächsten Woche konnten wir uns auf unseren eigenen Gewinn konzentrieren.

Aber natürlich nicht am Weihnachtsabend. Jetzt war es Zeit für etwas anderes. Jetzt wollte ich marsch, marsch ins Bett.

Vierundzwanzig

»Bist du bereit?« Jack sah mich aufgeregt an. Ich nickte nervös. Ich war bereit. Wir hatten alles mehrfach durchgespielt, es durfte nichts schiefgehen. Es war unsere letzte Chance, um *The Cat* zu retten. Und uns selbst. Wir mussten es einfach schaffen. Robert sollte uns nichts vorwerfen können. Ich spürte wieder das bekannte dumpfe Herzpochen. Mir war warm, trotz des feuchtkalten Nebels, der wie eine dicke Decke über der Stadt hing. Man konnte keine zehn Meter weit sehen, das Wetter war auf unserer Seite. Frenchy hatte Caseys Jackett unter seine Jacke gezogen – seine Kriegsfarben. Wir sahen einander an. Ich spürte ihre Spannung, genau wie sie meine empfanden. Wir brauchten keine Worte.

»*Okay,* er kann jeden Moment kommen. *Let's do this!* Für Casey. Für *The Cat.*« French und ich nickten.

»Für Casey, für *The Cat*«, wiederholten wir murmelnd. Es hatte etwas Beschwörendes. French und Cat versteckten sich auf dem Treppenabsatz des verlassensten Hauses, das wir auf dem Weg hatten finden können. Die Stufen führten zu einer abgeschlossenen Kellertür und waren von der Straße aus nicht zu sehen. Es war eine ruhige Straße und wegen des kalten dichten Nebels waren nicht viele Leute unterwegs.

Ich nahm den großen leeren Koffer, den wir mitgebracht hatten, und stellte mich mitten auf den Gehweg. Ich spürte das Klopfen meines Herzens bis in die Nasenspitze hinein. Der kalte Nebel kühlte meine erhitzten Wangen. Ich zog meine Kappe tiefer ins Gesicht und wickelte Frau Coopers Schal bis unter meine Augen, damit mich der Kurier später nicht wiedererkennen würde. Auch Jack und French hielten ihre Gesichter verborgen. Wir durften es nicht vermasseln. Wir mussten dieses Geld kriegen. Ich biss mir auf die Lippe, bis ich Blut schmeckte. Wo blieb er? Hatte er eine andere Strecke gewählt? Waren wir zu spät gekommen? Vielleicht war er hier schon vorbeigelaufen. Vielleicht ging er auf der anderen Straßenseite. Ich schaute schnell hinüber. Im Nebel waren die Häuser gerade noch zu erkennen. Nein. Das hätte ich gemerkt. Ich stellte meinen Koffer ab. Wie viel Zeit war schon verstrichen, seit er das Hotel verlassen hatte? Wie lange war es her, seit sich Jack und French auf der Treppe versteckt hatten? Sie würden mich doch hoffentlich hören? Sie würden doch wissen, wann sie eingreifen mussten? Sie achteten doch wohl auf mich und nicht aufeinander?

Wegen all dieser Fragen in meinem Kopf hörte ich den Kurier um ein Haar nicht kommen. Ich erschrak, als er plötzlich nur noch wenige Schritte von mir entfernt war.

»Excuse me, Sir!«, sagte ich in meinem schlechtesten Englisch. »Können Sie mir helfen?«, fuhr ich auf Niederländisch fort. »You help me? Ich bin auf der Suche nach *Hester street. Hester street?«* Ich versuchte, so unbeholfen wie möglich auszusehen. Das fiel mir nicht schwer. Ich musste mich nur an meine ersten Tage in New York erinnern und mich einfach so verhalten wie damals, dann würde ich sofort einen verlorenen Eindruck machen. Aber jetzt konnte ich überhaupt nicht klar denken. Das Einzige, was mir durch den Kopf ging, war die Frage, wo er das Geld versteckt hatte. Der junge Mann schaute mich an. Einen Augenblick sah es so aus, als wollte er einfach weitergehen.

»I'm lost«, sagte ich so mitleidserregend, wie ich nur hinter

meinem Schal hervorbringen konnte. Er durfte nicht weitergehen!

Ich stellte den Koffer dicht neben ihm ab.

»*The Lower East Side is that way . . .*« Er begann mir den Weg zu erklären, wodurch er sich mit dem Rücken zum Kellerloch drehen musste. Ich wartete nicht länger, dachte nicht darüber nach, ob Jack und French wohl bereitstünden. Mit aller Kraft, die ich in mir hatte, presste ich beide Hände auf seine Brust und drückte ihn hintenüber. Er stolperte über meinen Koffer und French und Jack packten ihn. Sie streiften ihm einen Kissenbezug über den Kopf und zogen ihn die Treppe hinunter bis zur untersten Stufe. Ich nahm den Koffer und stolperte hinter ihnen her. Jack klemmte seinen Arm um das Genick des Mannes.

»Keinen Mucks!« Seine Stimme klang eisiger als der Nebel.

»Wo ist das Geld?«, fragte French. Der junge Mann antwortete nicht. »Wo ist das Geld?«, wiederholte French. Seine Augen funkelten stahlhart über dem Schal. Ein beängstigender Blick, der nicht zu dem lieben, flirtenden Frenchy passte, den ich kannte.

»Welches Geld?«, fragte der Mann. French verpasste ihm mit dem Ellenbogen einen harten Stoß in den Magen. Der Mann stöhnte, gab aber nicht nach. Verdammt! Wir *mussten* das Geld haben, um endlich unser Problem zu lösen. Ich spürte, wie Angst und Wut in meinem Bauch und Kopf aufloderten.

»Wir müssen verdammt noch mal dieses Geld haben. Jetzt! Wir brauchen es, du Dreckskerl!«, rief ich. »Es ist *unser* Geld, wir haben ein Recht darauf!« Ich fasste ihn an seiner Jacke und schüttelte ihn durch. »Los Mann, willst du draufgehen? Wie Casey?« Ein Schleier schob sich vor meine Augen, meine Beine zitterten. »Diese Dreckschweine haben ihn umgebracht. Und bald sind wir an der Reihe. Wo ist das Geld?« Ich schlug ihm fest gegen die

Brust. Und schlug weiter, um das Bild des grausam zugerichteten Casey aus meinem Kopf zu jagen. Sie hatten ihn ermordet. Und sie würden auch uns ermorden! »Gib das Geld her!«, weinte ich. French zog mich zurück.

»Wo ist das Geld vom Hotel?« Seine Stimme war frostig und scharf.

»Ich habe kein Geld«, sagte der junge Mann wieder. Seine Stimme klang gedämpft unter dem Kissenbezug.

»Du lügst!«, sagte French hart. Seine Stimme zitterte vor verhaltener Wut.

»Jetzt sag schon, Kerl. Oder ich drücke dir die Kehle zu.« Jack zog seinen Arm mit einem Ruck nach hinten. Der Mann ächzte vor Schmerz. Er griff nach Jacks Arm und versuchte, sich zu befreien, aber French trat ihm gegen das Knie. Jack verstärkte seinen Griff. Der Mann hustete und schien etwas sagen zu wollen, überlegte es sich dann aber doch anders.

Warum wollte der Kerl nicht damit herausrücken, wo das Geld war?

»Leg ihn auf den Boden.« Jack tat, was Frenchy sagte, ohne seinen Griff zu lockern. Wieder begann der Mann zu husten. Jack drückte ihn grob gegen den Boden und Frenchy ließ seine Hände an seinem Körper entlanggleiten. Und noch einmal. Er fand nichts. Hatten wir uns geirrt?

»Wo, verdammt noch mal?« Mit einem Klicken öffnete Frenchy sein Messer. Der Kurier erkannte offensichtlich das Geräusch, denn er versuchte panisch, sich zu befreien. Frenchy setzte ihm die scharf geschliffene Messerspitze an den Hals.

»In meinen Schuhen, in meinen Schuhen«, jammerte der Mann auf einmal. Ich zog seine Schuhe aus und fühlte hinein. Sie waren klamm von innen.

»Nichts.«

»Doch. Unter den Sohlen. Das Geld befindet sich unter den Sohlen, wirklich!« Plötzlich arbeitete er ausgezeichnet mit. Ich pulte die Sohlen heraus. Es stimmte. Warme Dollarscheine kamen zum Vorschein. Frenchy steckte das Messer wieder weg und nahm ebenfalls einen Schuh zur Hand. Wir stopften das Geld in unsere Hosentaschen.

»Zieh ihm die Hose aus«, sagte French auf einmal zu mir. Ich sah ihn an, aber er hielt den Blick starr auf den Mann gerichtet.

»Was wollt ihr? Wer seid ihr? Was werdet ihr mit mir machen?«, jammerte der Mann mit hoher, ängstlicher Stimme. Frenchy gab keine Antwort. Ich zögerte. Aber French schaute mich nun grimmig und mit einem ungeduldigen Kopfnicken an. Grob riss ich die Knöpfe der Hose auf. Gemeinsam zogen wir je an einem Hosenbein und Frenchy warf die Hose auf die Treppe.

»Seine Jacke auch.« Wir zogen ihm die Jacke aus. Der Mann wehrte sich nicht mehr. Er klapperte mit den Zähnen und fragte weinend, was wir vorhätten. Wir zogen ihn vollständig aus.

»Bitte, was wollt ihr? Bitte. Ich mache alles, aber tut mir bitte nicht weh!« Er weinte leise. Ich sah ihn an, sah, wie er nackt und ängstlich vor uns stand. Seine Knie zitterten. Seine Arme hingen schlaff neben seinem Körper. Seine Haut war furchtbar weiß. Und das Haar auf seiner Brust und an seinem Geschlechtsteil furchtbar dunkel. Er war so schrecklich jämmerlich. Er war so klein. Ein Nichts. Ich könnte ihn zertreten wie ein Insekt, wenn ich das wollte. Dies war bestimmt das Gefühl, dass andere Männer uns gegenüber hatten. Aber wir ließen uns nicht zertreten!

»Wenn wir dich um etwas bitten, gibst du es uns in Zukunft sofort, verstanden?«, fragte Frenchy drohend. Der Mann nickte schnell. »Wir mögen es nicht, wenn man uns für Idioten hält!«

»Natürlich nicht. Es tut mir leid. Es tut mir leid. Es tut mir leid.« Reue kam immer zu spät.

Frenchy stellte sich dicht neben den Mann, sodass dieser seine raue Jacke am nackten Körper spürte.

»Wir lassen uns nicht bescheißen. Behalte das gut!«, flüsterte er in das Gesicht hinter dem Kissenbezug. Ich konnte nicht sehen, was seine Hände taten. Er nickte Jack kurz zu und dieser zwang den Mann auf die Knie und ließ ihn los.

»Let's go«, sagte French. Wir ließen die Kleidungsstücke dort liegen, wo sie hingefallen waren, nahmen den Koffer und machten, dass wir wegkamen. Als wir wieder auf dem Gehweg standen, schien es, als hätten wir eine andere Welt betreten. Die Angst vor Entdeckung kehrte sofort zurück und wir nahmen die Beine in die Hand. Das Jammern und Schluchzen des Mannes löste sich im Nebel auf, während wir weiterrannten. Aber das Bild verschwand nicht, es hatte sich in meinem Kopf festgesetzt. Wie er nackt und zitternd vor uns stand und Reue empfand, Reue für etwas, das er nicht getan hatte.

Einen Block weiter sprangen wir zwei Stufen auf einmal nehmend die Treppe hinunter in eine U-Bahn-Station. Das schwache Licht einer elektrischen Lampe beleuchtete spärlich den Bahnsteig. Einige Leute warteten.

Ein Zug fuhr donnernd ein und im Handumdrehen waren wir allein auf dem Bahnsteig. French setzte sich oben auf eine Bank, lehnte den Rücken an die Mauer und schloss die Augen.

»Das macht das Leben lebenswert.«

»Besser als Sex?«, fragte Jack grinsend. French sah ihn lachend an.

»Nichts ist besser als Sex.« Der schaudererregende Blick war verschwunden und seine Augen glänzten wieder spielerisch und frech.

Ich setzte mich neben Frenchy und schloss die Augen. Ich wurde noch ein wenig näher an ihn gedrückt, als sich auch Jack neben mich setzte. Der Druck ihrer Arme gegen meine war angenehm. Ich fühlte mich mit ihnen verbunden. Es war eine Verbundenheit, die unsere Jacken, Pullover, Hemden und Haut durchdrang. Ich spürte sie tief in mir. Unsere Jacken waren kalt und klamm, die Gesichter noch immer erhitzt vom Laufen, aber noch mehr von der Aufregung. Denn es *war* aufregend. Unser Plan hatte funktioniert. Wir hatten diese Wahnsinnssumme beieinander! Es prickelte in meinem Bauch und in den Beinen. Es benebelte meinen Kopf. Es war ein großartiges Gefühl. Wir hatten einen wichtigen Auftrag vollbracht. *The Cat* würde weiterexistieren, Casey war nicht umsonst gestorben. Ich empfand eine alles überwältigende Liebe für Jack und French. Und doch ...

Doch nagte der Zweifel. Ich fragte mich, ob wir nicht zu weit gegangen waren. Vor Angst schlotternd. Erniedrigt.

Wir waren zu weit gegangen.

War es das, wovor Robert uns gewarnt hatte? »Ihr kennt keine Grenzen mehr!«, hatte er gesagt. Ich hatte es für einen pathetischen Ausruf gehalten. Wir wussten sehr gut, wie weit wir gehen konnten. Hatte er doch recht gehabt? Wir hatten nur das Geld gebraucht. Dafür waren wir losgezogen. Nicht, um den Mann auszuziehen und zu erniedrigen. Nicht, um ihm Todesangst einzujagen. Wir hätten uns getrost schon nach wenigen Minuten mit dem Geld davonmachen können. Aber das hatten wir nicht getan. War es das, was Robert meinte? Wir wollten nicht nur das Geld. Wir reagierten uns ab, egal an wem. Wenn wir nur Menschen unter Druck setzen konnten. Wenn wir uns nur selbst wichtig fühlten. Ich kniff die Augen zusammen, um dieses Spiegelbild nicht sehen zu müssen. Aber es lachte mich spöttisch aus. Es war zu spät, ich hatte es deutlich gesehen ...

»Sind wir zu weit gegangen?« Meine Frage wurde vom Dröhnen eines einfahrenden Zuges übertönt.

Als er wieder abfuhr und es erneut still wurde, versuchte ich, all meinen Mut zusammenzunehmen und meine Frage zu wiederholen. Ich hörte mich schon wieder »Sind wir ...« sagen und ich konnte nicht mehr zurück.

Jack sah mich stirnrunzelnd an. Ein besorgtes, erstauntes Stirnrunzeln.

»Warum denkst du das?«

»Einfach nur so ... Ich weiß es nicht. Dieser Mann hatte so große Angst.«

»Was ist daran falsch?«, fragte French unbekümmert. »Er wird schon nicht daran sterben.«

»Aber nein, Adrian, wir haben ihm doch nichts getan. Er zieht seine Kleidung wieder an und kann ins Hotel zurückgehen.« Es stimmte, was Jack sagte. Es klang akzeptabel.

»Wir brauchten das Geld. Er hätte es uns auch sofort geben können. Er war selbst schuld.« French brauchte nicht darüber nachzudenken.

»Aber vielleicht hatte Robert ja doch recht, als er sagte ...«

»Robert!« Jack schnaubte. »Robert ist ein Feigling. Wenn du meinst, *er* habe recht, dann hättest du bei ihm bleiben sollen. Schön sicher drinnen hocken. Schwächling.« Ich hielt erschrocken den Mund.

Ich wollte sie nicht gegen mich aufbringen. French hatte recht. Schließlich brauchten wir das Geld. Es war unsere letzte Chance, *The Cat* und uns selbst zu retten. Wir taten es doch für Casey?

Und was würde mit uns geschehen, wenn wir das Geld nicht hatten? Was sie mit Casey getan hatten, war *sehr* viel schlimmer als das, was wir da gerade angestellt hatten. Nicht mehr, als einem Kerlchen ein bisschen Angst einzujagen. Ich versuchte, das Bild des weinenden Mannes zu verscheuchen. Aber es gelang mir nur halb. Die Euphorie war gebrochen, das Gefühl der Zusammengehörigkeit verschwunden.

Jack und French saßen noch genauso dicht neben mir wie eben. Aber es fühlte sich anders an. Ich spürte Feindseligkeit. Es machte mir Angst. *Wir* machten mir Angst. Welche Grenzen würden wir noch blindlings überschreiten? Dennoch wagte ich nicht, etwas zu sagen. Denn der Gedanke, aus unserer Gruppe verstoßen zu werden, machte mir noch viel mehr Angst. Ich liebte Jack und Frenchy. Ich konnte nicht ohne sie sein. Ohne diese beiden und JoAnne hatte ich hier niemanden. Sie waren mein Leben ... Und damit verdrängte ich die Fragen in meinem Kopf und das Schuldgefühl in meinem Bauch. Sie hatten bestimmt recht. Solange ich mir das sagte, war alles gut, es konnte mir nichts geschehen.

Fünfundzwanzig

Ich war mir nicht sicher, ob JoAnne wusste, dass ich sie sehen konnte. Vielleicht dachte sie einfach, ich sei mit Frenchy und Jack gegangen. Oder vielleicht wusste sie es sehr gut, spürte meinen brennenden Blick auf ihrem Rücken, aber es interessierte sie einfach nicht. Ich hatte mich im Bett umgedreht, sodass ich mit dem Kopf am Fußende lag, und schaute am Vorhang vorbei auf JoAnne, die auf dem Sofa saß. Sie hatte ihre Haare gewaschen und kämmte sie nun aus. Die nassen Strähnen hingen über ihren nackten Rücken. Sie hatte ihr Unterhemd ausgezogen und saß mit dem Gesicht zum Fenster. Sie trennte Strähne für Strähne ab. Ihre Bewegungen waren langsam. Jedes Mal, wenn sie ihren Arm hob, sah ich die Wölbung ihrer Brust. Ich konnte mich nicht rühren, ich holte kaum Atem. Ich konnte nur schauen. Noch nie im Leben hatte ich einem so intimen Moment einer Frau beigewohnt. Es war seltsam und gleichzeitig so häuslich und ungezwungen, wie JoAnne dort saß. Ich wollte sie berühren. Fühlen, ob ihre Haut so zart war, wie sie aussah. An ihren Haaren schnuppern, um zu riechen, welches Shampoo sie benutzt hatte. Der Drang war stark, aber dennoch wollte sich mein Körper nicht rühren, um zu ihr zu gehen. Ich beobachtete sie gierig. Und zum zigsten Mal fragte ich mich, weshalb ich mich nie in sie verliebt hatte. Verlieben konnte. Sie sah zauberhaft aus, ohne so ein Kicherlieschen zu sein. Ich konnte mit ihr reden. Sie räumte meinen Kopf auf, machte mich fröhlich. Wir waren so oft auf derselben Wellenlänge. Sie verstand mich. Und sie verstand auch, weshalb ich Jack liebte.

»Adrian?«

Sie war auch die Einzige, die meinen Namen richtig aussprach.

Ich konnte nicht antworten. Meine Kehle war rau. Sie drehte mir den Kopf zu und winkte mich herüber. Mit einem weichen Gefühl in den Beinen stand ich auf. In der Zwischenzeit zog sie ihr Unterhemd wieder an. Ich setzte mich neben sie aufs Sofa und sie wandte sich zu mir um.

»Adrian«, wiederholte sie. Ich wartete, ob sie noch etwas sagen würde. Aber sie schaute mich nur nachdenklich an und strich mit einem Haarbüschel an ihren Lippen entlang.

»Gehöre ich . . . Gehöre ich eigentlich zu euch?« Die Antwort war für mich so selbstverständlich, dass ich es merkwürdig fand, dass sie daran zweifelte.

»Natürlich.« Das Erstaunen über ihre Frage machte, dass es nicht überzeugend klang. Sie seufzte.

»Ihr zieht immer zu dritt los. Und wenn ihr zurückkommt, spüre ich, dass ich viel verpasst habe.«

»Wir erzählen dir doch alles?« Ich wusste, dass das eine dumme Bemerkung war. Das Gefühl der Verbundenheit, jedes Mal, wenn wir etwas Spannendes erlebt hatten, war nicht in Worte zu fassen. Sie sah mich zögern.

»JoAnne, natürlich gehörst du zu uns. Auch wenn du uns nicht begleitest. Du bist doch unsere JoAnne, unsere Muse, diejenige, die uns verbindet. Du bist diejenige, zu der wir immer zurückkehren.« Sie nickte, als wollte sie es gern glauben.

Unwillkürlich glitt mein Blick wieder zu ihren Brüsten. Durch den dünnen Stoff waren ihre Brustwarzen deutlich sichtbar. Ertappt schaute ich auf und begegnete ihrem Blick. Ich erschrak, aber sie schaute nicht böse, sie lachte nicht. Sie nahm meine Hand und legte sie auf ihre Brust.

»Ich friere«, sagte sie leise. Ohne meine Hand loszulassen, rutschte sie näher an mich heran und zog ihre Beine an. Ich legte meinen freien Arm um sie und versuchte, meine andere Hand zu entspannen.

»Weißt du, dass ich dich beneide, Adrian?« Sie legte ihren Kopf auf meine Schulter. Ihre Haare rochen nach Blumen. »Um das, was du mit Jack hast. Das ist so schön. Ich vermisse das. Ich wünschte, ich hätte auch so jemanden in meinem Leben.« Ich wollte sagen, dass ich doch auch für sie da sei, aber ich hielt gerade noch rechtzeitig den Mund. Das meinte sie natürlich nicht. »Ihr seid so . . . perfekt.« Ich schüttelte den Kopf.

»Das sind wir ganz und gar nicht«, sagte ich leise. Ich dachte an Frenchy. Konnte ich Jack vertrauen? Konnte ich mir selbst trauen? Manchmal wollte ich lieber nicht mit ihnen gehen. Aber ich konnte und ich wollte French und Jack auch nicht allein losziehen lassen. Ich wollte bei ihnen sein. Wenn ich ehrlich war, musste ich zugeben, dass ich Jack nicht mit Frenchy allein zu lassen wagte. Und ich hatte Angst, dass sie Bande knüpfen würden, an denen ich nicht teilhätte, wenn ich nicht dabei war. Genau wie JoAnne hatte ich Angst, nicht dazuzugehören. Es war ein starkes Gefühl, das der Zusammengehörigkeit. Ein alles beherrschendes Gefühl. Das war alles, was ich wollte. Bei ihnen sein. Mehr brauchte ich nicht zum Leben. Sie waren der Atem, der durch meinen Körper jagte. Aber das Gefühl hatte eine Schattenseite . . .

»Sei froh, dass du uns nicht immer begleitest. Wir machen manchmal schreckliche Sachen.« Ich starrte zur Uhr auf dem Kaminsims, in der wir unser Geld verwahrten, und war froh, dass ich JoAnne nicht ins Gesicht zu sehen brauchte. »Manchmal habe ich vor mir selbst Angst. Vor uns. Wir haben Abscheuliches getan. Menschen in Angst und Schrecken versetzt, ihnen Schmerzen zugefügt, sie erniedrigt. Und mir hat es gefallen, weil es ein Band zwischen uns schafft. Es gab mir das Gefühl, stärker zu sein. Als wären nicht wir diejenigen, die sich verstecken müssten. Als wären nicht wir diejenigen, die zwei Leben führen müssten, um nicht verhaftet oder angegriffen zu werden. Als wäre die Welt für einen Augenblick umgekehrt.« JoAnne sagte nichts, aber ich spürte, dass sie zuhörte. Ich hoffte, dass sie mich auch verstand. Ich vergrub mein Gesicht in ihren Haaren. Ich wagte kaum weiterzuerzählen, aber ich fuhr doch fort. »Jetzt, da wir alles Geld beieinanderhaben, fühle ich mich leer. Weil wir jetzt nie mehr zu dritt losziehen werden. Keine Aufträge mehr. Keine großartigen Gefühle. Ich . . . Es fehlt mir . . .« Ihre Finger streichelten zart und fast unmerklich über meine Hand. Es war beruhigend. »Oh, JoAnne, warum ist bloß alles so kompliziert?«

»Ich weiß es nicht, Adrian. Ich weiß es nicht«, antwortete sie leise. »Ich spüre, dass es etwas Besonderes ist, was ihr da gemeinsam habt. Etwas Starkes. Ich verstehe, dass du das nicht aufgeben möchtest. Aber du musst vorsichtig sein, damit du nichts tust, was nicht wiedergutzumachen ist.«

»Aber wie erkennt man diese Grenze?« JoAnne antwortete nicht. Das war auch nicht notwendig. Könnten wir doch so sitzen bleiben, bis nach Neujahr, bis nach der Deadline. Dann käme alles von allein wieder in Ordnung.

Sechsundzwanzig

Ich faltete das Geschirrtuch spitz zusammen und stocherte so tief wie möglich im Trichter herum.

»Ich glaube nicht, dass das etwas ändert. Das muss irgendwo innen drin sein«, sagte Jack. Er drehte an der Kurbel und klopfte auf das Gehäuse. Aber es geschah nichts. Vielleicht mussten wir das ganze Ding auseinandernehmen? Ich hatte keine Ahnung von Grammofonen und Jack ganz offensichtlich auch nicht. Uns war schleierhaft, wie es kam, dass es plötzlich nicht mehr spielte. Die Platte drehte sich noch, aber wir bekamen keinen Klang mehr. Nur das kratzende Geräusch der Nadel war zu hören.

»Weißt du, wie ein Grammofon von innen aussehen soll?« Jack schüttelte den Kopf.

»Dann ist es nicht sehr vernünftig, es zu öffnen.«

»Aber vielleicht sehen wir dann sofort, was kaputt ist.«

Weil es sowieso nicht mehr funktionierte und wir nichts zu verlieren hatten, fummelte Jack mit einer Messerspitze die Schräubchen ab. Wir schraubten die Kurbel und den Trichter ab und im Handumdrehen hatten wir das Ding auseinandergenommen und der Tisch lag voller Einzelteile. Aber wir sahen natürlich nicht, was los war. Und wir wussten auch nicht mehr, wie alles ineinanderzusetzen war.

»Könnt ihr ein wenig Platz fürs Abendessen machen?«, fragte JoAnne, aber wir reagierten nicht. Ich starrte auf die Drähtchen, Rädchen und Kupferteile, ohne zu wissen, wozu sie dienten. Vielleicht waren wir so eifrig bei der Sache, um unsere Gedanken vom heutigen Abend abzulenken. In wenigen Stunden war Silvester. Aber niemand war in Feststimmung. Niemand wusste, wie wir gleich ins Jahr 1913 gehen würden. *Ob* wir überhaupt hineingingen ... Daher war unser Grammofon im Augenblick das Allerwichtigste auf der ganzen Welt.

»Wo ist Frenchy eigentlich?«

»Keine Ahnung. Er hatte gestern eine Verabredung mit irgendeinem Kerl«, sagte Jack, den Blick noch immer auf das Durcheinander auf dem Tisch gerichtet. Frenchy hatte tatsächlich in dieser Nacht nicht zu Hause geschlafen. Aber das kam öfter vor.

Weil JoAnne wiederholte, dass das Essen fertig sei, versuchten wir, alle Einzelteile in derselben Reihenfolge, in der wir sie aus dem Grammofon geholt hatten, auf den Regalbrettern neben dem Kaminsims anzuordnen, wo die Bücher und Schallplatten standen.

Wir waren gerade fertig mit dem Essen, als Frenchy hereinkam.

»Hast du schon gegessen?«, fragte JoAnne, während sie die Teller in die Küche brachte.

»Ich habe keinen Hunger.« Er lachte, zog seine Jacke aus, warf sie aufs Sofa und drehte sich wie ein Balletttänzer um seine Achse. Man konnte es nicht übersehen. Er trug einen neuen Anzug. Einen aus dickem, warmem und doch geschmeidigem Stoff. Er passte wie angegossen. Ganz offensichtlich kein Schnäppchen aus einem Warenhaus oder von einem Straßenhändler. Der Kragen saß perfekt, war strahlend weiß und piekfein gebügelt. In der Hose befand sich eine messerscharfe Bügelfalte und das Jackett schmeichelte ihm ganz außergewöhnlich. Schultern und Hüfte zeichneten sich straff ab. In der Brusttasche steckte ein knallrotes Tüchlein, was dem Ganzen eine gewagte Ausstrahlung gab. Ganz Frenchy. Seine Schuhe glänzten im Licht der Gaslampe.

»Was haltet ihr hiervon?«

Jack pfiff.

»Du hast heute Nacht gut verdient.« Frenchy zog eine Grimasse.

»Die Schuhe habe ich verdient, ja. Den Anzug habe ich selbst gekauft.«

»Von welchem Geld?« JoAnne konnte den Argwohn nicht ganz aus ihrer Stimme bannen.

»Geld, das noch von *The Cat* übrig war.«

»Geld von *The Cat?«,* fragte Jack langsam. French zuckte mit den Schultern.

»Durch die achtzig Dollar im Park hatten wir mehr, als wir brauchten, also . . .«

»Also gehst du einfach an unser Geld, um dir einen neuen Anzug zu kaufen?«, fragte Jack böse.

»Er hat dreißig Dollar gekostet. Wir haben verdammt noch mal genügend Geld übrig. Stell dich nicht so an, Mann. Es fehlt gewiss kein Geld für *The Cat!«,* verteidigte er sich.

»Darum geht es gar nicht! Es ist *unser* Geld, nicht *dein* Geld! Wir beschließen gemeinsam, was wir damit machen!«

»Ich habe das hier schließlich mitverdient! Wenn du auch einen Anzug haben willst, bitte schön!«

»Jungs, Jungs, immer mit der Ruhe«, beschwichtigte JoAnne.

Das war wieder so typisch Frenchy. Er dachte überhaupt nicht an uns andere. Was wir davon halten würden. Er hatte Geld und dann musste er es einfach möglichst schnell ausgeben. Etwas für sich selbst kaufen. Etwas, was ihn schön machte. Etwas, was er überhaupt nicht brauchte. Warum fiel es ihm so schwer, ein klein wenig zu sparen? Alles, was er sah, wollte er sofort haben. Was war er doch für ein komplizierter Typ. War man bei ihm, gab er einem das Gefühl, man bedeutete ihm alles. Man konnte ihm einfach nicht böse sein, wenn er sich im selben Raum aufhielt. Er war so charmant und sah so gut aus, dass man nicht anders konnte, als ihn zu lieben. Er gab einem das Gefühl, etwas Besonderes zu sein, wenn er einem Aufmerksamkeit schenkte. Aber sobald man diese Aura verließ, sah man, dass er eigentlich nur sich allein liebte. Es schmerzte, das zu sehen, und so schloss man lieber die Augen. War er wieder nah bei einem, fragte man sich, wie in Gottes Namen man je so über ihn hatte denken können. Er war doch fantastisch?

»*Okay,* das nächste Mal treffen wir klare Vereinbarungen über unsere Ausgaben«, sagte er ruhig und setzte sich zu uns an den Tisch. Auch JoAnne blieb sitzen und ließ das Geschirr stehen.

»Ich hätte das Geld nie genommen, wenn wir es für die Schulden von *The Cat* gebraucht hätten, das schwöre ich.« Man nahm es ihm sofort ab, wenn er wieder etwas ehrlich zu schwören schien. »Und wir haben es doch zusammen, oder? Gleich werden wir es dem Scheißkerl übergeben, der es abholen kommt« – sein Blick verhärtete sich kurz – »und dann ist es vorbei. Dann können wir endlich unser Leben fortsetzen. Ich ... Ich musste etwas haben, um mich abzulenken. Ich bin mit meinen Nerven am Ende.«

Einer so aufrichtigen Beichte hatten wir nichts entgegenzusetzen. Ich schaute zur Uhr hinüber und hoffte gegen besseres Wissen, dass wir vergessen hatten, sie aufzuziehen. Aber das stetige Ticken bewies, dass es immer noch Stunden dauern würde, bevor wir in *The Cat* sein mussten.

Um unserem geheimnisvollen Gläubiger entgegenzukommen, hatten wir beschlossen, *The Cat* an diesem Abend gar nicht zu schließen. Es herrschte eine Feststimmung, die nicht ganz zu mir durchdrang. Gegen zwölf Uhr bekam ich auf einmal enorm viel zu tun, weil alle gleichzeitig Getränke bestellten. Lauthals wurden die Sekunden gezählt und jeder küsste jeden. Männer nutzten die Gelegenheit, auch mich anzugrapschen. Ich spürte Lippen in meinem Nacken und eine Hand zwischen meinen Beinen. Aber ich reagierte nicht darauf. Ich zog nicht an den angebotenen Opiumzigaretten und ich ließ mich nicht zu einem Gratisgetränk verführen. Ich konnte nur immer zur Tür starren und jedes Mal erschreckt aufsehen, wenn die Glocke einen neuen Gast ankündigte. Es kamen keine Männer in langen schwarzen Mänteln, die ihren Hut tief in die Stirn gezogen hatten. Niemand schritt mit einer Pistole in der Hand auf den Ausschank zu, um das Geld einzufordern. Jeder *gab* Geld, niemand wollte welches haben. Die anderen waren genauso gespannt wie ich. Frenchy ließ sich nicht dazu verleiten, mit in die Hinterzimmer zu gehen, sondern servierte brav weiter Getränke, damit er alles im Auge behalten konnte. Alf und Robert waren in Gedanken völlig abwesend und schenkten regelmäßig das falsche Getränk aus. Jack sprang ein und half uns. Jedes Mal, wenn wir einander kreuzten, fragte er, ob schon etwas geschehen sei. Und jedes Mal schüttelte ich den Kopf. JoAnne hatte ein paar hübsche Tänzerinnen und zwei Akrobaten engagiert, damit sie selbst nicht auf die Bühne musste.

Die ganze Nacht über geschah nichts, und als die Gäste gegen Morgen alle gegangen waren, trauten wir uns nicht, *The Cat* zu schließen. Wir waren vollkommen erledigt von der harten Arbeit und der Anspannung, aber keiner wagte es, nach Hause zu gehen. Ich ließ Jack versprechen, dass er mich rufen würde, sobald jemand käme, und versuchte, in einem der Hinterzimmer ein wenig zu schlafen. Aber ich schrak immer wieder auf, weil ich glaubte, etwas gehört zu haben. Auch die anderen versuchten abwechselnd ein wenig zu schlafen. JoAnne holte Brötchen, die wir lustlos verspeisten. Wir langweilten uns, konnten unsere Aufmerksamkeit jedoch auch nicht bei einer Partie Karten oder bei einem Gespräch halten. Den ganzen Tag hingen wir in *The Cat* herum und beschlossen, an diesem Abend nicht zu öffnen. Keiner von uns hatte Lust, wieder zu arbeiten. Keiner hatte Lust auf eine Wiederholung des vorigen Abends. Vielleicht wollten sie das Geld nur holen, wenn keine Gäste da waren. Wir hingen ein Schild vor die Tür: *closed*, aber wir sperrten sie nicht ab und ließen das Licht brennen. Den ganzen Abend über geschah nichts . . .

Wir begannen uns zu fragen, ob wir uns wohl geirrt hätten. Meinten sie vielleicht das chinesische Neujahr? Oder das jüdische? Es war uns doch allen eindeutig ins Gedächtnis geschrieben: 1. Januar 1913. Am heutigen Tag also. Würden sie vielleicht nicht in *The Cat* kommen? Vielleicht mussten wir ihnen das Geld überbringen? Aber es waren doch keinerlei Vereinbarungen getroffen worden. Wir hatten lediglich den Brief und den hatten sie *hier* abgegeben. Ach, unsere Sorgen und Fragen waren nutzlos. Wir wussten es ja. Aber warum kamen sie dann nicht? Ganz tief hinten in meinem Kopf begann ein kleines, hoffnungsvolles Licht zu flackern. Vielleicht kämen sie ja gar nicht mehr? Vielleicht hatte Caseys Tod unsere Schulden beglichen? Es war ein unsinniger Gedanke und ich schob ihn ärgerlich von mir.

Quälend langsam wurde es elf Uhr, halb zwölf, Viertel vor. Wir wussten nicht, was wir machen sollten. Immer noch wagte es keiner, nach Hause zu gehen. Ich wollte mich ans Fenster stellen, um zu schauen, ob jemand käme. Aber ich traute mich nicht. Keiner von uns traute sich.

Von meinem Hocker am Tresen starrte ich auf die Straßenlaterne und die fallenden Schneeflocken, die sich orange färbten, wenn sie in den Lichtschein taumelten. Plötzlich jedoch wurden die Schneeflocken zu einem einzigen weißen Flecken und ich hörte einen lauten Knall. Wieder sahen wir gerade noch einen Hut über dem bemalten Teil der Scheibe. Wieder klebte ein beschriebener Zettel am Fenster. Sie waren da!

Frenchy sprang von seinem Hocker und riss die Tür auf. Er schaute nach links und rechts, wollte dem Mann hinterherrennen, aber es war niemand mehr zu sehen. Die Spuren des geheimnisvollen Botschafters hatten sich schon wieder mit denen Unzähliger anderer in der Straße gemischt. Frenchy zog das Blatt vom Fenster, kam wieder herein und knallte die Tür laut hinter sich zu.

»Verdammt! Diese Feiglinge!«, fluchte er aus tiefstem Herzen. Er legte den Zettel brüsk auf den Tresen. Wieder war es JoAnne, die ihn nahm und vorlas.

»1200 Dollar. 1 Person. EL Allan Str. Jetzt.«

»Ich gehe«, sagte Robert sofort resolut.

»Sollten wir nicht . . .?«

»Ich gehe«, fiel Robert Alf ins Wort. »Sonst vergesst ihr wieder, dass es um das Geld geht.«

Er sah Jack ins Gesicht, dieser ging aber wohlweislich nicht darauf ein. Robert zog seine Jacke und Handschuhe an, setzte seinen Hut auf und wickelte seinen Schal um den Hals. Er nahm das Geld, das wir in Zeitungspapier verpackt hatten, und steckte es in seine Jackentasche.

»Wir gehen mit. Wer weiß . . .«, sagte Frenchy.

»*Eine* Person, steht dort. Ich gehe allein. Wir haben das Geld. Jetzt befolgen wir auch ihre anderen Anweisungen.« Bevor noch jemand etwas sagen konnte, zog er die Tür auf und verschwand in der Nacht.

Die Haltestelle des *elevated train* in der Allan Street war nicht so weit entfernt, aber dennoch schien es Stunden zu dauern. Was, wenn etwas schiefging? Was, wenn sie nicht zufrieden waren? Würden sie glauben, dass wir ihnen den richtigen Betrag gaben? Würden sie uns jetzt in Ruhe lassen? Oder würden sie noch mehr von uns wollen? Ich legte die Arme auf den Tresen und schmiegte meinen Kopf in die Ellenbogenbeuge. Ich würde an nichts mehr denken. Ich würde schlafen und aufwachen, wenn Robert wieder zurück und alles wieder beim Alten wäre. Wenn wir unser Leben fortsetzen könnten, wie Frenchy am Tag zuvor noch gesagt hatte – lieber Himmel, es schien Ewigkeiten her.

Aber ich schlief natürlich nicht. Ich zählte die Sekunden, die zu Minuten wurden, die wie Stunden wirkten, und Jahre, bis Robert wieder zurückkam. Plötzlich stand er wieder in *The Cat*. Ich schreckte sofort hoch. Er stand in der Tür und schwieg. Ich erwartete, dass er jeden Moment tot vornüber stürzen würde. Oder einen Arm ausstrecken, an dem keine Hand mehr war. Aber er machte lediglich sehr bedächtig einen Schritt nach vorn, nahm seinen Hut ab und klopfte sich den Schnee von der Jacke,

»Ich habe das Geld übergeben. Es ist in Ordnung.« Ich konnte ihm nicht glauben. Es war zu leicht gegangen. Er zog seine Jacke aus und setzte sich zu uns an den Tresen.

»Es war nur ein Mann. Klein, mit einem Schnurrbart. Ich gab ihm das Geld, er zählte es, tippte kurz an seinen Hut und verschwand.« Er musste es mehrfach wiederholen, bevor ich anfangen konnte zu glauben, dass Frenchy recht bekommen hatte. Alles war in Ordnung . . . Wir konnten unser Leben fortsetzen. *The Cat* blieb erhalten. Wir würden Caseys Traum wahr machen . . .

Dennoch empfand ich keine Erleichterung. Ich wollte es ja, aber ich traute mich noch nicht. Das Gefühl von Befreiung würde sich bestimmt noch einstellen. Die Erkenntnis, dass jetzt alles in Ordnung sein sollte, musste erst noch zu mir durchdringen.

Die anderen hatten weniger Probleme damit. Jack grinste breit, schlug Frenchy auf die Schulter und drückte mir einen Kuss auf die Lippen. Aber ich war noch zu verdutzt, um zu reagieren. JoAnne schenkte uns allen etwas zu trinken ein. Wir setzten uns an den Tresen und stießen an. Auf Casey. Auf *The Cat*. Auf ein *Happy New Year*. Darauf konnten wir jetzt wirklich hoffen. Alle lachten und tranken und wir feierten unser eigenes kleines Fest. Aber irgendwo in meinem dunklen Innern hatte ich noch immer Angst. War es so leicht? War nun wirklich alles vorbei? Das Bild von Caseys blutdurchtränktem Jackett hatte sich in meinem Kopf festgesetzt.

»Was ist?«, fragte JoAnne, ohne dass die Jungs es hören konnten. Sie legte ihre Hand auf meinen Arm.

»Es ist seltsam. Dass es so plötzlich . . . Ich muss immerzu an Casey denken, dort in der Gasse.«

»Das ist nicht schlimm«, antwortete sie leise. »Ab jetzt kann dieses Bild allmählich verblassen.«

Siebenundzwanzig

Ich spürte gleich, wie kalt es war, als ich meinen Fuß aus Versehen unter der Decke hervorstreckte. Das bedeutete auch, dass JoAnne noch nicht auf war. Sie war meist als Erste aus dem Bett und machte den Ofen an, sodass es angenehm warm war, wenn Jack, French und ich aufstanden. Schläfrig versuchte ich darüber nachzudenken, weshalb ich so früh wach war.

Jacks Geburtstag!

Ich drehte mich zu dem schlafenden Knäuel, das neben mir unter den Decken lag. Es wurde schon hell draußen, aber dicke Winterwolken sorgten dafür, dass das Licht nicht ganz bis ins Schlafzimmer drang. Ich zog meine Zehen wieder unter die Decken und versuchte, noch ein wenig weiterzuträumen. Ich liebte es, dösend die Ruhe zu genießen, die Wärme unter den Decken und Jacks gleichmäßiges Atmen. Ich kuschelte mich näher an ihn und überließ mich dem wohligen Gedanken, dass jetzt alles in Ordnung war. Wir hatten in der vergangenen Woche nichts mehr von dem Gläubiger gehört und es schien, als wäre alles wieder wie zuvor. Allmählich wagte ich es auch, mich diesem köstlichen Gefühl der Erleichterung hinzugeben. Wir konnten weitermachen. Auch ohne Casey. Es schien, als wäre die Zeit in dem Moment stehen geblieben, als ich ihn mit French gefunden hatte. Als würde die Zeit erst jetzt weiterrieseln, mit dem sanften, andauernden und beruhigenden Geräusch einer Sanduhr.

Eine Weile später – ich musste doch noch kurz eingeschlummert sein – hörte ich leise Geräusche in den vorderen Zimmern.

JoAnne stand auf. Sie flüsterte Frenchy etwas zu und ich hörte, wie sie versuchte, den Ofen so leise wie möglich anzumachen. Nicht lange danach streckte ich die Füße aus dem Bett. Auch Jack war dabei, wach zu werden. Ich sah, dass er die Augen offen hatte. Zwei dunkle Flecken in seinem weißen Gesicht.

»Guten Morgen, Geburtstagskind«, sagte ich leise und gab ihm einen Kuss. Ich musste an mich halten, um ihn nicht sofort aus dem Bett zu ziehen, jetzt, da er sowieso schon wach war. Wir hatten ein perfektes Geschenk gefunden und ich konnte es kaum erwarten, es ihm zu überreichen. Weil ich gern Geschenke machte, aber noch mehr, weil ich sicher war, dass er sich riesig freuen und überrascht sein würde. Aber ich musste mich noch gedulden. Wir würden es so machen, wie mit JoAnne und French verabredet. Ich musste kurz an seinen letzten Geburtstag denken, an diese fantastische Nacht auf dem Eis.

In diesem Jahr hatte ich kein eigenes Geschenk und bedauerte ein wenig, dass ich nichts Besonderes für ihn gekauft hatte. Aber wir hatten uns diesen tollen Plan gemeinsam ausgedacht und das Geld zusammengelegt. Wir wohnten nun zusammen, also schien es French und JoAnne logisch, dass wir Jacks Geschenk zu dritt kauften. Daran dass er *mein* Freund war, doch noch ein klein bisschen mehr als ihr Freund, schienen sie nicht zu denken. Ich hatte nicht gewagt zu protestieren. Und ich war auch ein wenig stolz auf das Geschenk, das wir ihm gleich geben würden. Es war einfach eine tolle Idee!

»Habe ich heute Geburtstag?«, ächzte Jack mit rauer Morgenstimme. Als fände er es nicht schön, Geburtstag zu haben. Ich krabbelte über ihn hinweg aus dem Bett. Der Ofen und die Lampe brannten und Frenchy hatte wahrhaftig schon Hemd und Hose angezogen.

JoAnne hatte die kleine Torte, die wir am Tag zuvor gekauft hatten, auf den Tisch gestellt. Sie hatte uns ein kleines Vermögen gekostet, aber dafür hatte der Bäcker auch mit Glasur *Jack* daraufgeschrieben. Es sah zwar eher aus wie *Jock*, aber mit ein bisschen gutem Willen konnte man erkennen, was gemeint war.

Jack versuchte, uns zum Schweigen zu bringen, als wir zu singen begannen, aber die Torte war eine freudige Überraschung. Jeder von uns bekam ein Stück und wir tranken eine große Tasse Kaffee dazu.

Nach dem Essen zogen wir uns fein an und JoAnne nahm ein großes, in Papier gewickeltes Päckchen mit, von dem Jack dachte, es sei sein Geschenk. Wir verbanden ihm gegen seinen Willen die Augen und gingen los, zum echten Geschenk. Um die Überraschung komplett zu machen, hielten wir auf The Bowery eine Taxikutsche an, damit er nicht merkte, wo wir hingingen.

Die Fahrt verlief zügig und noch keine zehn Minuten später erreichten wir unser Ziel. Jack wollte seine Augenbinde abnehmen, aber JoAnne hinderte ihn daran. Er hörte die Ladenglocke läuten, als wir eintraten. Er roch den gebohnerten Boden. Aber er sah weder die Schneiderpuppen und die Stoffe, noch die glänzenden Fotos aus Modemagazinen, die Nadelkissen und das amüsierte Lächeln des Mannes hinter der Theke.

»Guten Morgen, Sie hatten einen Termin?« Es klang, als wären wir beim Arzt. Erst jetzt durfte Jack die Binde abnehmen. Er sagte nichts, aber er warf uns einen befremdeten Blick zu, als er sah, wo er sich befand.

»Sie dürfen mitkommen«, sagte der Schneider. Er führte Jack hinter einen Vorhang in die Umkleide und sah erstaunt auf, als wir ihm folgten und – höchst unüblich – zu dritt in dem Sessel

Platz nahmen, der dort stand, damit man nach der Anprobe auf seinen Anzug warten konnte.

Doch der Schneider verhielt sich ganz professionell. Er reagierte stoisch auf unsere Begeisterung und unser Interesse und bot uns etwas zu trinken an, wie es sich gehörte. Dies war kein Schneider aus der Lower East Side, der einem husch-husch die Beine vermaß und einen Saum umlegte. Dies war ein richtiger Schneider, der Tausende von Stoffen führte und wusste, welchen Stoff er am besten für welches Kleidungsstück verwendete. Der Kragen machte und einen Laufjungen hatte. Der Hemden zu wahren Harnischen steifen konnte. Der einen passend zur Augenfarbe beriet.

Ich grinste glücklich. Das hier war *so* harwoodmäßig! Aber jetzt brauchten wir sein Geld nicht mehr!

»Wir möchten gern, dass du bei uns arbeitest«, sagte French. »In *The Cat*. Jetzt, wo Casey . . .« Er schluckte.«Wir könnten gut noch jemanden brauchen.«

Jack reagierte nicht sofort.

»Wäre es nicht fantastisch, wenn wir alle die gleichen Arbeitszeiten hätten?«, rief ich aus. Der Schneider wusste nicht so genau, ob er warten oder sich diskret zurückziehen sollte.

»Nun? Was hältst du davon?«, fragte ich ungeduldig. Jack wirkte nicht so begeistert, wie ich gehofft hatte.

»Super! Wirklich. Aber . . .« Aber was? Wollte er nicht? Vielleicht wollte er ja doch lieber weiterhin im Hotel arbeiten und wir hatten uns vollkommen vertan? Aber *ich* wollte ihn in *The Cat*. Waren wir zu selbstsüchtig gewesen?

»Aber . . . sind wir deswegen hierhergekommen? Um mich das zu fragen?«

»Nein! Du musst natürlich auch einen *fancy* Anzug haben!«, rief

French fröhlich. Jacks Stirnrunzeln machte einem breiten Grinsen Platz.

»Du meinst . . . so ein seidenes Westchen und . . .« Ich nickte. Er wollte es doch!

JoAnne nahm den Anzug, den sie mitgenommen hatte, und wickelte ihn aus dem Papier.

»Genau so einen Anzug für diesen Herrn, bitte«, sagte sie zu dem Schneider und gab ihm meinen *Fancy-Cat*-Anzug. Der Mann war bereits informiert. Schließlich hatte er schon einen Vorentwurf gemacht.

Aber er spielte das seltsame Spiel mit und betrachtete den Stoff, während er murmelte: »Hm, ja. Ich denke schon. Das dürfte kein Problem sein. Hochwertige Qualität.«

Jack genoss es, ausgemessen zu werden, und ich genoss es, ihn dabei zu beobachten. Ich betrachtete seine Rückseite und er sah im Spiegel, wie ich ihn anschaute. Er warf mir ein frivoles Grinsen zu. Ich studierte die Linie seiner Schultern, seine Hüften, seine Pobacken, seine nackten Beine und wünschte, die Hände des Schneiders wären meine. Sein Körper war mir fast so vertraut geworden wie mein eigener. Ich konnte ihn auch mit geschlossenen Augen ganz vor mir sehen – egal, in welcher Ausstattung, auch ohne Kleider. Ich konnte ihn fühlen, ich roch und schmeckte ihn in Gedanken. Aber es war immer noch schöner, ihn in echt zu sehen. Es war eine merkwürdige Wahrnehmung, ihn so zu betrachten, während die anderen dabei waren. Der Schneider hatte ja keinen blassen Schimmer, *wie* gut ich Jacks Körper kannte. Das gab mir ein ungutes, aber gleichzeitig auch erregend gutes Gefühl. Sollte ich gleich zu ihm gehen, um zu fühlen, ob seine Hose auch stramm genug saß? Wie würde der Mann reagieren? Ich würde meine Hand über seinen Hintern gleiten lassen, seine Hüften festhalten und mit meinem Finger an der Innenseite seines Hosenbundes entlangstreicheln. Einfach, um zu kontrollieren. Nur um den Mann zu schockieren ... Ich wusste nur zu genau, dass ich mich das nie trauen würde. Also lachte ich Jack über den Spiegel nur zu.

Als der Mann alle Maße genommen hatte und Jacks neuer Anzug voller Nadeln und Kniffe war, durfte er ihn wieder ausziehen.

»Wir warten gern, bis er fertig ist«, sagte French. Der Mann nickte und verschwand mit dem Stoff. Keine Minute später kam ein Junge und fragte, ob wir noch etwas trinken oder rauchen wollten. Er bediente uns und ließ uns ansonsten allein.

»Ganz riesigen Dank, Leute«, sagte Jack und zog angeberisch an seiner Zigarre. Er setzte sich auf den Teppich. »*The Cat* wird ein echtes Familienunternehmen.«

»Das hätte Casey sehen müssen«, sagte French plötzlich. Ein Schatten fiel über Jacks Fest.

»Er wäre stolz auf uns«, sagte Jack. »Wir haben *The Cat* gerettet.«

»Und doch finde ich es unerträglich, dass wir diesen Kerl haben laufen lassen.« Frenchy bekam wieder diesen eiskalten Blick in die Augen.

»Was hättest du denn machen wollen? Denk doch nicht mehr daran. Unsere Probleme sind vorbei.«

Aber French ließ sich nicht überzeugen. Er zuckte kurz die Achseln. Fand er es schade, dass die spannenden Augenblicke vorbei waren? Genau wie ich? Hatte auch er Angst, dieses Gefühl der Zusammengehörigkeit und Stärke, dieses euphorische Gefühl der Liebe zu verlieren?

»Sie kommen einfach damit davon. Sie haben ihn ermordet, Jack. Vergiss das nicht!« Jacks Blick wurde hart.

»Das vergesse ich nicht!«, sagte er kurz.

»Jede Nacht sehe ich Casey wieder vor mir. Wie sie ihn wie einen Hund niedergestochen haben. Wie sie ihn mitleidslos zugerichtet haben. Wie Tiere haben sie sich benommen! Die können doch nicht straffrei ausgehen. Ich will Gerechtigkeit!!«

»Nein, du willst Rache«, korrigierte ich ihn.

»Ach Mann, du klingst wie Robert!«

»Jungs«, sagte JoAnne drängend. »Wir wissen nicht, wie es war. Und wir bringen uns nur selbst wieder in Probleme, wenn wir versuchen, uns zu rächen. Wir sollten froh sein, dass *The Cat* das überlebt hat. Lasst uns die Erinnerung an Casey über die Bar lebendig halten. Über die Shows und den Erfolg. Glaubt ihr nicht, das wäre ihm am liebsten?« Frenchy zuckte wieder die Achseln. Er schien sich nicht ganz damit abzufinden, aber er ließ es vorläufig darauf beruhen. Ich verstand ihn gut. Auch ich konnte die Wut, die manchmal in mir aufflackerte, nicht vollkommen ignorieren. Das Gefühl war so stark, dass ich selbst jedes Mal darüber erschrak. Aber JoAnne hatte recht, wir konnten endlich weitermachen. Was hatte es für einen Sinn, alles wieder zu gefährden?

»Engagierst du die Akrobaten von Silvester noch einmal?«, fragte ich sie. »Ich fand sie ganz schön *hot* in ihren Anzügen.«

»He, da«, rief Jack in gespielter Empörung. Und damit hatten wir das Thema gewechselt. French taute auf und wir fantasierten über neue Shows. Ich lehnte mich im Sofa zurück und genoss die sorglose Stimmung, die ich so lange vermisst hatte. Ich sah zu JoAnne hinüber und sie lächelte mich an. Aus ihrem Blick sprach dasselbe Gefühl. Sie gehörte wieder ganz dazu.

Der Schneider kam mit Jacks Anzug herein. Jack probierte ihn noch einmal an, um zu prüfen, ob er auch perfekt saß. Ich bemerkte den Kloß in seiner Kehle, als er sich bei uns zu bedanken versuchte.

Hank konnte ihn mal gern haben. Jack gehörte jetzt ganz und gar uns.

Achtundzwanzig

Ich seufzte, als ich die Warteschlange sah, bezahlte aber dennoch meine drei Cent und nahm ein Handtuch und ein Ministückchen Seife entgegen. Ich hätte jemanden bitten sollen mitzugehen, dann hätten wir uns beim Warten unterhalten können. Aber Jack lag noch im Bett und French war in dieser Nacht wieder nicht nach Hause gekommen. Ich fragte mich schon lange nicht mehr, in wessen Bett er geschlafen hatte. Aber seit er bei uns war, ging er doch seltener mit anderen Männern mit. Und dabei fühlte ich mich ruhiger. Nicht, dass ich mir um Frenchy Sorgen machte – er konnte auf sich selbst aufpassen –, aber es war ein gutes Gefühl zu wissen, wo er sich herumtrieb. Während ich mich auszog, lauschte ich dem Plätschern des Wassers gegen Duschwände und den Gesprächen der Männer. Das warme Wasser verbreitete einen Dampf, der alles klamm und schwül machte. Im Sommer erstickte man beinahe, aber jetzt war es angenehm warm. Ich hing meine Kleidungsstücke an einen Haken, stellte meine Schuhe mit den Socken ordentlich darunter, aber meine Unterhose behielt ich noch brav an.

Prüdes Kerlchen, würden French und Jack sagen. Lass sie nur lachen, dachte ich bei mir.

»Hey, Adrian«, sagte eine Stimme hinter mir. An meiner Schulter spürte ich eine leichte Berührung. Ich unterdrückte einen Seufzer und zauberte ein künstliches Lächeln hervor, während ich mich umdrehte.

»Tag Francis.« Er bemerkte meinen Unmut nicht.

»Tag Adrian«, sagte er noch einmal. Er zögerte kurz, wagte es nicht, mir in die Augen zu schauen, traute sich aber auch nicht, meinen Körper anzustarren.

»Ich wollte . . . Nun ja, ich dachte . . . Hättest du Lust, mal mit mir auszugehen?« Er hatte all seinen Mut zusammengenommen und sah mich an. Ich konnte nicht glauben, was ich da gerade gehört hatte.

»Du fragst mich . . .« Ich dachte an die unzähligen Männer um uns herum und hielt mich zurück. »Hast du Jack vergessen?« Ich fasste es nicht, dass er den Mumm hatte, mich einfach einzuladen.

»Jack darf natürlich auch mit«, beeilte er sich, unbehaglich hinzuzufügen. »Das wäre nett.« Aber so klang es nicht.

»Ich muss abends arbeiten, Francis. Vielleicht ein anderes Mal.« Er hatte nicht einmal ein Datum vorgeschlagen. Aber er war zu betroffen, um darauf zu reagieren. Zum Glück.

Wann war ich denn verdammt noch mal an der Reihe? Ich wollte weg von Francis. Eine Kabine wurde frei und ich überholte den Mann vor mir, aber ein anderer war noch schneller.

»Was soll das?!« Der Mann, den ich überholt hatte, packte mich grob an der Schulter und schob mich schroff wieder nach hinten. Es war ein kleiner vierschrötiger Mann mit einem feinen schwarzen Schnurrbart. Ich wollte aufbrausen, weil er mir wehtat, aber als ich ihn anschaute, bekam ich einen Schock. Ein Schauder durchfuhr mich, ich wusste nicht, weshalb. Ich hatte den Mann noch nie gesehen. Aber er hatte etwas Düsteres an sich. Einen gefährlichen Blick in den Augen. Er sah mich immer noch giftig an, als wollte er mir einen Faustschlag verpassen. Zum Glück kam gerade wieder ein Mann aus einer anderen Duschkabine. Ich riss mich los und flüchtete in die Kabine.

Francis meinte bestimmt, ich wolle ihn meiden, aber das machte mir nichts aus. Er sollte sich eigene Freunde suchen. Harwood hatte ihn hereingeholt und jetzt hatten wir ihn am Hals. Ich wusste, wie desorientierend unsere Welt war und dass man einen Mentor brauchte, der einem den Weg zeigte und die Sprache lehrte, aber darüber wollte ich nicht nachdenken. Ich ließ mir keine Zeit, Schuldgefühle zu entwickeln. Er sollte sich gefälligst jemand anderen suchen. Ich zog meine Unterhose aus und legte sie zusammen mit meinem Handtuch außerhalb der Reichweite des Wassers. Die fünf Minuten Wasser begannen zu laufen. Es war himmlisch warm. Ein genüsslicher Schauder lief mir über den Rücken.

Warum wollte Francis so verzweifelt gern zu uns gehören? Ich musste ihm einmal klarmachen, dass er sich von uns fernhalten sollte. Ich würde Jack für kein Geld der Welt für ein Kerlchen wie Francis eintauschen. Jack, Frenchy und JoAnne waren meine Familie geworden. Warum sollten wir unseren Kreis ausgerechnet für ihn öffnen? Er war der Kerl, der dafür gesorgt hatte, dass Harwood jetzt in einem Zuchthaus saß. Der Kerl, der dafür gesorgt hatte, dass Harwood uns das Geld nicht geben konnte und dass Casey ... Stopp, ich wollte nicht daran denken! Wir hatten das Geld zurückbezahlt, alles war in Ordnung, ich musste mir die schönen Erinnerungen an Casey vor Augen halten. Ich versuchte, wieder an JoAnne, Jack und Frenchy zu denken.

Es gelang mir nicht. Das Bild des Schnauzbärtigen, der mich vorhin festgehalten hatte, spukte durch meinen Kopf. Hatte ich ihn zuvor schon einmal gesehen? Ich konnte mich nicht erinnern, wo oder wann. Sein Gesicht kam mir so bekannt vor. Er war ganz sicher kein Gast von *The Cat*. Versuchte mein Unterbewusstsein, mich vor irgendetwas zu warnen?

Das Wasser hörte auf zu fließen, aber ich blieb stehen und lauschte. Ob er wohl noch hier war? Wer war er? Mir wurde eiskalt, aber ich traute mich nicht hinaus. Was, wenn er noch hier war? Er war bestimmt stinksauer auf mich, ich hatte ihn ein zweites Mal überholt. Hatte ich schon eine zweite Kabine aufgehen hören? War er schon dran oder stand er noch wartend in der Reihe, genau wie Francis? Ich nahm mein Handtuch und schlug es um meine Schultern, aber das gab nur herzlich wenig Wärme.

Ich wartete und wurde allmählich trocken, während ich versuchte auszurechnen, wann der Fiesling wieder weg wäre. Aber es war jemandem aufgefallen, dass ich die Kabine so lange besetzt hielt, denn plötzlich wurde an die Tür gebollert.

»Mach voran, hier stehen noch Leute!« Ich versuchte, die Rufe zu ignorieren. Aber der Ungeduldige hämmerte weiter an die Tür. Schnell schlüpfte ich in meine Unterhose, nahm mein Handtuch und ging hinaus. Ich sah den wütenden Mann nicht an, sondern huschte an ihm vorbei zu dem Haken, an dem meine Kleider hingen. Francis war nicht da. Und der Schnurrbartmann auch nicht.

Ich zog mich rasch an und ging zur Tür, während ich meinen Schal um den Hals schlang. Aber kurz vor der Tür verhielt ich den Schritt. Dieselbe kleine, vierschrötige Gestalt stand in der Türöffnung, neben einem anderen Mann. Zigarettenqualm kräuselte sich über ihren Köpfen. Draußen hagelte es heftig. Ich wollte zurücklaufen, aber ich hatte die Kasse schon passiert und keine Lust, die drei Cent noch einmal zu bezahlen und erneut zu duschen. Die Männer wandten mir den Rücken zu. Ich stellte mich auf der anderen Seite der Tür mit dem Rücken zur Wand, ich würde ausharren, bis sie gingen. Ich wartete und hoffte, dass sie sich nicht umdrehen würden. Fetzen ihres Gespräches drangen zu mir durch.

»Hat die Polizei damals keine Untersuchung eingeleitet?« Der Kumpan des Schnurrbartmannes hatte einen merkwürdigen Akzent.

»Nein, eine *fairy,* dafür rühren sie keinen Finger. Sie werden ihn wohl gefunden haben, denn ein paar Wochen später haben sie seine Sachen versteigert. Aber sie sind uns nie auf die Schliche gekommen.« Mir stockte der Atem. Ich hatte mich bestimmt verhört!

»Da hast du ja mal wieder Glück gehabt.«

Der Schnurrbartmann lachte laut. »Damit hatten wir auch gerechnet. Der Boss hatte recht: Wir hatten leichtes Spiel. Die Polizei interessiert sich nicht für diese Fälle und die Schwulen selbst sind zu feige, um zu den Bullen zu gehen, haben Angst, die könnten Fragen stellen über ihr Tun und Lassen.« Das konnte doch nicht wahr sein! Vielleicht war es Zufall. Aber ich glaubte nicht an einen solchen Zufall . . .

»Solche Männer, nun ja, *Männer«,* er lachte kurz, »hat man gleich dort, wo man sie haben will. Er heulte verdammt wie ein Mädchen, als ich ihm, du weißt schon.«

Mein Magen zog sich zusammen. Ich wollte weglaufen. Ich wollte nicht hören, wie sie über Casey sprachen, als wäre er ein Hund. Aber dennoch wollte ich alles hören, was sie zu sagen hatten. Wollte ich sicher wissen, ob meine Vermutung richtig war.

»Hatte der Boss denn gleich vor, ihn kaltmachen zu lassen?«, fragte der andere.

»Nein, nein. Aber er brachte das Geld nicht rechtzeitig bei. Natürlich hatten wir damit gerechnet, aber dann . . .«

Ein paar Jungs kamen aus dem Bad und für einen Augenblick konnte ich nicht mehr verstehen, was die Männer sagten. Sie gingen durch die Tür, um die Gruppe hinauszulassen, und blieben draußen unter dem Vordach stehen. Behutsam rückte ich ein wenig in Richtung Tür, um sie weiter zu belauschen.

»Darauf kannst du Gift nehmen, Antonio«, sagte der andere ganz entschieden. Antonio . . . »Ach, da ist das Taxi. Ich bin weg, Freund! Nächste Woche, selber Ort, selbe Zeit?«

Ich hörte nicht mehr, was Antonio antwortete. Der andere eilte zur Kutsche, die vor dem Badehaus gehalten hatte. Er hob noch einmal die Hand zum Gruß. Ich entfernte mich ein paar Schritte, sodass ich gerade noch sehen konnte, wie Antonio seinen Hut tiefer über die Ohren zog und ebenfalls in den Hagel trat. Ich zweifelte, ob ich ihm folgen sollte. *Er heulte wie ein Mädchen*. Eine rabenschwarze Wut stieg in mir auf. Er! Er war es! Wir hatten ihn gefunden. Kein namenloser Mörder mehr, sondern dieser hässliche, brutale Kerl. Antonio.

Meine Wut machte mir Angst. Ich durfte ihr nicht nachgeben. Die Grenze, die ich jetzt noch deutlich sah, würde trüb werden, würde verwischen, bevor ich mir dessen bewusst wäre.

»Adrian, du hast auf mich gewartet?« Mein Gedankengang wurde abrupt unterbrochen.

»Ich . . . Es hagelt. Ich wollte warten, bis es aufhört«, stammelte ich. Wie konnte Francis jetzt schon fertig sein? »Aber es sieht nicht danach aus, als würde es nachlassen, also gehe ich jetzt mal lieber. Auf Wiedersehen!« Ich setzte meine Kappe auf und huschte hinaus. Antonio war nirgends mehr zu entdecken.

Ich ging schneller und schneller, bis ich rannte. Ich versuchte, mir die Wut aus dem Leib zu rennen. Meinen Kopf zu klären. *Er heulte wie ein Mädchen* . . . Das mussten French und Jack wissen! Sofort!

Als ich nicht mehr konnte, lehnte ich mich an einen Laternenpfahl. Ich wartete, bis sich mein keuchender Atem beruhigt hatte. Und da erst erinnerte ich mich, wo ich den Mann schon einmal gesehen hatte. Im Artikel über den Banküberfall und den Koffer.

Antonio Pellucci.

Gute Güte.

Die Pelluccis.

Neunundzwanzig

Jack und ich kamen von einem kleinen Spaziergang durch die Stadt zurück. Wir hatten mal wieder über Antonio Pellucci gesprochen, wie so oft in der vergangenen Woche. Ich bekam es einfach nicht mehr aus dem Kopf, hörte immer wieder diesen einen abscheulichen Satz über Casey. Auch Jack stand der Sinn nach Ablenkung und so waren wir gemeinsam ein wenig durch die Stadt gestreunt.

Zu Hause war JoAnne mit dem Abendessen beschäftigt. Wir rochen schon oben auf der Treppe, dass es Blutwurst geben würde. Ich hoffte, dass sie auch Apfelmus dazu gemacht hatte, aber ich wusste, dass dem nicht so sein würde. Das war etwas, das Mutter früher zubereitete, nicht JoAnne. Sie servierte Brot und Senf dazu.

Fast trat ich auf Angelas Kätzchen, das vor unserer Tür hockte und wartete. Es schmiegte sich an mein Bein. Ich klopfte an die Tür der Coopers, aber offensichtlich war niemand daheim. Wahrscheinlich hatte Angela während meiner Abwesenheit auf der Treppe gesessen und vergessen, das Kätzchen reinzulassen, als sie mit ihrer Mutter wegging. Das passierte regelmäßig. Sie war sehr lieb und kümmerte sich hingebungsvoll um die kleine Katze, bis ihre Gedanken abgelenkt wurden. Ich nahm das Tier auf den Arm und betrat unsere Wohnung.

»Da seid ihr ja! Das Essen ist gerade fertig!«, begrüßte uns JoAnne. Jack nahm sofort Platz. Ich nahm die Teller und Bestecke und deckte den Tisch.

»Kommt Frenchy nicht zum Essen?«, fragte Jack. JoAnne zuckte mit den Schultern.

»Eigentlich schon, aber er ist noch nicht zurück. Ich weiß nicht, wo er hin ist.«

Sie stellte die Pfanne auf den Tisch, zusammen mit dem Brot und dem Senf. Ich schenkte mir ein großes Glas Milch ein.

»Wir haben Francis in der Stadt getroffen, beim Spaziergang mit seiner Mama«, sagte Jack, den Mund voll Brot.

»Er musste ihr eine Hand geben!« Ich zeigte mit einem aufgespießten Stück Blutwurst auf JoAnne. »Wir haben ihm deine Grüße übermittelt und seine Mutter wollte sofort wissen, wer du bist.« Sie lachte.

Die Tür flog plötzlich auf und Frenchy polterte herein. Er sagte nichts und zog die Jacke nicht aus, sondern ließ sich sofort aufs Sofa fallen.

»Tut uns leid, dass wir nicht gewartet haben, aber es ist noch Blutwurst und Brot übrig! Wir haben gerade erst ...« JoAnne verstummte, als sie sah, dass Frenchy nicht reagierte, sondern leichenblass und regungslos auf dem Sofa sitzen blieb.

»Was ist los?«

Sein Blick wanderte langsam nach oben, blieb einen Augenblick verwildert an uns hängen, glitt dann aber wieder zu den Händen in seinem Schoß.

»Ich habe Antonio umgebracht.«

Wir erstarrten. Die Stille in der Wohnung war tief und greifbar.

Er hatte das so leise gesagt. Wir hatten es bestimmt falsch verstanden.

»Seit Adrian ... Seit Adrian entdeckt hat, dass Antonio Caseys Mörder ist, konnte ich ... konnte ich an nichts anderes mehr denken.« Er wiegte sich langsam vor und zurück. »Ich ... Ich habe ihm bei den Duschen aufgelauert. Selber Ort, selbe Zeit. Das hast du erzählt, Adrian ... Weißt du noch?« Er sah mich ratlos an. »Dank deiner Beschreibung wusste ich sofort, wer es war.« Er sprach schnell und abgehackt. Ich kaute träge auf dem Stück Brot, das ich noch im Mund hatte, doch ich bekam es nicht runter. »Ich bin ihm gefolgt, als dieser andere Mann weg war. Ich ... Ich wusste nicht, was ich machen sollte ... Ob ich etwas machen sollte. Ich hatte mein Messer mitgenommen. Ohne darüber nachzudenken eigentlich. Ich musste die ganze Zeit an Casey denken ... An seinen blutigen Körper. Und dann, plötzlich, bog er in eine Gasse ein. Es war eng und dunkel dort. Ich bin ihm gefolgt. Da stand er und pinkelte gegen einen Mülleimer. Ich stellte mich dicht hinter ihn. Er hörte mich nicht einmal, so sicher wähnte er sich. Ich umklammerte das Messer und wollte plötzlich nur noch eins, aber ich hatte Angst, es würde eine große Schweinerei werden. Mein Blick fiel auf ein Seil, das einen halben Meter von mir entfernt lag. Als wäre es speziell für mich dorthin gelegt worden.« Er sah wieder auf seine Hände. »Als er seine Hose wieder zuknöpfte ... hab ich ihn gewürgt.« Die letzten Worte waren kaum mehr als ein Flüstern. Er sah uns nicht an. Wir sahen einander nicht an. Jeder schwieg. Das Essen wurde kalt.

In der Allan Street donnerte ein *elevated train* vorbei. Die Uhr auf dem Kaminsims tickte laut. Es dauerte eine Ewigkeit, bis French wieder aufsah.

»Ich habe ihn dort liegen lassen, wo er lag.«

Mein Mund war trocken und die Geräusche im Zimmer und von der Straße drangen nur gedämpft zu mir.

Frenchy hatte jemanden umgebracht.

Wenn es in einem Anfall von Wut geschehen wäre oder irgendwie aus Versehen, hätte ich es noch verstanden. Aber er hatte einen Strick genommen und den Mann an sich gepresst. Sekundenlang. Minutenlang. Er hatte dem Todesröcheln des Mannes gelauscht und den Strick noch fester gezogen. Er hatte gespürt, wie das Zappeln, der Widerstand des Mannes abflaute, bis er nur noch einen leblosen Körper festhielt.

Frenchy hatte einen Mann umgebracht.

Aber es war nicht einfach irgendein Mann gewesen. Es war der Mann, der Casey mit einem Messer zu Leibe gerückt war. Der auf ihn eingestochen hatte, immer wieder und wieder, um ihn danach sterbend zwischen dem Müll und den Ratten liegen zu lassen. Und nachdem er über ihn gelacht hatte. Als wäre Casey nicht mehr als ein kranker Hund, den er beiläufig abgemurkst hatte. *Er heulte wie ein Mädchen . . .* Hätte ich dasselbe getan wie French, wenn ich dem Kerl allein und unbewaffnet in so einer Gasse begegnet wäre?, fragte ich mich und mir wurde angst und bange ums Herz. Ich dachte an den Hass, den ich gegenüber dem Fischausnehmer empfunden hatte, weil der Casey so grob beleidigt hatte. Ich dachte an die Kraft, mit der ich später auf ihn und auch auf den Kurier eingedroschen hatte. An den dunklen Schleier in meinem Kopf. Die schwarze Wut.

Ich hätte es auch getan . . .

Schnell verdrängte ich diesen Gedanken. Ich hatte das Gefühl, als würde ich es tun, einfach nur, indem ich daran dachte.

»Verdammt, French, wie dumm kann man nur sein? Du hast einen Mann aus dem Pellucci-Clan umgebracht!«, zischte Jack. »Ist dir klar, was das heißt?«

Frenchy stützte den Kopf in die Hände. »Ich weiß es. Aber Gott . . . Es war stärker als ich. Dieser Scheißkerl hat verdammt noch mal Casey ermordet!« Seine Stimme klang erstickt.

»Hat dich jemand gesehen?«, fragte JoAnne. Frenchy schüttelte den Kopf.

»Sicher?«, fragte Jack mit Nachdruck.

»Ja, ganz sicher. Niemand hat etwas gesehen. Niemand hat etwas gehört.«

»Dann sind wir nicht in Gefahr, oder?«, brachte JoAnne schwach vor.

»Es ist unser Geheimnis«, sagte ich heiser. »Wir sorgen dafür, dass es niemand erfährt.«

Dreissig

Mit einem Mal war es ein hohles Leben geworden, in dem ich herumirrte. Beängstigend, durch Frenchys Tat, aber auch leer und ziellos. Das Geld hatten wir ausgespuckt und abgegeben – wir brauchten also keine Pläne mehr zu machen, es zusammenzukriegen. Wir hatten Caseys Mörder gefunden. Das war noch immer eine seltsame Empfindung. Wir hatten ihn gefunden und Frenchy hatte ihn umgebracht. Alles war vorbei. Ich wagte es nicht, mir selbst einzugestehen, dass ich die Spannung, die Euphorie der Zeit davor vermisste. Monatelang hatten wir nur für eine einzige Sache gelebt. Und das war nun auf einmal vorbei.

In den ersten Tagen nach Frenchys Geständnis blieben wir möglichst viel drinnen. Wir hatten ständig Angst und schliefen alle vier schlecht. French träumte oft lautstark und war unruhig im Schlaf. Aber sonst merkte man ihm nicht viel an. Wir arbeiteten in *The Cat,* aber hatten Robert und Alf nicht erzählt, dass wir endlich Caseys Mörder gefunden hatten. Wenn Robert jemals erfuhr, was French getan hatte ... Jack hatte seinen Job im Hotel noch am Abend seines Geburtstags aufgegeben. Auch er arbeitete jetzt in *The Cat* und ich war froh, dass er ständig in meiner Nähe war. Tagsüber blieben wir in der Wohnung, auf der Straße ließen wir uns nicht mehr blicken. Wir gingen nur noch zum Einkaufen nach draußen.

Aber die Tage verstrichen und in unserem eintönigen Leben klang die Angst ab. Schließlich wusste ja niemand, was Frenchy getan hatte. Das Geheimnis war sicher. Nur wir vier kannten die

Wahrheit und das sollte auch so bleiben, für immer, versuchten wir uns selbst zu beruhigen.

JoAnne war der Ansicht, wir müssten unser Leben wieder aufnehmen und könnten ein wenig Ablenkung brauchen, also gingen wir nach einiger Zeit zu viert hinaus.

Wir nahmen den *elevated train* zum *14th Street Theatre*. Auf dem Programm stand eine Show, die wir noch nicht gesehen hatten, und JoAnne hatte viel Gutes darüber gehört. Der Himmel war dunkel und es begann wieder zu schneien. In Belgien hatte ich den Schnee gemocht. Er machte alles schön und lieblich. Er dämpfte die Geräusche, als spielte sich alles unter einer Kuppel ab. Die Natur verstummte und lag unberührt da. Die schwarzen Amseln hoben sich dunkel gegen die weiße Decke ab und ihre Füße hinterließen Spuren – das einzige Zeichen von Leben. Aber hier in der Stadt wurde der Schnee sofort von Tausenden Füßen und Hufen festgestampft. Er vermischte sich mit dem Straßenschmutz zu einem braunen Matsch, der an den Schuhen kleben blieb und sie komplett durchweichte. Und wenn es wieder fror, wurden die Flecken, an denen die Pampe weggetreten war, zu gefährlichen Eisflächen. Pferde und Autos wurden langsamer und die Menschen hefteten den Blick auf den Boden.

JoAnne nahm meinen Arm, als wir uns anstellten, um Karten zu kaufen. Ich sah sie an und sie lächelte. Sie trug ihre Mütze, die sie wie ein junges Mädchen aussehen ließ. Mit dem Finger schob ich eine widerspenstige Locke darunter. Ein aufgestelltes Schild verkündete ein unglaubliches Spektakel, einen Messerschlucker und die neuste Entdeckung aus der Musikwelt. Wir bezahlten unsere Eintrittskarten, gingen hinein und wählten Plätze in der Mitte. JoAnne zog das Programm hervor.

»Die *Tiger Sisters* kommen als Erstes«, begann sie vorzulesen. »Dann Bob der Bauchredner und seine Puppe Gunther. Danach irgendein Zauberer . . .« Wegen der Unruhe im Saal verstand ich kaum, was sie sagte. Leute standen auf und winkten, riefen einander etwas zu oder zwängten sich in die Mitte einer Reihe, um sich dort ein Plätzchen zu sichern.

Plötzlich wurden die großen Scheinwerfer unten an der Bühne eingeschaltet. Alle warteten mit Spannung. Einer der Spots vor den Vorhängen leuchtete auf und ein prahlerischer Mann mit einem riesigen Schnurrbart trat in den Lichtkegel.

»Willkommen, willkommen, meine Damen und Herren, zu dieser Vorstellung!«, brüllte er. »Gleich werden Sie Zeuge des ersten Auftritts der *Salomon Sailors* hier in diesem Theater! Sie sind um die ganze Welt getourt . . .« Ich glaubte ihm kein Wort. ». . . und sind endlich in unserer Hafenstadt angelangt. Und zwar in diesem Theater! Aberrrrr . . .« Er ließ seine Stimme rollen. »Erst habe ich für Sie . . . die *Tiger Sisters!*« Er breitete triumphierend die Arme aus. Das Publikum blieb mucksmäuschenstill.

Laut quietschend schob sich der Vorhang auf, aber das Geräusch wurde sofort vom Orchester übertönt, das zu einer fremdartigen östlichen Melodie anhob. Die *Tiger Sisters* erwiesen sich als vier dünne Frauen in engen Trikots mit Tigerdruck und einem Schwanz, die sich in die merkwürdigsten Verrenkungen begaben und über- und untereinander her krochen. Sie bekamen einen herzlichen Applaus und verließen kreiselnd und wirbelnd die Bühne. Von Gunther, der Bauchsprechpuppe, verstanden wir kein Wort und das Publikum buhte seinen Besitzer Bob aus. Schnell betrat der Mann mit dem Schnurrbart wieder die Bühne und versprach dem verärgerten Publikum, es würde sehr bald die *Salomon Sailors* zu Gesicht bekommen. Aber erst sei noch der

Zauberer Parlondini an der Reihe. Noch etwa fünf weitere Künstler passierten Revue, bevor wir die *Salomon Sailors* zu Gesicht bekamen, und ihre Vorstellung war besser, als ihr Name vermuten ließ.

Es waren drei Mädchen, als Matrosen verkleidet. Sie tanzten und sangen schlüpfrige Lieder und Schlager. Sie waren fantastisch. Mal markierten sie den starken Mann, dann wieder waren sie ganz schnuckelig, flirteten mit einem Mädchen in der ersten Reihe und sangen gekonnt mit dem Orchester mit. Das Publikum trug sie auf Händen und man sah, wie sie wuchsen. Je mehr wir applaudierten und pfiffen und riefen, desto frecher wurden sie. Sie sahen aus wie waschechte Matrosen und nach drei Minuten hatte ich schon vollkommen vergessen, dass es Frauen waren.

»Fantastisch, nicht wahr?« Ich lachte Jack an. Er nickte.

»Ich bin verrückt nach Meeresfrüchten!«, rief French.

»Das sind Frauen, du Depp!«, rief Jack zurück.

»So eine Frau würde ich vielleicht einmal probieren wollen!«

Als sie die Bühne verließen, dröhnte der ganze Saal. Wir stampften mit den Füßen, skandierten ihren Namen und riefen *»We want more!«*. Sie gaben noch eine weitere Nummer zum Besten und dann schloss sich der Vorhang wieder quietschend und der Präsentator nahm die Nachwehen des Applauses entgegen.

Wieder auf der Straße sahen wir die *Tiger Sisters* aus dem Künstlerausgang herauskommen und in eine bereitstehende Taxikutsche steigen.

»Sollen wir auf unsere kleinen Matrosen warten?«, fragte Frenchy grinsend. Wenn man ihn da so fröhlich stehen sah, konnte man sich nicht vorstellen, was er getan hatte, wozu er in der Lage war. Er selbst schien kaum noch unter seiner schrecklichen

Tat zu leiden. Ich steckte die Hände in die Taschen und schüttelte die verwirrenden Gedanken von mir ab.

Es dauerte noch gut zehn Minuten, bevor die drei Mädchen auftauchten. Sie wurden von einem älteren Herrn begleitet, der versuchte, ein Taxi anzuhalten. Frenchy ging selbstsicher auf sie zu.

»Können wir euch vielleicht etwas zu trinken anbieten?«, fragte er mit einer kleinen Verbeugung. »Als Dank für eure fantastische Vorstellung?« Die Mädchen sahen ihn misstrauisch an. Er war bestimmt nicht der erste Zuschauer, der ihnen den Hof machen wollte.

»Ich fand euch wirklich umwerfend«, sagte JoAnne und lächelte den dreien schwesterlich zu. Irgendwie konnte diese Kombination aus hübschem, höflichem Jungen und einem freundlichen Mädchen sie überzeugen. French hielt ein Taxi an – er hatte schneller Erfolg als ihr Begleiter – und gab dem Kutscher die Adresse von *The Cat*. Er ließ sie einsteigen und wir nahmen das nächste Taxi.

»Sollen wir eine kleine Wette abschließen?«, fragte French in der Kutsche. »Wer gegen Ende des Abends eine Verabredung mit einer der drei vorweisen kann, gewinnt.«

»Gut«, stimmte Jack zu.

»Das sind Mädchen«, betonte JoAnne. »Warum willst du sie hinhalten?«

»Das macht doch nichts. Ich will einmal testen, ob ich es bei Frauen auch kann«, grinste French.

JoAnne seufzte verärgert. Sie war zu sehr Frau, um unsere Wette gutheißen zu können. Ich selbst traute mich nicht, etwas einzuwenden. Ich wollte Jack und French nicht nachstehen.

»Und was, wenn es nicht klappt?«, fragte ich.

»Wer es nicht schafft, muss ...« French dachte kurz nach. »Ihre Lieder singen, als Frau verkleidet.«

»In *The Cat,* nächste Woche Donnerstag«, ergänzte Jack.

»Lasst sie doch einfach in Ruhe!«

»Du warst doch diejenige, die meinte, wir sollten wieder leben, meine liebe JoAnne«, sagte Jack spielerisch. Ich fand es nicht schön, dass er so große Lust auf dieses Spielchen hatte. Ich war kein Flirter, aber ich beschloss doch, mein Bestes zu tun. Und wenn es nur wäre, um die Gegenleistung auf keinen Fall erbringen zu müssen ...

Aber ich kämpfte von Anfang an auf verlorenem Posten. Als wir in *The Cat* ankamen – es war gerade erst halb sechs und außer Robert und Alf noch niemand da –, hielt French ihnen die Tür auf und führte sie zu einem Tisch.

»Meine Damen, herzlich willkommen in unserer Bar«, sagte er. Die Worte schlugen ein wie eine Bombe.

»*Eure* Bar?«, girrte eines der Mädchen. Sie sahen jetzt gar nicht mehr aus wie Matrosen. Mit Haarteilen und Hüten hatten sie ihre Kurzhaarfrisuren verborgen und trugen Kleider mit vielen Bändern und Schleifen.

Ich fragte, was sie trinken wollten, und holte ihre Bestellung bei Robert ab. Bis ich wieder zurück war, hatte sich Frenchy schon neben das Mädchen gesetzt, das am gefügigsten wirkte. Sie lachte über seine Scherze und seine Hand schob auf dem Tisch immer mehr auf ihre zu. Aber auch Jack beteiligte sich nach Kräften. Er richtete seine Pfeile sofort auf das zweite Mädchen.

»Eure Show hat mir wirklich gut gefallen«, sagte ich zu Mädchen Nummer drei, die nur still daneben saß.

»Vielen Dank«, sagte sie höflich.

»Macht ihr das oft?«

»Ja. Wir sind an drei verschiedenen Theatern. Heute Abend treten wir wieder auf.« Ich wusste nicht mehr, was ich noch sagen sollte, Frenchys Mädchen lachte schon wieder.

»Warum heißt ihr die *Salomon Sailors?*«

»So heißen wir eben. Wir sind Schwestern.«

»Ach so.« Ich sah zu den anderen Mädchen, aber sie ähnelten sich nicht. Wahrscheinlich ein Trick, um sie dem Publikum leichter verkaufen zu können.

»Eure Anzüge sind sehr hübsch.«

»Danke schön.«

Dann schwieg sie und zwischen uns trat tiefe Stille ein.

Schon nach einem einzigen Getränk beschlossen die drei, gehen zu müssen – ich hatte meine Frage noch nicht einmal gestellt. Jack tippte sich an einen imaginären Hut und begleitete sein Mädchen zur Tür. Ihre wenig gesprächige Freundin verabschiedete sich leise und ging ebenfalls hinaus.

Als auch Frenchys Mädchen zur Tür hinaus war, kam er breit grinsend auf uns zu.

»Sie wollte sogar schon heute Abend zu mir kommen.«

»Angeber«, sagte Jack.« Ich habe eine Verabredung für nächste Woche – die ich bis dahin wohl vergessen haben werde.« Er lachte.

Beide sahen mich abwartend an. Ich zuckte die Achseln.

»Ach, Liebling, wie kann das denn sein?«, fragte Jack und legte seinen Arm um meine Schultern. »Und um mich war es gleich beim ersten Mal geschehen, als ich dich sah!«

»Na ja, man kann ja nicht immer Glück haben«, sagte French mit einem Grinsen. »Das wird eine schöne Vorstellung nächste Woche.«

Ich versuchte, es sportlich zu nehmen. Ich würde ihnen schon noch etwas bieten. Wenn sie jetzt nicht beeindruckt waren – mein Auftritt nächsten Donnerstag würde sie mitreißen, nahm ich mir großspurig vor.

Einunddreissig

Ich war mit Jack im Badehaus gewesen und wir hatten noch ein wenig Zeit, bevor wir zu *The Cat* mussten, also gingen wir noch kurz nach Hause. An der Haustür begegneten wir JoAnne, die Arme voller Lebensmittel. Ich nahm ihr die Milchflaschen ab und Jack griff nach einigen Tüten.

Oben auf der Treppe saß Angela, Jack und JoAnne zwängten sich an ihr vorbei. Das Mädchen reagierte nicht. Sie saß mit gesenktem Kopf und hielt etwas in ihren Armen. Ich begrüßte sie, aber sie antwortete nicht, sah noch nicht einmal auf. Dann sah ich, dass ihr kleiner Körper zuckte. Ich stellte die Milchflaschen ab und setzte mich neben sie.

»Was ist denn los, Angela?«, fragte ich leise. Ich legte meinen Arm um ihre schmalen Schultern. Ich drängte sie nicht, weil ich wusste, dass das bei ihr doch nicht half. Als wir eine Weile so schweigend nebeneinandergesessen hatten – Jack und JoAnne waren schon seit einer Ewigkeit drinnen –, streckte sie mir auf einmal das Päckchen entgegen, das sie in den Armen hielt.

»Tot«, sagte sie. Ihre Stimme klang heiser. Ich erschrak heftig. Ich wusste nicht, was mich mehr schockierte. Die Tatsache, dass sie sprach, oder der Anblick des grauen, verstümmelten Tierchens im Zeitungspapier. Die großen dunklen Augen der Katze starrten mich wesenlos an. Die rosafarbene Zunge, die aus dem Maul hing, hob sich hell gegen das dunkle Fell ab. An der Pfote war ein kleiner weißer Fleck in Form eines Herzens. Es gab keinen Zweifel über die Identität der Katze. Ein Strick war fest um ihren Hals gebunden. Angela schob das tote Kätzchen noch näher zu mir, sodass ich nichts anderes machen konnte, als es anzunehmen. Es war kalt, aber noch nicht steif. Warum, um Himmels willen, hatte jemand dieses Kätzchen ermordet?! Und dann in Zeitungspapier zurückgebracht?

»Wo hast du es gefunden?«, fragte ich sie. Sie sagte nichts, sondern drehte sich zu ihrer Tür.

»Vor der Tür? Vor eurer Tür?«, fragte ich. Angela nickte. Sie senkte wieder den Kopf.

»Jemand hat es in Zeitungspapier vor eure Tür gelegt?« Sie nickte fast unmerklich. Ihre Haare fielen wie ein Vorhang vor ihr Gesicht und ich wusste nicht, ob sie wieder weinte. Ich wollte ihr das tote Tierchen zurückgeben, aber sie machte keine Anstalten, es wieder anzunehmen.

»Sind deine Eltern nicht zu Hause?«, fragte ich. Sie schüttelte langsam den Kopf.

»Komm, dann bekommst du eine Tasse warme Milch von mir«, sagte ich und zog sie hoch. Ich nahm die Milchflaschen und mit schlurfenden Schritten folgte sie mir in unsere Wohnung.

Though I get home how late, how late!
So I get home, 't will compensate.
Better will be the ecstasy
That they have done excepting me?[5]

zitierte Jack schmunzelnd. Er saß mit Frenchy zusammen und blätterte in einem neuen Gedichtband.

Ich hörte nicht zu, sondern warf das Päckchen vor sie auf den Tisch. Der Ofen bollerte. Ich nahm einen kleinen Topf und goss ein wenig Milch hinein. Die Jungs schwiegen sofort, als sie sahen, was ich auf den Tisch geworfen hatte. JoAnne lief hin und gab einen erschrockenen Schrei von sich, als sie das Zeitungspapier zur Seite schob.

»Wo hast du das gefunden?«, fragte Jack.

»Es lag vor Angelas Tür. Ich glaube nicht, dass das Tier Selbstmord begangen hat.«

»Armes Kind«, sagte JoAnne, »wer macht denn bloß so etwas?« Ich zuckte mit den Schultern und nahm den Milchtopf vom Feuer.

»Noch jemand?« JoAnne und Jack schüttelten den Kopf. Ich schenkte einen Becher voll, reichte ihn Angela, die die ganze Zeit hinter mir gestanden und gewartet hatte, und nahm selbst auch einen.

»Setz dich hierher«, sagte ich und schob sie sanft vor mir her ins Wohnzimmer. Sie sah nicht zu dem Kätzchen hinüber, sondern hielt den Blick auf den Becher gerichtet, setzte sich auf eine Kiste am Fenster und wandte uns den Rücken zu.

French hatte die ganze Zeit noch kein Wort gesagt. Er glotzte wie erstarrt auf das Päckchen und war leichenblass.

»Was ist los? Es ist doch nur eine Katze«, sagte ich. Ich setzte mich ihm gegenüber an den Tisch und breitete das Zeitungspapier wieder über das Tier, damit er es nicht mehr sehen konnte. »Dann sieh dir mal an, *wie* es umgebracht wurde.« Seine Stimme zitterte. Erneut betrachteten wir die Katze ... Wie *konnte* ich das übersehen haben?

»Sie haben uns gefunden ...«, sagte Jack heiser. Ich schaute zum Fenster, als erwartete ich, dort ein weißes Stück Papier kleben zu sehen. Ein Schauder überlief mich, genau wie damals, als ich in den Duschen auf Antonio Pellucci gestoßen war.

War dies für uns vier oder nur für Frenchy gedacht?, schoss es mir durch den Kopf. Aber ich schob die Frage sofort wieder beiseite. Das war unwichtig. Man konnte nicht gegen einen von uns sein, ohne gegen uns alle zu sein.

»Wir können nicht zur Polizei gehen«, sagte French. »Vielleicht müssen wir abwarten.«

»Bis sie uns ermorden«, sagte ich bissig.

»Vielleicht wollen sie uns nur klarmachen, dass sie Bescheid wissen?«, brachte JoAnne leise vor.

»Das ist Pellucci«, sagte Jack kalt. »Diese Typen sind keine *Downstreetboys*. Sie hatten kein Problem damit, Casey zu ermorden. Und jetzt haben wir einen von *ihnen . . .«*

»Sie denken, dass wir auf der anderen Seite des Korridors wohnen.«

»Als ob sie das nicht schnell herauskriegen würden!«

Ich schlug vor, den Coopers zu erzählen, dass die tote Katze nicht für sie gedacht war. Aber das wollten die anderen nicht. Je weniger die Nachbarn wussten, desto besser. Ich brauste auf.

»Wir opfern diese Menschen also, um uns selbst abzusichern?«

»Ach Unsinn, wir opfern niemanden«, sagte Frenchy. »Was ist nun ihre Ungläubigkeit und ein bisschen Angst um eine tote Katze verglichen mit der Gefahr, in die wir geraten, wenn Pellucci erfährt, wo wir wirklich wohnen?« Ich schwieg. Unsere Gruppe war wichtiger als die Coopers. *Sie* waren nicht in Gefahr, hielt ich mir vor. Niedergeschlagen hockten wir zusammen.

Unsere Worte verstummten, aber die Fragen stellten sich weiterhin. Tief in meinem Kopf. Hämmernd. Wachsend wie ein Geschwür. Hierauf hatten wir keine Antwort. Keine Lösungen. Keine Ideen. Wir konnten uns nur gegen jegliches bessere Wissen daran festhalten, dass sie uns bislang lediglich einen Schrecken einjagen wollten. Wir konnten doch nicht weglaufen, ohne zu wissen, wohin und wovor?

Als ich an diesem Abend ins Bett kroch und mich unter Jacks Arm kuschelte, fühlte ich mich klein und hilflos. Ich versuchte, meine unruhigen, ängstlichen Gedanken zu stoppen, aber ich konnte einfach nicht einschlafen. Morgen stand mir auch noch dieser verfluchte Auftritt bevor. Die Gäste wussten, dass es einen *special act* geben sollte, ich kam jetzt also nicht mehr drum herum. JoAnne hatte mir ein paar Lieder beigebracht und sie würde mich am nächsten Tag schminken und mir helfen, mich als Frau zu verkleiden. Als stünde mir der Kopf nach so was ... Ich drehte mich seufzend auf die andere Seite. Ich fühlte mich erbärmlich und allein. Noch nicht einmal Jacks warmer Körper so nahe bei mir konnte dieses Gefühl verdrängen. Mein ganzes Leben hier schien allmählich einzustürzen.

Zweiunddreissig

Mensch, du warst fantastisch!« French lachte. Die letzten Gäste waren draußen und Robert schloss die Bar. Jetzt konnte ich mich aus meiner Verkleidung befreien. Endlich. Ich setzte mich auf den Bühnenrand und zog meine eigenen Schuhe wieder an, JoAnnes Stiefel waren mir viel zu eng. Sie stellte sich vor mich und fischte die Haarnadeln aus meiner Perücke.

»Ich wusste ja gar nicht, dass du so mit den Hüften wackeln kannst«, grinste Jack.

»Ach nein?« Auch ich lachte. Ich war froh, dass ich es hinter mir hatte. Ich hatte mich grenzenlos geschämt, als ich in diesen Frauenklamotten auf die Bühne musste.

»Es war grässlich!« Aber jetzt, da alles vorbei war, war ich doch stolz auf mich, weil ich mich getraut hatte. Jetzt bloß schnell die verflixte Perücke runter und raus aus den Klamotten. »Ich dachte, alle würden mich erkennen.«

JoAnne nahm vorsichtig das dunkle Haarteil von meinem Kopf. »Du warst reizend.« Ich zog die Bluse aus und holte die Socken aus meinem Korsett.

»Ich bin sicher, dass der eine Typ es spürte.«

»Kann kaum anders sein. Wie der dich festhielt!«, sagte Jack.

»Hättest mal hören sollen, wie Jack schnaubte! Ich musste ihn zurückhalten«, scherzte French.

JoAnne befeuchtete die Spitze eines Taschentuchs und entfernte damit das Make-up von meinem Gesicht.

»Wie ein echtes Mädchen sahst du aus!« Alfie stand hinter dem

Ausschank und spülte die letzten Gläser. Vermutlich sollte ich das als Kompliment auffassen, aber das tat ich nicht.

French und Jack begannen, die Stühle auf die Tische zu stellen.

»Machst du das jeden Tag?«, fragte ich JoAnne. Ich konnte den süßen Duft ihrer Haare riechen.

»Was?«

»Dieses Schminken. Du reibst mir ja glatt die Augenlider weg!« Ich spürte ihr Lächeln, aber sie sagte nichts. Sie legte mir die Arme um den Hals und ich schlug die Augen auf und schaute sie an.

»Ich fand das unglaublich mutig von dir«, sagte sie leise und gab mir einen schnellen Kuss auf die Nase.

Auf einmal schlug etwas Hartes gegen die Fensterscheibe, gefolgt von einem Knall. Glas klirrte. JoAnne schrie.

Ich tauchte von der Bühne. JoAnne duckte sich und hielt mich fest. Wieder ein Knall und splitterndes Glas, gefolgt von noch mehr klirrendem Glas und Alfie, der schrie.

»Was ist los?«, wollte ich rufen, fand aber weder die Zeit noch die Worte. Aus dem Augenwinkel sah ich French und Jack unter einem Tisch kauern. Jemand warf Steine durch die Fenster, wurde mir klar, als wieder zwei Wurfgeschosse in die Bar flogen. Ich sah Flammen. Wie eine Pfütze auf dem Boden. Ich schaute auf zum Fenster und sah gerade noch, wie eine brennende Flasche hereingeworfen wurde. Ein Mann rannte davon. Verschiedene Flammenpfützen breiteten sich aus.

Ich rappelte mich auf. Alfie stand nicht mehr hinter dem Ausschank. Alkohol brannte auf der Bar. Kaputte Flaschen lagen auf dem Boden und im Regal hinter dem Ausschank.

»Verflucht! Der ganze Laden steht in Flammen!«, hörte ich Robert rufen. Ich konnte nur Bruchstücke sehen. Fetzen hören. Ich bekam nicht die Zeit, alles zusammenzufügen. Hinter dem Tresen half Jack Alfie beim Aufstehen. Sein Gesicht blutete. Die Flammen leckten an den Wandtüchern. Die Tische und Stühle knackten unter der Gewalt des Feuers. Meine Augen begannen zu tränen. JoAnne hustete irgendwo in meiner Nähe, aber ich sah sie nicht.

»Wir müssen hier raus!«, rief French. Ich griff nach JoAnnes Hand. Fand sie nicht. Hörte sie aber wieder husten. Ich strauchelte mit zusammengekniffenen Augen weiter, stieß irgendwo dagegen. JoAnne. Ich kniete mich neben sie und fühlte ihren Puls.

»Komm mit.« Ich schluckte Rauch. Hustete. Zog JoAnne hoch, stieß gegen Tische, suchte mir tastend einen Weg hinaus. Es war sengend heiß. Durch die Tränen sah ich orangefarbene Flecken. JoAnne hing an meinem Arm. Hustete unaufhörlich.

Es war plötzlich sehr kalt, als wir auf die Straße traten. Gierig sog ich die Luft ein.

»Sind alle draußen?«, fragte Robert. Ich konnte nicht antworten. Aber wir waren da. Wir waren alle da.

»Unsere *Cat* . . .«, flüsterte Frenchy entsetzt. Sein Gesicht war schwarz und schweißbedeckt.

Ich konnte unmöglich sagen, wie viele Minuten vergangen waren, seit die ersten Steine durchs Fenster geflogen waren, aber mittlerweile hatte die ganze *Cat* Feuer gefangen. Wir standen in einiger Entfernung und sahen zu. Ich konnte nicht denken. Nur starren. Es war schaurig. Faszinierend. Aber es war unsere *Cat*. Unser Traum, der dort vernichtet wurde. Unser Geld. Unser Ein und Alles.

»Veronica!«, schrie JoAnne plötzlich. Jack musste sie zurückhalten. Er versuchte sie zu beruhigen, flüsterte ihr leise Worte zu, aber sie wollte nicht auf ihn hören. Ich schaute zu ihnen hinüber, aber ich war nicht anwesend. Ich sah einen Film. Einen Film mit Geräuschen. Farbe. Hitze.

Immer mehr Schemen gesellten sich zu uns. Sie stellten Fragen, die niemand beantwortete. Als ich die Feuerwehrsirenen hörte, zitterte ich. Vage drang die Wirklichkeit in mein Bewusstsein. Feuerwehr ... Polizei ... Fragen ... Ich steckte in Frauenkleidung ...

»Jack!«, rief ich. Wo war er? Ein Stückchen weiter stand French. Ich stolperte zu ihm, fasste ihn am Ärmel.

»Wir müssen hier weg. Bevor sie Fragen stellen«, flehte ich. Er sah mich an. Sein Blick blieb an meiner Kleidung hängen. Er nickte. Wir fanden JoAnne und Jack und verschwanden unbemerkt zwischen den Schemen.

Wir liefen entgegen dem Strom der Neugierigen, weg von *The Cat,* suchten dunkle Straßen auf. Gingen schweigend und versuchten, nicht zu viel nachzudenken. Jack behielt einen Arm um JoAnne. Ich wünschte, er würde mich festhalten.

Wir hatten nichts gesagt, aber jeder von uns wollte nach Hause. Mir wurde kalt. Ich trug nur ein Korsett und einen langen Rock. Ich ging mit gesenktem Kopf und versuchte, nicht auf die Blicke später Passanten zu achten. Die Nacht war nicht dunkel genug.

Frenchy fluchte.

»Was ist ...?« Jack erstickte meine Frage und zeigte es mir mit einem kurzen Kopfnicken. Einige Meter weiter lehnte ein Mann an einem Laternenpfahl neben unserem Haus. Der Rand seines Hutes warf einen schwarzen Schatten über sein Gesicht. Die Spitze einer Zigarette glühte auf.

»Sie warten auf uns . . .«

Im selben Moment ging das Licht in unserer Wohnung an. Eine Gestalt lief am Fenster vorbei.

»Sie wissen also sehr wohl, wo wir wohnen«, flüsterte Jack bitter.

»Ich will nach Hause. Ich muss mich umziehen. Mir ist kalt«, grollte ich leise. Aber ich begriff auch selbst, dass es nicht mehr ging.

Bevor uns der Mann bemerken konnte, schlüpften wir in eine der Seitenstraßen.

Bei einer kaputten Straßenlaterne setzten wir uns auf die Kellertreppe eines Hauses. Wir schwiegen und versuchten jeder für sich die Frage zu lösen, die in unseren Köpfen hämmerte. Irgendwo weiter hinten in der Straße schrie eine Katze.

»Die tote Katze war also nicht nur dazu gedacht, uns einen Schrecken einzujagen«, sagte Frenchy überflüssigerweise. »Sie wissen, wo wir wohnen. Sie wissen, wo wir arbeiten. Sie kennen unser Leben.« Frenchy seufzte. Wir waren entsetzlich naiv gewesen. Wie hatten wir jemals glauben können, dass uns Pelluccis Männer nicht entdecken und uns in Ruhe lassen würden?

»Was sollen wir machen?«, fragte ich dennoch.

Niemand antwortete.

Ich zog meine Beine an, schlang die Arme darum und legte den Kopf auf die Knie. Ich wollte schlafen. Ich wollte, dass jemand die Zeit zurückdrehte.

»Wir können hier nicht sitzen bleiben. Sie finden uns sofort.« Mir wurde klar, dass ich noch nicht schlief, als ich JoAnnes Flüsterstimme hörte.

Wir können nirgends hin. Ich war zu müde, um es laut zu sagen. Hatte keine Lust, darüber nachzudenken. Ich kannte niemanden in New York. Alle Menschen in meinem Leben saßen hier auf der Treppe.

»Ich weiß vielleicht jemanden, der uns für eine Nacht aufnehmen kann.«

»JoAnne, hast du mich mal angesehen? Wer wird mich mitten in der Nacht hereinlassen?« Ich hob noch nicht einmal den Kopf.

»Das wird nicht das Problem sein. Dass wir kein Geld haben und zu viert sind, das wird schwierig für sie.«

Wir brauchten den Vorschlag nicht zu besprechen. Andere Alternativen gab es nicht. Ich wollte nicht aufstehen, aber ich wollte auch nicht allein zurückgelassen werden. French zog mich hoch.

Ich folgte ihnen, ohne darauf zu achten, wohin wir gingen. Jack hatte mir seine Jacke gegeben und ich schwankte an seinem Arm weiter. Es war weit zu laufen und ich gab mir keinerlei Mühe, mir den Weg zu merken.

»Sie ist beschäftigt«, sagte die untersetzte Frau kurz angebunden. JoAnne drängte. Die Frau warf einen Blick auf die Jungs. Mich ignorierte sie auffällig.

»Gut, wenn ihr sie wirklich wollt, müsst ihr eben warten.« Sie öffnete die Tür ein wenig weiter, damit wir hineinkonnten. Der Flur war dunkel und es roch muffig nach moderndem Holz und schimmeliger Tapete. Das Zimmer, in das sie uns ließ, wirkte genauso kahl wie das Viertel und die Fassade des Hauses. Es war überhaupt kein Versuch unternommen worden, es gemütlich oder sonst irgendwie angenehm zu machen. Kein Versuch, Erwartungen zu wecken, Atmosphäre zu schaffen. Man sah, was man bekam. Man sah, wofür man bezahlte. Kahl, kalt, gefühllos.

Wir wurden alle drei in ein verschlissenes Sofa gesetzt. JoAnne bekam einen Stuhl.

»Vielleicht möchtet ihr ja ein anderes Mädchen?«, fragte die Frau Frenchy und Jack. »Es ist bestimmt eine frei.« Sie tat, als sähe sie in einem dicken Buch nach.

»Nein, sie kommen wegen Daisy«, sagte JoAnne schnell.

Ich konnte meine Augen nicht länger aufhalten und dämmerte an Jacks Schulter ein.

Nach einiger Zeit weckte er mich. Daisys Kunde war gegangen und wir durften in ihr Zimmer. Ich stolperte hinter den anderen her die schmale Holztreppe hinauf. Das Mädchen, das uns auf der Schwelle des ersten Zimmers erwartete, sah müde aus. Ihre Augen waren stumpf und dunkel. Als sie JoAnne sah, leuchteten sie kurz auf, aber gleichzeitig runzelte sie die Augenbrauen, als sie uns sah.

»Wir brauchen deine Hilfe.« Das Mädchen ließ uns ein. Nebeneinander setzten wir uns auf das Bett. Die Matratze war alt. Ich versuchte, nicht an Daisys Tätigkeit zu denken.

»Wir brauchen deine Hilfe«, wiederholte JoAnne. Sie skizzierte ohne allzu viele Einzelheiten, was passiert war.

»Hast du Geld?«

»Bitte, Daisy . . .«

»Ich kann euch nicht die ganze Nacht hierbehalten, wenn ich dafür andere Kunden auf der Matte stehen lassen muss. Das lässt Madame nie zu. Dann muss ich sie selbst bezahlen.«

»Wie viel . . .?« Ich erinnerte mich plötzlich an etwas. Ein kleines Licht flackerte in meinem vernebelten Kopf auf.

»Wie viel ich koste?«, fragte Daisy herausfordernd. »Wie lange willst du bleiben?«

Ich zog die Dollarscheine hervor, die mir die Gäste am Abend unter den Rock gesteckt hatten, und gab sie ihr. Das Mädchen wunderte sich noch nicht einmal. Sie zählte sie schnell.

»Nicht genug, um euch drei zu amüsieren, aber genug, um Madame für eine Nacht zu beschwichtigen.«

»Genieße selbst auch mal, dass du eine Nacht schlafen kannst«, sagte JoAnne.

Dreiunddreissig

Ich wurde wach und erinnerte mich an einen schrecklichen Traum über *The Cat,* die in Flammen stand, und die Mafia, die in unserem Haus war. Ich hielt die Augen geschlossen und wartete, dass die Bilder wieder verschwinden würden. Die Kälte zog durch meine Füße und ein Schmerz durchzuckte meinen Rücken. Jemand kuschelte sich an mich. Es war nicht Jacks vertrauter Arm. Ich schlug die Augen auf und brauchte keine Sekunde, um mir bewusst zu werden, dass es kein Traum gewesen war. Mir war, als würde sich jemand auf meinen Kopf fallen lassen. Daisy war nicht im Zimmer. JoAnne lag neben mir. Sie schlief noch. Frenchy stand am Fenster und rauchte eine Zigarette. Jack saß auf dem Boden, den Rücken an die Wand gelehnt und schlief. Sein Kopf war zur Seite gerutscht, sein Mund stand offen und ein kleiner Speichelfaden rann ihm über den Hals. French sah, dass ich wach war und starrte mich ausdruckslos an. Es war kalt im Zimmer. Unser Atem hatte sich als Eis auf der Scheibe niedergeschlagen. Ein erstes Morgengrauen vertrieb mühsam das Licht der Straßenlaternen. Aber es schien kein neuer Tag zu sein. Die Laken stanken wie am Abend zuvor nach Samen und Schweiß. Und dieselben dröhnenden Fragen füllten meinen Kopf. Was sollten wir machen? Ich hörte ein Poltern auf der Treppe und Daisy kam herein. Sie sah noch müder aus als in der Nacht. Jack schreckte auf. Er sah sich einen Augenblick verwirrt um, aber sein Blick trübte sich sofort. Auch ihm wurde bewusst, dass es kein Traum gewesen war.

»Ihr müsst hier weg. Es hat lang genug gedauert. Ich muss gleich wieder an die Arbeit.« Ich drückte sanft JoAnnes Arm.

Ich wollte nicht auf die Straße. Nicht in diesen Klamotten. Nicht, während die Männer noch immer nach uns suchten. Aber Daisy duldete keinen Widerspruch.

Das Morgenlicht war bläulich und wurde vom Schnee reflektiert. Dicke hellgraue Wolkenpakete hingen tief am Himmel. Es würde bestimmt bald wieder schneien. Die Stadt war schon seit Stunden wach, blieb aber aufgrund der Kälte tief in sich versunken. Ich wusste nicht, wo wir waren. Holzhäuser lehnten aneinander. Die Läden hingen schief und halb geschlossen in den Fenstern. Die Straßen waren breiter als in der Lower East Side. In der Mitte verliefen Straßenbahnschienen. Ein Pferd klapperte vorbei. Sein Atem bildete Wölkchen in der Luft. Auf dem Karren saß ein alter Mann, zusammengekauert in seinem Schal. Er hustete, aber das Geräusch ging im Hufklappern und dem Rattern der Räder unter. Auf der Straße spielten keine Kinder. Es gab sogar kaum Verkäufer. Nur alte Frauen, die einen hinter den Fenstern anstarrten. Die ihre Nachteimer leerten und wieder hineinschlurften. Auf der gegenüberliegenden Straßenseite stand ein Schild draußen, vor einem Geschäft. Ich konnte die Buchstaben nicht lesen. Das Haus daneben war wie ein seltsames Puzzle zusammengesetzt. Die Fassade lag weiter zurück als bei den anderen Häusern. Nebengebäude klebten daran und eine Treppe führte zu einer Tür, die nicht wie eine Haustür aussah, aber doch der einzige Zugang zum Haus zu sein schien. Zwischen Fenstern, die in merkwürdigem Winkel aufeinanderblickten, hingen weiße Hemden, Laken und lange Unterhosen. Und darunter war die Wand wie ein einziges großes Reklameschild bemalt:

VINCENT SAYS:
by all means get a fit.

Suits: $ 10 to $ 30
Overcoats: $ 10 to $ 35
Trousers: $ 2 to $ 9
Sixth Ave. Cor. 12th Str.

Ich brauchte dringendst Kleidung. Aber wo holten wir mal eben zehn Dollar her?

Die Frauen hinter den Läden starrten uns weiterhin an. Ich fühlte mich sehr unbehaglich. Die anderen auch. Wir liefen die Straße noch ein Stückchen weiter hinunter, bis wir wieder eine Kellertreppe fanden, wo wir uns verbergen konnten.

»Wir müssen zu Robert«, sagte Jack. »Er ist der Einzige, der uns helfen kann.«

»Auf uns wird er gerade noch warten! Durch unsere . . . durch meine Schuld liegt *The Cat* in Schutt und Asche.« French klang bitter.

»Aber er ist unser Freund. Er wird uns doch helfen wollen?!«

»Wir brauchen ihm ja nicht zu erzählen, weshalb *The Cat* abgebrannt ist. Wir tun so, als wüssten wir nichts darüber«, sagte JoAnne. Als ob er das glauben würde. Aber Robert war tatsächlich der Einzige, dem wir wirklich vertrauen konnten. Und unsere einzige Chance auf ein wenig Hilfe. French war nicht überzeugt, aber immerhin bereit, zu ihm zu gehen. Jack wollte auch mit, aber JoAnne konnte ihn überzeugen, besser sie gehen zu lassen. Zum Glück. Sie würde mehr als nötig sein, um French und Robert ruhig miteinander reden zu lassen. Und ich war erleichtert, dass Jack hier bei mir blieb. Er hatte noch einen halben Dollar in der

Tasche und wir würden irgendwo einkehren und versuchen, so lange wie möglich drinnen zu bleiben.

Es war vermutlich nur, weil noch nicht viele Gäste da waren, dass uns der Wirt nicht sofort wieder vor die Tür setzte. Er betrachtete wohl meine Kleidung mit gerümpfter Nase, aber ich versuchte, seinen Blick zu ignorieren. Drinnen war es warm. Wir wählten den Tisch, der dem prasselnden Kaminfeuer am nächsten stand. Ich setzte mich mit dem Rücken zum Feuer. Meine Haut prickelte.

Jack legte seine Hand auf meine und auf einmal wurde ich wieder entsetzlich müde. Die paar Stunden Schlaf auf Daisys Bett hatten nicht viel geholfen. Jack sah auch müde aus. Er hatte dunkle Ringe unter den Augen und sein Blick war matt.

Wir sagten nicht viel. Ich konzentrierte mich auf den warmen Druck von Jacks Hand und wollte ewig so sitzen bleiben. Wenn er nur bei mir war, käme alles wieder in Ordnung. Ich versuchte, nicht an JoAnne und Frenchy zu denken. Ich wollte mir keine Sorgen machen, mir nicht vorstellen, was passieren würde, wenn einer von Pelluccis Männern sie sehen würde. Ich wollte auch nicht darüber nachdenken, was um Himmels willen wir tun sollten, wenn Robert uns nicht helfen wollte. Aber er würde uns seine Hilfe bestimmt nicht verweigern? Oder doch? Er hatte uns schließlich oft genug gewarnt. Wer sich den Hintern verbrennt … Ich seufzte. Würden wir jemals in unsere eigene Wohnung zurückkehren können?

Ich starrte zur Tür. Was, wenn uns Pelluccis Männer in der Nacht gefolgt waren? Oder wenn Daisy uns verpfiffen hatte? Ich war in diesen verflixten Frauenklamotten so leicht zu erkennen. Gleich würden sie hier hereinstürmen … Mein Herz pochte. Ich wollte mich verkriechen. Unter den Tisch, hinter den Ausschank, unter Jacks Jacke. Ich würde mich nie wieder durch diese Tür hinauswagen, aber ich traute mich auch nicht, hier drinnen zu bleiben.

Jack sah mich an.

»Was ist los?«

»Was, wenn sie uns finden?«

»Hier finden sie uns nicht.« Er klang überzeugt, aber ich glaubte ihm nicht.

Es dauerte eine Weile, bis Frenchy und JoAnne zurückkamen. JoAnne wirkte zufrieden, Frenchy schaute mürrisch. Sie sahen uns sofort und setzten sich zu uns an den Tisch.

»Robert wollte uns helfen.«

Frenchy legte ein paar Zehndollarscheine auf den Tisch.

»Fünfzig Dollar. Mehr könne er nicht entbehren, sagte er.«

Fünfzig Dollar. Für vier Personen. Um unser Leben vollkommen neu aufzubauen. Schon allein ein Ofen kostete hundert Dollar. Wir brauchten neue Kleidung, eine Wohnung, Einrichtungsgegenstände, Essen, Trinken, Geld, um das Gas zu bezahlen. Fünfzig Dollar. Was konnten wir damit schon anfangen?

»Und er verwahrt sein Erspartes zu Hause unter der Matratze«, grollte Frenchy.

Ich versuchte hartnäckig, mich an meine ersten Monate in Amerika zu erinnern. Damals verdiente ich neun Dollar pro Woche, wovon ich über zwei Dollar für einen Schlafplatz bezahlen musste, und noch einmal sechs, um einmal am Tag eine warme Mahlzeit zu haben. Ich hatte jede Woche neunzig Cent übrig, um Kleidung zu kaufen, zu sparen, zu duschen . . . Es war eine schreckliche Zeit gewesen, aber ich war nicht verhungert. Wenn wir unseren Lebensstil anpassen würden, konnte es vielleicht doch ... Es war alles so verdammt ironisch. Wir hatten in den letzten Monaten überhaupt nicht hart gearbeitet und dennoch flott Geld verdient, ohne dass es uns bewusst war. Wir kauften, was wir wollten, die nutzlosesten Dinge zuallererst. Und jetzt würde ich wieder so hart arbeiten *wollen,* wie ganz am Anfang, aber jetzt ging es nicht. Jetzt mussten wir uns verstecken. Mussten einen Freund um fünfzig Dollar anbetteln, während wir schon im Voraus wussten, dass wir damit keine Woche überstehen würden.

»Sagte er etwas über *The Cat?«,* fragte Jack leise.

»Wir haben gesagt, wir verstünden es selbst auch nicht, wüssten nichts darüber«, antwortete French. »Hättest du ihm erzählt, dass es unsere Schuld ist? Noch bevor er auch nur einen Dollar in der Hand hatte?«

»Nein, natürlich nicht. Ich wollte ja nur wissen, ob er etwas vermutet.«

»Er tat so, als würde er uns glauben, aber er spürt bestimmt, dass dies kein Zufall ist.«

»Aber er weiß nichts von ... Antonio«, ergänzte French.

»War Alf auch da?«, fragte ich. JoAnne schüttelte den Kopf.

»Gut. Fünfzig Dollar also.« Jack legte seine Hand auf die Scheine. »Als Erstes brauchen wir einen Anzug für Adrian. Und Jacken für uns. Und einen Ort zum Wohnen. In dieser Reihenfolge?«

»Nein, einen Anzug für Adrian und dann ein Zimmer. Ich will mich so wenig wie möglich auf der Straße herumtreiben. Wir brauchen einen Ort, an den wir flüchten können, falls es notwendig ist«, sagte French. Er klang so ernst, dass ich merkte, wie sich eine kalte Hand um mein Herz schloss. Sie suchten uns noch immer.

Vierunddreissig

Es war ein Tag des Wartens. Es schien Stunden zu dauern, bis Jack zurückkam. Er sollte einen billigen Anzug in einem Warenhaus für mich kaufen, denn in diesen Frauenkleidern konnte ich mich nicht länger in der Öffentlichkeit blicken lassen. Das war zu gefährlich.

JoAnne und French sagten wenig. Es gab auch wenig zu sagen. Als Jack das Café wieder betrat, konnte ich mich endlich von dem Korsett und dem Rock befreien. Ich ging zu den Toiletten, um mich umzuziehen, und merkte, dass das Korsett rote Striemen auf meiner Haut hinterlassen hatte. Jack kannte meinen Körper wirklich in- und auswendig. Der Anzug saß wie angegossen. Ich betrachtete mich im Spiegel und fühlte mich eine Spur besser. Zumindest war ich wieder Adrian. Ich klatschte mir ein wenig Wasser ins Gesicht und atmete tief durch. Es würde schon wieder gut werden. Es würde alles wieder gut werden.

Als ich zurückkam, erzählte Jack, er habe auf seinem Weg zum Kaufhaus ein Werbeschild gesehen, auf dem »Zimmer zu vermieten« gestanden habe.

Es dauerte einige Zeit, bis wir das Schild wiedergefunden hatten, *Rooms to let*. Eine Adresse. Mehr stand da nicht. Und es dauerte noch länger, bis wir die richtige Straße fanden, denn wir trauten uns nicht, irgendjemanden nach dem Weg zu fragen. Die Adresse erwies sich als kleiner Laden, in dem man seine Hüte reinigen lassen konnte. Über dem eigenen Reklameschild hing ein weiteres Schild mit dem Hinweis auf Zimmervermietung. Wir gingen hinein und unsere Augen mussten sich erst einmal an das Dunkel gewöhnen. Der Mann hinter der Theke sah uns ziemlich verwirrt an. Keiner von uns trug einen Hut auf dem Kopf oder in der Hand.

»Guten Tag, wir sind auf der Suche nach einem Zimmer«, ergriff Jack das Wort. »Ich sah, dass Sie welche vermieten?« Der Mann schaute uns an, als beabsichtige er, nicht zu sprechen. Ich fragte mich, ob er uns wohl verstanden hatte.

»Wir haben keine Zimmer mehr«, sagte er gleichgültig.

»Sehen Sie, wir sind Musiker. Wir sind gerade erst angekommen und treten heute Abend schon im *14th Street Theatre* auf. Also brauchen wir ziemlich schnell ein Zimmer.« Ich war erstaunt über die Leichtigkeit, mit der Jack sich diese Geschichte aus den Fingern sog. Der Mann musterte uns argwöhnisch.

»Wo sind Ihre Instrumente?«

»Im Theater, selbstverständlich. Bei diesem Wetter ist es nicht ratsam, die Instrumente unnötigerweise durch die Straßen zu schleppen. Wir werden im Voraus bezahlen, in Ordnung?«

»Vielleicht haben wir noch ein Zimmer. Wenn sie sich damit begnügen möchten.«

»Natürlich, natürlich«, sagte Jack sehr höflich. Der Mann verschwand durch eine kleine Tür hinter der Theke. Wir blieben unentschlossen stehen. Sollten wir ihm folgen? Im nächsten Moment war er schon zurück, einen Schlüssel in der Hand. Eine Frau nahm seinen Platz im Laden ein.

»Folgen Sie mir bitte.«

Wir gingen wieder hinaus und er öffnete die Tür neben dem Laden. Ein kleines dunkles Treppenhaus wurde sichtbar. Wir folgten ihm fünf Stockwerke hoch. Ganz oben unter dem Dach blieb er stehen und fingerte an einer Tür herum. Es gab keinen

Flur. Die Treppe endete direkt bei dieser einen Tür. Er trat einen Schritt zurück, damit wir an ihm vorbei das Zimmer betreten konnten. Es war ein Speicherraum mit einem schrägen Dachfenster und einem schweren Balken unter der Decke. Auf einer Fläche von ungefähr drei Schritt in der Breite konnte man aufrecht stehen, daneben fielen die Wände schräg ab. Es gab nur einen einzigen Stuhl. Die Bodendielen knarrten, als wir eintraten, aber sie waren ziemlich sauber. Es war gerade erst gekehrt worden. Das Licht des Dachfensters reichte nicht in alle Ecken.

»Das ist kein Zimmer«, sagte JoAnne. »Das ist ein Speicher. Es gibt kein Licht.«

»Zehn Dollar«, sagte der Mann.

»Zehn Dollar?«, rief Frenchy aus. »Für zwölf Dollar kann man ein Zweizimmerappartement bekommen!« Das war vielleicht ein wenig übertrieben, aber zehn Dollar waren viel zu viel für dieses Loch.

»Dann haben wir keine Zimmer mehr«, sagte der Mann gelassen.

»Gut, zehn Dollar, aber dann sorgen Sie dafür, dass hier vier Matratzen mit Decken liegen, und Sie besorgen uns zwei Öllampen«, sagte Jack entschlossen.

»Eine Öllampe kann ich Ihnen geben.«

»Und vier Matratzen mit Decken!«

»Und vier Matratzen mit Decken.«

»Gut.« Jack klang nicht so, als fände er es gut. Aber wir hatten keine andere Wahl.

»Die Toilette ist auf der dritten Etage.«

»Holen Sie erst die Matratzen, dann werde ich sie bezahlen.«

»Wenn Sie mir helfen würden . . .«

JoAnne blieb auf dem Speicher, während wir dem Mann in den

Keller folgten, wo er uns drei Matratzen, einen Strohsack und eine Öllampe gab, die wir nach oben schleppten. Mehr schlecht als recht legten wir die Matratzen nebeneinander und breiteten die Decken darüber aus. Sie rochen nach Pferd und waren staubig. JoAnne holte einen Besen, den sie irgendwo auf einem Korridor hatte stehen sehen, und fegte den Boden. Den Strohsack benutzten wir zum Sitzen. Ich stellte die Öllampe auf den Stuhl und zündete sie an. Sie gab gerade genug Licht, um den ganzen Speicher schwach zu beleuchten.

»Es ist kalt hier«, sagte Frenchy launisch.

Wir setzten uns in einen Kreis und besprachen, was wir nun weiter tun sollten. Wir mussten dafür sorgen, dass wir an Kleidung und Essen kamen. Und an Geld.

Und wir mussten selbstverständlich in erster Linie dafür sorgen, dass Pelluccis Männer nie erfuhren, wo wir steckten.

FÜNFUNDDREISSIG

Frenchy lief wie ein Tiger im Käfig die drei Schritte hin und her, die unsere neue Wohnung breit war. Es nervte mich, aber ich wagte nicht zu protestieren. JoAnne saß auf dem Strohsack und strickte schweigend Fäustlinge – Wolle war billiger als Handschuhe. In regelmäßigen Abständen hob sie den Kopf und sah zur Tür. Sie war genauso unruhig wie ich. Ich starrte auf die Schneeflocken, die an die Häuser auf der anderen Straßenseite wirbelten. Bei den Nachbarn gegenüber brannte Licht, aber ich konnte nicht in ihr Fenster schauen. Das Speicherfenster war zu schräg, um mehr als die höchsten Stockwerke sehen zu können, zu schräg, um nach unten blicken zu können. Ich wünschte, es wäre möglich, die Straße abzusuchen, um zu sehen, ob Jack zurückkam. Ob niemand dort stand und auf ihn wartete. Ob er nicht verfolgt wurde. Aber das Einzige, was ich tun konnte, war warten. Und auf Schritte auf der Treppe lauschen.

Die fünfzig Dollar, die uns Robert gegeben hatte, waren fast aufgebraucht. Wir hatten Wolle davon gekauft. Und Kleidung. Für jeden eine billige Jacke und einen zusätzlichen Pullover. Wir hatten eine Monatsmiete bezahlt. Und jetzt hatten wir fast nichts mehr, um Essen zu kaufen. Seit dem Brand waren drei Tage vergangen.

Der Hunger nagte an uns, und obwohl niemand wollte, musste einer von uns raus, um Essen zu organisieren. Jack hatte sich freiwillig angeboten. Ich wünschte, wir könnten einfach drinnen bleiben. Pelluccis Männer suchten zweifellos immer noch nach uns. Sie waren nicht gerade bekannt dafür, dass sie schnell aufgaben. Es war schrecklich, ständig auf der Hut sein zu müssen. Warum wollte der Verkäufer im *department store* unseren Einkauf nach Hause liefern lassen? Warum schaute die Frau, die alte Wolle aufwickelte und verkaufte, mich so forschend an? Jeder Mann, der auf der gegenüberliegenden Straßenseite anhielt, um sich eine Zigarette anzuzünden, konnte einer von ihnen sein. Die Jungs, die, tief in ihre Schals vergraben, Zeitungen verkauften. Der Schuhputzer an der Ecke. Der Bettler ohne Beine. Der Trunkenbold, der aus einer Kneipe wankte. Wir kannten sie nicht. Aber vielleicht kannten sie uns.

Frenchy konnte seinen alten Kunden nicht mehr vertrauen. Er konnte sich nicht länger bei den bekannten Abschleppplätzen anbieten. Sie kannten uns gut genug, um auch die im Auge zu behalten. JoAnne konnte nirgends mehr tanzen. Und Jack konnte nicht wieder im Hotel nach Arbeit fragen. Alle Orte, die wir früher besucht hatten, waren gefährlich geworden. Alle Menschen, die wir gekannt hatten. Alle Bars, in denen wir gewesen waren.

Mir stockte der Atem, als ich Schritte auf der Treppe hörte. Es war Jack. Endlich. French stoppte sein rastloses Herumtigern. Ich drehte mich um. Jack seufzte, setzte sich neben JoAnne auf den Strohsack und zog ein Päckchen unter seiner Jacke hervor. Fettflecken waren durch das Zeitungspapier gedrungen. Er legte es vor seinen Füßen auf den Boden und packte es vorsichtig aus. Ich ging zu ihnen und setzte mich neben French, gegenüber von Jack und JoAnne auf den Boden, um Jacks Beute zu begutachten. Der Hunger machte meinen Bauch und Kopf hohl. Ich war nach Amerika gekommen, um nie wieder Hunger zu leiden ...

Es waren zwei gebratene Fische, die schon vor Stunden kalt geworden waren. Ich war enttäuscht. Hatte er wirklich nichts

Besseres finden können als zwei kalte Fische? Ich mochte gebratenen Fisch noch nicht einmal. Niemand sagte ein Wort. Mit Daumen und Zeigefinger trennte JoAnne das Fleisch von den Gräten und legte es in vier Häufchen vor unsere Füße.

»Warum bekommt Adrian mehr?«, fragte French. Unter gerunzelten Brauen sah ich ihn mürrisch an und tauschte die beiden Häufchen aus. Ich nahm einen Bissen und schmeckte nur einen kalten ekligen Brei. Meine Enttäuschung war größer als mein Hunger, ich hatte keinen Appetit mehr. Ich schob den Rest von mir. So schwierig konnte es doch wohl nicht sein, billig an nahrhaftes Essen für uns vier zu kommen? Hatte er das Geld heimlich versoffen? Oder etwas anderes davon gekauft? Hatte er schon auf der Straße gegessen?

Ich wollte nicht so über Jack denken, aber ich konnte die Stimme in meinem Kopf nicht zum Schweigen bringen. Nicht beim Anblick dieser mickrigen Fischhäufchen. Er hätte auch Brot kaufen können.

»Ich bin noch nicht satt, verdammt«, verkündete French unfreundlich. »So können wir nicht weitermachen. Wir brauchen Geld. Und Sachen.« Ich sagte nichts. Was für eine intelligente Bemerkung von ihm.

»Lasst uns einfach nach Hause zurückgehen.« Das war ja wohl nicht sein Ernst? »Nicht für immer natürlich. Wir schleichen uns rein. Vielleicht können wir noch etwas mitnehmen. Vielleicht haben sie das Geld nicht gefunden. Oder nicht alles. Wir können das Eisenkästchen losschrauben, in das wir das Gasgeld stecken müssen. Da sind bestimmt noch ein paar Cent drin.« Es blieb einen Augenblick still. Ich sah Jack an, dass er den Vorschlag erwog. »Es *gibt* eine Chance, dass alles noch so ist, wie wir es hinterlassen haben.«

»Oder wie Pelluccis Männer es am Tag nach dem Brand hinterlassen haben.« Ich wollte es nicht so scharf sagen, nicht so abfällig. Frenchy suchte schließlich auch nur nach Lösungen. Aber ich konnte nichts daran ändern, dass mein Kopf so dunkel war und meine Stimme so schrill.

Jack hielt es für eine gute Idee, durchaus wert, sie auszuprobieren, also dachte ich nicht weiter darüber nach und ging mit. Wir zogen sofort unsere Jacken über. JoAnne warf mir einen unsicheren Blick zu.

»Kommst du mit?«, fragte ich, damit sie sich nicht ausgeschlossen fühlte.

»Nein. Sorgt nur dafür, dass ihr zurückkommt. Und . . . Geht nicht gemeinsam auf der Straße. Einzeln fallt ihr weniger auf.« Sie stand auf, räumte die Gräten zusammen und wickelte den Abfall in das Zeitungspapier. Ich schaute sie noch kurz an, als sie sich wieder auf den Strohsack setzte und ohne aufzusehen ihre Strickarbeit wieder aufnahm. Dann eilte ich hinter French und Jack die Treppe hinunter.

Jack öffnete vorsichtig die Tür und spähte hinaus. Einer nach dem anderen huschten wir auf die Straße. Ich beobachtete meine Fußstapfen, während ich rasch ausschritt, ein gutes Stück hinter Jack und Frenchy. Dutzende, Hunderte Schritte verliefen durcheinander im Schnee. Man konnte unmöglich schlau daraus werden. Ich drehte mich um und sah zu meiner Erleichterung, dass sich unsere frischen Fußstapfen sofort mit den anderen Spuren vermischten. Der neue Schnee war zu nass, um die Spuren zu bewahren. Ich trat kurz zur Seite, um ein Pferd vorbeizulassen. Ich lugte nach dem Kutscher, aber der schien sich nicht für uns zu interessieren.

Es war nicht so weit bis in die Lower East Side. Wir hatten erst noch gezweifelt, hatten uns gefragt, ob wir nicht besser weiter wegziehen sollten von unserer alten Wohnung. Aber Pelluccis Männer ließen sich sowieso von Entfernungen nicht schrecken und wir empfanden es als sicherer, zwischen Leuten unserer eigenen Klasse in einer uns bekannten Umgebung zu leben. Jetzt wohnten wir gerade weit genug entfernt, um keinem Bekannten zu begegnen, aber doch noch dicht genug, um mit dem Leben vertraut zu sein und ungesehen darin untertauchen zu können. Außerdem war diese Gegend noch bezahlbar.

Als wir The Bowery überquerten und damit auch die imaginäre Grenze der Lower East Side, beschleunigten wir unseren Schritt noch mehr. Ich zog den Kopf zwischen die Schultern und meinen Schal bis dicht unter die Nase. Wir schlängelten uns zwischen den Verkäufern in der 2nd Avenue durch und liefen an den Theatern und dem *elevated train* in der Allan Street vorbei.

An der Ecke Orchard Street – das war nicht mehr unsere Straße, wurde mir schmerzlich bewusst – warteten wir aufeinander. Plötzlich drängten alle Leute auf diese Seite der Straße. Was war passiert?, durchzuckte es mich ängstlich. Zwischen den vielen dunklen Jacken sah ich ein Pferd mit einer Leichenkutsche vorbeiziehen. Sie würden doch niemanden von den Coopers . . . Ich spürte mein Herz bis in die Schläfen pochen. Hinter der Kutsche fuhr ein offener Wagen mit den Angehörigen des Toten und dahinter gingen Freunde und Bekannte. Die Leute nahmen die Hüte und Kappen ab, als der Trauerzug vorbeikam. Er wurde von einem Mann angeführt, der eine Glocke läutete. Ich stieß einen Seufzer der Erleichterung aus. Iren also. Die pflegten mit einer bimmelnden Glocke dem Leichnam vorauszugehen, um von den Umstehenden Gebete zu erbitten und die bösen Geister zu verjagen. Das Pferd kam nur im Schritttempo voran. Jeder musste zur

Seite treten und Karren wurden an den Rand geschoben, aber gleichzeitig strömten alle herbei, um zu sehen, was los war. Die Bewohner der Lower East Side kümmerten sich nie direkt um anderer Leute Leben, aber sie waren dennoch ausgesprochen neugierig und sensationslüstern. Ihnen reichten ein paar Bilder und viel Gerede. Sie brauchten nicht alles ganz genau zu wissen. Hauptsache, es konnten wieder neue Geschichten und Gerüchte weitererzählt werden. Ich fragte mich, ob wohl auch schon Geschichten die Runde machten über ein Mädchen und drei Jungs, die von der Mafia gejagt wurden. In unserem eigenen Milieu hatte sich die Neuigkeit über *The Cat* wahrscheinlich längst verbreitet. Eine der erfolgreichsten Bars war plötzlich in Flammen aufgegangen. Das würde ganz schön Staub aufwirbeln. Aber würden sie auch wissen, welche Bewandtnis es damit hatte? Robert würde sich bestimmt alle erdenkliche Mühe geben, den Deckel auf dem Fass zu halten. Aber Gerüchte ließen sich nicht eindämmen. Was machte Robert nun eigentlich? Ach, ich wollte mir um ihn keine Sorgen machen. Er hatte sich ja auch nicht besonders um uns gekümmert.

Wir bahnten uns weiter einen Weg durch die Menschenmasse. Jack ging dicht vor mir und ich konnte nicht viel anderes machen, als meinen Blick auf seinen Rücken zu heften und ihm auf dem Fuß zu folgen. Bis er plötzlich stehen blieb und ich auf ihn prallte.

»Was ist?«, fragte ich. Ich hoffte auf ein unschuldiges Hindernis, einen umgefallenen Verkaufsstand, aber das war es nicht. Frenchy hatte sich umgedreht und kam zurück.

»Kennt ihr den Kerl?« Er wies auf die Treppe, die zur Haustür führte. Der Mann, der dort auf den Stufen stand, unterschied sich in nichts von den anderen Männern auf der Straße, außer dass er vielleicht ein wenig wohlhabender aussah. Aber damit unterschied er sich immer noch nicht von den Männern, die ein Stückchen weiter, *uptown,* über die Straße liefen. Er fiel nicht einmal aus dem Rahmen. *Slummers* traf man hier immer. Und er sah im Übrigen überhaupt nicht so reich aus wie die meisten *slummers.* Das Einzige, was ihn von den anderen unterschied, war, dass er sich nicht für den vorbeiziehenden Trauerzug interessierte, sondern aufmerksam alle Menschen in der Menge musterte.

»Nein, kenne ich nicht«, sagte Jack. Der Mann versuchte nicht, sein Gesicht zu verbergen. Er hatte schwere dunkle Augenbrauen und einen schnurgeraden Schnauzbart. Er stand gelassen auf den Stufen, die Hände in den Taschen. Ich hatte ihn noch nie gesehen.

»Vielleicht ist er gar niemand Besonderes«, sagte Jack. »Würden sie sich nicht ein wenig Mühe geben, außer Sicht zu bleiben?«

»Diese Leute *brauchen* nicht außer Sicht zu bleiben. Die wähnen sich doch allmächtig.«

Wähnen sich?, dachte ich, aber ich hielt den Mund. Was, wenn er wirklich einer von Pelluccis Männern war? Was würde passieren, wenn wir die Treppen hinaufliefen? Würde er ein Messer zücken? Oder einen Revolver? Vielleicht würden von allen Seiten noch weitere Typen hervorspringen. Man las ständig über Schießereien in der Zeitung. Diese Kerle machten sich nichts aus Passanten. Ich wollte am allerliebsten rechts um kehrt machen und zu unserem Speicher zurücklaufen.

»Es ist riskant, an ihm vorbeizugehen«, sagte Jack leiser als notwendig. Wir hatten dem Mann alle drei spontan den Rücken zugewandt. »Gibt es keine Möglichkeit, ihn von dort wegzulocken?« Aber uns fiel nichts ein. Der Mann schien sich von nichts ablenken zu lassen. Noch nicht mal dem Glockenmann hatte er Aufmerksamkeit geschenkt.

»Es gibt allerdings noch eine andere Möglichkeit, ins Haus zu kommen«, sagte French mit einem feinen Lächeln. Seine Augen funkelten wieder auf die typische Weise, die nichts Gutes verhieß. Er erklärte, was er sich gerade ausgedacht hatte. Sein Blick hatte nicht getrogen. Es war ein verrückter Plan. Er war auf alle möglichen Arten gefährlich. Wir konnten verunglücken, wir konnten gesehen werden, angehalten werden, in die Falle gelockt werden, wir konnten in die Klemme geraten. Der Plan taugte nichts.

Aber Jack war anderer Meinung. Und mich fragten sie nicht. Bevor ich protestieren konnte, drängten sie sich in der anderen Richtung durch die Menschenmasse. Ich wagte es nicht, bei dem unheimlichen Kerl auf den Stufen zurückzubleiben, also zwängte ich mir einen Weg hinter ihnen frei. Wir bogen in eine schmale Gasse, die eigentlich nicht mehr war als ein Schacht von anderthalb Metern zwischen zwei Gebäuden. Dies war der Unterleib der Lower East Side. Die Rückseiten der Appartementhäuser standen nicht gegeneinander. Zwischen ihnen befanden sich Gassen, um Luft und Licht in die dahinter liegenden Appartements zu lassen. Hier und da gab es freiere Stellen, an denen Wäscheleinen hingen und schmutzige Kinder spielten. Überall lagen Taubenkacke, Matsch und aus dem Fenster geworfene Essensreste. Kaputte Flaschen und tote Ratten. Die lebenden Exemplare schossen einem vor den Füßen weg. Die Mauern waren feucht und zwischen den Backsteinen wuchsen kleine Farne und Moos. Es waren Irrgärten, die einen durch den gesamten Block führten, ohne dass man der Straße oder dem Sonnenlicht begegnete. Irrgärten, in denen man leicht verschwinden und durch die man ungesehen das Viertel durchqueren, in denen man aber ebenso leicht eingeschlossen werden konnte. Dann konnte man nur noch über die Feuertreppen entkommen, die hier und da wie eckige Raupen emporkrochen. Sie waren schmalere und rostigere Versionen der Feuertreppen an den Fassaden der Häuser, wie die Treppe, auf der ich mit Jack im Sommer nächtelang gelegen, geschwatzt und geschlafen hatte. Jetzt waren die Stangen kalt und überfroren.

Ich sah zu, wie French und Jack nach oben kletterten. Sie hatten sich die Ärmel ihrer Pullover über die Hände gezogen, um die Eisenröhren nicht berühren zu müssen. Frenchys Plan verfluchend tat ich es ihnen nach. Der Anfang der Leiter, die zum ersten Stock führte, lag über Schulterhöhe. Ich sprang und versuchte mich hochzuziehen, aber meine Füße rutschten an der vereisten Wand ab. Jack schaute mich an und streckte mir die Hand entgegen, aber ich dachte gar nicht daran, sie anzunehmen, und probierte es weiterhin wütend allein, bis es mir endlich gelang.

Frenchy kletterte bis ganz hoch aufs Dach. Wir waren noch sechs Häuser von unserem entfernt. Einige Tauben flogen erschrocken auf, als wir auf das Nachbardach sprangen. Der kleine Schornstein rauchte. Es war verräterisch glatt, man sah die Eisschicht funkeln. Der Wind drückte mich fast wieder hinunter. Jetzt erst fiel uns auf, welch guten Schutz die Häuser und die vielen Menschen da unten auf der Straße boten. Hier oben bekam man das Gefühl, jeder könne einen sehen.

Ich folgte Jack und French, die gebückt von einem Dach zum anderen krochen. Der Trauerzug unten war vorübergezogen. Das Läuten des Glockenmannes war nicht mehr zu hören und an seine Stelle war wieder der normale Straßenlärm getreten. Aber ich traute mich nicht dicht genug an den Rand, um hinunterschauen zu können. Würde uns hier oben niemand sehen? Das war doch fast nicht möglich? Leute, die in den obersten Stockwerken auf der anderen Straßenseite wohnten, sahen uns doch bestimmt vorbeilaufen? Vielleicht auch jemand, den wir kannten. Jemand, der wusste, dass Pelluccis Männer uns suchten. Und wer sagte, dass wir über das Dach tatsächlich sicher unsere Wohnung erreichten? Der ganze Plan erschien mir unglaublich dumm.

Frenchy und Jack knieten am Rand des Daches. Als ich mich zu ihnen hockte, sah ich das Problem. Zwischen diesem und dem nächsten Haus gähnte ein zwei Meter breiter Abgrund. Idiot! French hatte sich geirrt und war eine Gasse zu spät abgebogen. Und wie lange wohnte Jack hier schon? Hätte er das nicht bemerken müssen? Jetzt war alle Mühe umsonst gewesen.

»Mit einem kleinen Anlauf müsste es klappen«, sagte Jack zu French. Er schaute abschätzend zur gegenüberliegenden Seite.

»Was?!«, stammelte ich. Das konnte nun wirklich nicht sein Ernst sein. »Können wir nicht einfach umkehren?«

French schüttelte entschlossen den Kopf. »Ich denke nicht daran. Ich will unser Geld.« Seine Augen waren stahlhart.

»Was ist, wenn du hinunterfällst?«

»Wir fallen nicht hinunter.«

»Die Dächer sind spiegelglatt!«, warf ich ein, aber French war nicht von seinem Vorhaben abzubringen.

»Sei nicht albern, Adrian«, stimmte Jack ihm zu.

»Albern?« Ich verschluckte mich geradezu. Es war lebensgefährlich! Der ganze blöde Plan war lebensgefährlich. Aber das sah Jack nicht. Das *wollte* er nicht sehen. Weil es Frenchys Plan war.

»Ja, klar, stell dich ruhig wieder auf *seine* Seite!«, rief ich böse.

»Seine Seite? Es ist einfach ein guter Plan.«

»Es ist überhaupt kein guter Plan. Aber du rennst French doch sowieso immer nach. Und es interessiert euch einen feuchten Dreck, was ich davon halte.«

»Übertreib nicht so.«

»Ich übertreibe nicht!«

»Dann bleib eben hier, wenn du dich nicht traust«, sagte French bissig. Er wollte weiter. Aber ich nicht.

»Ha, *das* ist, was ihr wollt. Wieder zu zweit losziehen und mich allein lassen. Weißt du, was, Jack, wenn du genug von mir hast, dann sag es doch einfach.«

»Jetzt sei nicht so kindisch, Adrian.«

»Bin ich gar nicht. Glaubst du, ich bin blöd? Ihr seid immer zusammen. Macht immer zusammen Pläne. Wann fragst du mich denn einmal, wie ich über etwas denke?«

»Und wann denkst du einmal positiv über irgendwas?«, giftete Jack zurück. Ich schwieg, wusste keine Antwort.

»Ich muss doch auch ertragen, dass du ständig mit JoAnne flirtest.« Er sprach nicht laut, aber seine Worte klangen wie Peitschenhiebe.

»Du weißt ganz genau, dass das nichts zu bedeuten hat, aber ich weiß nicht, ob ich das von euch beiden auch behaupten kann!«, rief ich wütend. Es scherte mich nicht im Geringsten, ob uns jemand hören konnte. Es hing mir einfach zum Hals heraus, dass Jack sich so um French mühte. Ich musste mich anstrengen, dass ich nicht losheulte. Das war das Letzte, was ich wollte. Die Tränen brannten hinter meinen Lidern. French reagierte nicht auf meine Beschuldigungen und Jack fand es nicht der Mühe wert, darauf einzugehen.

»Du machst dich lächerlich, Adrian. Ich weiß nicht, was du dir alles vorstellst. Aber unser Plan ist im Augenblick doch wohl wichtiger als dein Problemchen!« Er stand auf und stellte sich ein Stück vom Dachrand entfernt hin. Er beachtete mich nicht mehr, sah mich nicht mehr an und richtete all seine Aufmerksamkeit auf den Sims auf der anderen Seite. Er nahm Anlauf und sprang. Und gelangte ohne große Anstrengung auf das andere Dach.

Frenchy sah mich kurz an mit einem Blick, dem ich nichts entnehmen konnte, und sprang ebenfalls. Ich war zu wütend, um mit ihnen zu gehen, aber zu eifersüchtig und ängstlich, um allein zu bleiben. Ich traute mich nicht zu springen. Aber ich wagte es auch nicht, allein auf dem Dach zu bleiben. Der Wind gab mir gleich einen Schubs, als ich aufstand. Jack schaute sich nicht einmal mehr nach mir um. Mein Fuß rutschte weg, als ich mich für den Anlauf abstieß, aber ich konnte nicht mehr zurück. Nur ein paar Schritte. Ich spürte den Rand des Daches unter meinen Füßen und sprang. Wie tief würde ich fallen?, durchzuckte es mich, aber da schob sich mein Fuß schon wieder auf das vereiste Dach gegenüber. Ich konnte mich nicht aufrecht halten und fiel. Dreißig Zentimeter. Statt dreizehn Meter.

Jack sagte nichts mehr zu mir. Ich wusste, dass er sauer war über das, was ich gesagt hatte. Gut, ich war auch wütend. Frenchy schien die angespannte Stimmung nicht einmal zu spüren.

Über ein Fenster im Korridor der obersten Etage schlüpften wir hinein. Wir wussten, dass die Scharniere so alt waren, dass man das Fenster, wenn man an der richtigen Seite dagegen drückte, einfach so aus dem Rahmen hebeln konnte.

Meine Augen mussten sich an das Dämmerlicht gewöhnen, aber ich gönnte ihnen nicht die Zeit. Hinter Jack und French schlich ich die Treppe hinunter. Auf der zweiten Etage hielten wir kurz inne. Vorsichtig spähte French in den Korridor. Dort stand niemand. Er übersprang die letzte Stufe, weil sie knarrte, und huschte leise zu unserer Wohnungstür. Jack und ich blieben auf der Treppe. Ich hielt den Blick auf meine Schuhe gerichtet und gab mir alle Mühe, ihn nicht zu berühren. Einen Moment später war French wieder da. Er nickte und hob den Daumen. Die Luft war rein.

Ich betete, dass die Coopers nicht plötzlich herauskämen und uns sehen würden. Es war seltsam, wie ein Einbrecher in einem Haus herumzuschleichen, das einem so vertraut war. Wenn wir bloß niemandem begegneten . . .

Im null Komma nichts waren wir drinnen. Es war offensichtlich, dass Pelluccis Männer gründlich nach Geld oder Hinweisen gesucht hatten. Unsere Kleidungsstücke waren überall verstreut. Die Küchenutensilien lagen auf dem Boden und im Waschbecken, die Stühle hatten sie umgeworfen. Die Strohsäcke und das Sofa waren mit einem Messer aufgeschlitzt worden. Und die Uhr, in der das Geld verborgen gewesen war, lag zerbrochen auf dem Tisch. Sie hatten es also gefunden.

»Schnell, schnell«, zischte Jack. »Wir nehmen alles mit, was wir tragen können.« Wir stopften Kleidung in eine Decke und griffen nach den Bechern. Aus Angst, zu viel Lärm zu machen, wagte es keiner von uns, den Gaszähler von der Wand zu schrauben oder größere Dinge mitzuschleppen. Als wir hinausliefen, schnappte sich French noch schnell die Gedichtbücher und steckte sie in seine Jackentasche. Mit einer Beute, die vollständig aus unseren eigenen Sachen bestand, eilten wir die Treppe wieder hinauf.

Diesmal sprangen wir nicht. Ohne viel Worte zu verlieren, nahmen Jack und French die Feuertreppe nach unten.

Sechsunddreissig

Die Kälte weckte mich. Verzweifelt rollte ich mich noch mehr zusammen, um das kleine bisschen Wärme, das ich um meinen Körper gesammelt hatte, nicht zu verlieren. Mein Atem hinterließ weiße Wölkchen im Raum. Der Mond schien durch das schmutzige Fenster und tauchte das Zimmer in ein trauriges bleiches Licht. Unsere Becher standen noch auf dem Boden, wo wir sie am Abend zuvor hatten stehen lassen. Ein paar Sachen und Kleidungsstücke lagen in einer Ecke. Ich vermisste unsere Wohnung. Ich vermisste unseren Ofen. So kalt war mir noch nicht einmal in Belgien gewesen. Wenn es draußen fror, kuschelten wir uns in dicken Decken um den Ofen, während Mutter Geschichten erzählte. Zusammen mit Alexander und Charles in einer Decke. Ich hatte Mutter, Vater, Charles und Charlotte schon über zwei Jahre nicht mehr gesehen. Charlotte war jetzt schon acht! Und mein kleiner Neffe Adrian konnte schon laufen, aber ich hatte ihn noch nie zu Gesicht bekommen. Wie es Alexander wohl erging? Hatte er seinen eigenen Bauernhof? Hatte er eine Freundin? Warum hatte er mir nie zurückgeschrieben? Ich wollte nicht darüber nachdenken und versuchte, mich auf etwas anderes zu konzentrieren.

Der Streit vom Nachmittag lag mir noch immer im Magen. Ich hatte mit Jack nicht mehr darüber gesprochen. Ich wollte nicht böse sein auf ihn, aber ich meinte jedes Wort, das ich gesagt hatte. Ich hatte auch JoAnne nichts davon erzählt, obwohl ich mit ihr über alles reden konnte. Aber in der letzten Zeit hatte ich immer das Gefühl, dass unsere Gespräche unter vier Augen unangebracht waren. Wir saßen zu viert in derselben Situation und deshalb wollte ich nicht mit ihr über die anderen herziehen. Es gab niemanden, mit dem ich reden konnte. Es bedrückte mich. Meine Gedanken drehten sich im Kreis und konnten in keine Richtung. Ich wurde nicht schlau aus ihnen. Ich hasste es, wenn Frenchy und Jack gemeinsam Dinge regelten, ohne dass ich daran beteiligt war. Mochte Jack French lieber als mich? Hatte er genug von mir? Ich wusste ja selbst, welch enorme Anziehungskraft French ausüben konnte. Man konnte gar nicht anders, als ihn lieben. Er sah nicht nur unglaublich gut aus, sondern strahlte auch etwas Unwiderstehliches aus. Etwas Fremdes und Mysteriöses. Jack *kannte* ich. Ich konnte ihn durchschauen. Ich wusste, was ich an ihm hatte. Aber Frenchy war ungreifbar. Er hatte etwas Spannendes, etwas Gefährliches an sich, das einen anzog. Seine Augen waren unergründlich. Sein Körper unbekannt. Er schien einen herauszufordern, einfach durch die Art, wie er sich bewegte. Die Art, wie seine Finger eine Locke aus der Stirn strichen. Ich hatte Jack und doch wollte ich French. Aber ich konnte ihn schließlich nie kriegen, ich war zu gering für French. Und ich wollte Jack nicht verlieren, das war mir schon früher klar gewesen. Meine Gedanken über French machten mir Angst. Angst, dass Jack auch so über ihn dachte. Ich wollte Jack nicht verlieren! Der Gedanke allein versetzte mich in Panik, verdüsterte meinen Kopf und nahm mir den Atem. Ich *durfte* Jack nicht verlieren. Jack nicht, aber auch French und JoAnne nicht. Sie waren meine Welt. Waren mein Leben. Ich hatte keine anderen Freunde hier. Keine Bekannten, keine alten Schulkameraden, keine Kollegen, keine Eltern, keine Familie. Ich hatte noch nicht einmal mehr einen Bruder. Jack, Frenchy und JoAnne waren alles, was ich hatte. Der

Gedanke, ich könne sie verlieren, machte mir noch mehr Angst als die Drohung von Pelluccis Männern.

Mein Herz pochte und mein Atem ging viel zu schnell. Ich musste mich ablenken. Vorsichtig stand ich auf, stopfte die Decken wieder sanft um JoAnne und Jack, damit sie nicht frieren würden, und stellte mich ans Dachfenster. Der Himmel war dunkel, nur um den Mond breitete sich ein hellerer Fleck aus. Ich zündete die Öllampe an und drehte sie auf kleine Flamme, um nicht zu viel Öl zu verbrauchen und die anderen nicht zu wecken. Gerade genug, um lesen zu können.

Ohne zu schauen, wem er gehörte, nahm ich einen Gedichtband und begann darin zu blättern. Es war Frenchys. Kurz verspürte ich die Neigung, es wieder zu schließen, aber meine Neugier siegte.

Er war dicker und voller und häufiger benutzt als meiner. Manche Gedichte waren schon so oft gelesen worden, dass die Seiten von selbst an der entsprechenden Stelle aufklappten. Die Seiten waren grauer, abgegriffener. *Two Loves* zum Beispiel. *I am the love that dare not speak its name . . .* Das war eines der ersten Gedichte, das ich kennengelernt hatte. Und ich liebte es immer noch. Genau wie *We two boys together clinging*. Das kannte ich Wort für Wort auswendig. *One the other never leaving*. Aber ich wollte keine Gedichte, die ich kannte. Ich wollte keine Gedichte, die mit der Vergangenheit verwoben waren. Ich blätterte weiter. Frenchy hatte das Gedicht *Pansy* mit einem Datum versehen und etwas dazugeschrieben. Für Casey. Ich schluckte und blätterte weiter. Keine Gedichte, an denen Erinnerungen klebten . . . Mein Blick fiel auf eine kritzelige kleine Handschrift, die ich nicht kannte.

There's a keen and grim old huntsman
On a horse as white as snow;
Sometimes he is very swift
And sometimes he is slow.
But he never is at fault,
For he always hunts at view
And he rides without a halt
After you.

The huntsman's name is Death,
His horse's name is Time;
He is coming, he is coming
As I sit and write this rhyme;
He is coming, he is coming,
As you read the rhyme I write;
You can hear the hoofs' low drumming
Day and night.

Ich schnappte nach Luft. Die Flamme der Lampe flackerte und dadurch hüpften die Buchstaben. Es war, als spürte ich den Atem der Pferde in meinem Nacken. In meinem Kopf ertönte ihr Hufgetrappel und ich konnte nicht anders, als im Rhythmus ihres Galopps mitzulesen.

You can hear the distant drumming
As the clock goes tick-a-tack,
And the chiming of the hours
Is the music of his pack.
You may hardly note their growling
Underneath the noonday sun,

But at night you hear them howling
As they run.

And they never check or falter
For they never miss their kill;
Seasons change and systems alter,
But the hunt is running still.
Hark! the evening chime is playing,
O'er the long grey town it peals;
Don't you hear the death-hound baying
At your heels?

Where is there an earth or burrow?
Here a cover left for you?
A year, a week, perhaps to-morrow
Brings the huntsman's Death halloo!
Day by day he gains upon us,
And the most that we can claim
Is that when the hounds are on us
We die game.[6]

Ich schlug das Buch zu, noch bevor das Gedicht zu Ende war. Aber das Donnern der Hufe hallte weiter in meinem Kopf. *A year, a week, perhaps to-morrow brings the huntsman's Death halloo . . .* Wie viel Geduld besaßen Pelluccis Männer? Ob sie wirklich so viel Ausdauer hatten? Würden wir nie wieder in unser normales Leben zurückkehren können? Würden wir ihren Atem für immer in unserem Nacken spüren? Ein Leben führen, das aus nichts anderem bestand als aus Angst und Vorsicht? Immer derselbe Kreis . . . Ich schob das Büchlein wütend von mir. Was für ein dummes Gedicht! Pelluccis Männer waren nicht der *huntsman*, sie kamen nicht auf Pferden. Aber der hämmernde Rhythmus zitterte weiter in meinen Knien, als ich zum Strohsack zurückging. Ich wagte es nicht, die Lampe zu löschen, und stellte sie dicht neben den Matratzen auf den Boden. Ich kroch wieder unter die Decken und kuschelte mich an Jack. Der spürte meinen kalten Körper kaum durch all die Kleidungsstücke, die er trug.

Ich hätte nie so wütend werden dürfen. Ich hätte nie sagen dürfen, was ich dachte. Wir mussten unsere Gruppe beschützen. Unsere Gefühle unterdrücken. Wir hatten schließlich nur einander.

»Jack.« Ich schubste ihn leicht an. »Jack.« Er drehte sich zu mir um.

»Was ist?«, flüsterte er.

»Es tut mir leid. Es tut mir leid wegen heute Nachmittag. Ich wollte nicht sauer werden.« Er öffnete die Augen. Zwei glänzende Flecken in einem weißen Gesicht. Er legte seine Hand an meine Wange und spürte den nassen Streifen.

»Aber das ist alles so viel und so fremd. Ich will zurück in unsere eigene Wohnung. Hier ist es so kalt. Und ich habe Angst.«

»Ich auch.« Er schob sich näher an mich und legte seinen Arm um mich. »Aber wir dürfen keine Angst haben. Wir schaffen das schon.« Sein Atem wärmte meine Nase. Ich glaubte ihm nicht, aber ich sagte nichts.

»Ich weiß etwas, das uns wärmt«, flüsterte Jack und küsste mich. Ich presste mich noch enger an ihn. Er zog seinen Handschuh aus und suchte unter allen Kleidungsschichten nach meiner Haut. Ich erschrak, als er seine kalte Hand auf meinen nackten Bauch legte. »Entschuldigung«, flüsterte er zwischen seinen Küssen. Mit steifen Fingern versuchte ich, seine Hose aufzuknöpfen. Er schob seine Hand unter meinen Hosenbund. Ich löste meine Lippen von seinen und hauchte auf meine Finger, bevor ich ihn berührte. Weste, Pullover, Hemd, noch ein Hemd, Unterhemd, ich zog alles aus seiner Hose. Er zuckte zusammen, aber nicht vor Kälte. Unsere Bewegungen waren schwerfällig durch all den Stoff um unsere Körper. Ich zog die Decken wieder um uns beide. Wir wurden gieriger. Uns wurde wärmer.

»Psst, JoAnne und Frenchy«, flüsterte ich. Ich wollte auf keinen Fall, dass sie von unserem Wühlen und Keuchen wach würden. Jack begrub seinen Kopf in meinem Nacken, um die Geräusche zu dämpfen.

Ich hielt ihn fest. Und er mich. Das war lange her. Ich wollte mehr von ihm spüren, ihn mehr berühren, mehr ... Aber unsere Kleidung war im Weg. Ich schob mich dichter an ihn, damit unsere Rhythmen eins werden konnten. Ich spürte, wie sich seine Hand kurz verkrampfte und sein Körper wieder ruhig wurde. Er atmete tief aus in meinen Nacken und blieb bei mir liegen. Vorsichtig zog ich meine Hand aus seiner Hose.

»Ist euch schön warm geworden?« Ich erschrak, als ich Frenchys Stimme hörte. »Himmel, ich muss mir auch einen festen Freund suchen«, seufzte er. Ich antwortete nicht. Auch Jack schwieg.

»Achtet nicht auf mich, macht ruhig weiter.« Ich konnte Frenchs Grinsen fast hören. Aber er sagte es freundlich, meinte es wahrscheinlich sogar so.

Ich kuschelte mich wieder an Jack, um unsere gerade gewonnene Wärme nicht zu verlieren, und versuchte wieder einzuschlafen. Der Mond schien noch immer kalt durchs Fenster.

Siebenunddreissig

Wir haben nichts mehr.« JoAnnes Stimme klang leise, aber wir hatten es alle gehört.

»Nichts?«, fragte French, aber sie brauchte es nicht zu wiederholen. Die *bread rolls* und die Becher mit warmem Tee, die sie gerade zum Frühstück geholt hatte, waren von unserem letzten Geld bezahlt worden.

Ich schluckte den letzten Bissen hinunter. Mehr gab es nicht.

»Ich werde zu Alfie gehen. Vielleicht leiht er uns ja noch etwas«, sagte JoAnne.

»Nein!«, brauste Jack auf. »Wir dürfen nicht von anderen abhängig bleiben. Wir müssen endlich die Zügel wieder in die eigene Hand nehmen. Sollen wir uns das ganze Leben von diesem Pellucci diktieren lassen? Wir kennen den Kerl noch nicht einmal, haben ihn noch nie gesehen. Es ist schon schlimm genug, dass wir wegen ihm wie eingesperrt hier hocken. Soll er es etwa auch schaffen, dass wir verhungern? Wir haben in drei Monaten über eintausendzweihundert Dollar aufgebracht. Dann muss es uns doch jetzt gelingen, genügend Geld zusammenzukriegen, um zu essen? Wir müssen einfach mal klar nachdenken. Wir dürfen uns nicht unterkriegen lassen. Wir sitzen nur hier herum und ertrinken in Selbstmitleid.« Ich fühlte mich zurechtgewiesen, obwohl er über uns sprach und sich selbst dazuzählte. Aber er hatte recht. Wir mussten für uns selbst sorgen.

»Komm mit, Adrian.« Er stand auf und ging zur Tür. Sein Ton duldete keinen Widerspruch, also nahm ich schnell meinen

Schal und folgte ihm, froh, dass er mich fragte und nicht Frenchy.

»Sei vorsichtig. Halte ihn zurück, wenn er zu übermütig wird, Adrian«, sagte JoAnne, aber ich antwortete ihr nicht und folgte Jack die Treppen hinunter.

»Wohin gehen wir?«, fragte ich, als wir auf der Straße standen. Es war uns zur Gewohnheit geworden, erst die Straße hoch- und runterzuspähen, um zu sicherzugehen, dass niemand auf uns wartete.

»Sehen wir dann. *Uptown.*«

»Fallen wir dort nicht zu sehr auf?« Ich musste mich anstrengen, bei seinem Tempo mitzuhalten.

»Wir gehen dorthin, wo das Geld ist.«

Ich stellte meinen Kragen auf und zog den Kopf zwischen die Schultern. Wir unterschieden uns nicht von den anderen Passanten. Pelluccis Männer würden uns nicht so leicht erkennen, versuchte ich mir selbst vorzuhalten. Aber bei jedem Schritt, den ich machte, hörte ich das Gedicht, das ich gelesen hatte.

He is coming, he is coming
As I sit and write this rhyme;
He is coming, he is coming,
As you read the rhyme I write,[7]

Bei jedem Schritt hörte ich ihn näher kommen. Als schliche er auf uns zu, wie ein Wolf im Winterwald. Das Hufgetrappel eines Pferdes erklang dicht hinter mir. Ich drehte mich blitzschnell um. Es war eine ganz gewöhnliche Kutsche.

»Was ist los?«, fragte Jack. Ich zuckte die Achseln und antwortete nicht. Verdammt. Ich durfte mich nicht unterkriegen lassen.

Pellucci besaß nicht die ganze Stadt. Warum sollten er oder seine Männer gerade jetzt in diesem Moment hier sein? Er wusste nicht, wo wir waren. Ich ignorierte die Stimme in meinem Kopf, die mir allerlei einreden wollte.

Allmählich erkannte ich auch das Viertel, durch das wir liefen.

»Gehen wir zum Hotel?«

Jack nickte, ohne langsamer zu werden. »Wir kommen über den Lieferanteneingang hinein.«

»Und wie . . . Alle Zimmertüren sind doch verschlossen? Oder nicht?«

»Vielleicht finde ich etwas in der Garderobe des Restaurants.«

»Sie wissen doch alle, dass du nicht mehr dort arbeitest?« Er seufzte genervt.

»Ich sorge schon dafür, dass ich niemandem begegne.«

»Und was ist mit mir?«

»Du wartest. Allein bin ich viel schneller.« Wir bogen in eine schmale Straße und liefen an der geöffneten Tür der Hotelküche vorbei. In meinen ersten Monaten hier hatte ich dort gearbeitet. Hatte dadurch auch Jack kennengelernt. Der Lärm, der aus der Küche drang, war noch immer der gleiche – die Küchenjungs waren mittlerweile vermutlich hundert Mal ersetzt worden. An der Rückseite des Hotels befand sich ein Tor, durch das die Wagen der Lieferanten ein- und ausfahren konnten.

»Mit ein wenig Glück kommen gleich die Lieferwagen mit der Schmutzwäsche heraus«, sagte Jack. Wir lehnten an der Mauer und warteten. »Dann schlüpfe ich rein.«

Wir hatten Glück. Kaum zehn Minuten später ging das Tor auf und ein kleiner Lieferwagen kam heraus. In aller Ruhe spazierte Jack zum Tor, grüßte die Männer, die es geöffnet hatten, und ging hinein. Das Auto fuhr weg und das Tor wurde wieder geschlossen. Und jetzt? Was sollte ich jetzt hier machen? Warum hatte er mich mitgenommen, wenn ich nicht mehr zu machen brauchte, als hier vor dem Tor zu warten? Ich wollte mich setzen, aber der Boden war zu schmutzig. Ich wollte eine Zigarette anzünden, um mich zu wärmen und nicht allzu verloren dazustehen, aber meine Taschen waren leer.

Jack schien eine Ewigkeit wegzubleiben. Eine Ewigkeit, in der ich hartnäckig versuchte, nicht an Pellucci und seine Männer zu denken, nicht an zu Hause, nicht an Frenchy. Aber je mehr ich es versuchte, desto weniger gelang es mir. Das allseits bekannte Gesetz des Kopfes. Nach einiger Zeit wurde ich unruhig. Ich fragte mich, ob etwas passiert sein könnte. War Jack erwischt worden? Ich versuchte mir auszurechnen, wie lange er brauchen würde, um vom Entladeplatz zum Hof zu gehen und über eine Terrassentür ins Hotel zu huschen. Danach musste er über den Flur, wo sich auch das Büro von Mr Fox befand und die Löhne ausbezahlt wurden. Wenn er den Empfang umschiffen wollte, musste er vorbei an den . . . Er hätte schon längst wieder hier sein müssen! Ich begann die Sekunden zu zählen, aber das langweilte mich schnell und bei 183 hörte ich damit auf.

»Adrian!« Ich erschrak und drehte mich um. Jack kam von der anderen Seite angerannt.

»Warum bist du nicht am Tor entlang. . .«

»Lauf!«, keuchte er. Ich rannte hinter ihm her. Er lief drei Blöcke weiter, bevor er endlich innehielt und mir erklärte, was los war.

»Es hat nicht geklappt.«

»Was ist passiert?«, keuchte ich.

»Ich musste an der Rezeption vorbei. Hank hat mich gesehen. Ich habe ein wenig mit ihm geschwatzt und bin dann weitergegangen, aber jemand sah, wie ich die Garderobe betrat, und Hank schickte mir die Wächter auf den Hals. Scheißkerl! Obwohl ich so lange mit ihm zusammengearbeitet habe.«

»Also hast du nichts.« Es klang zum Glück nicht vorwurfsvoll, sondern eher traurig.

»Gehen wir zurück?«, fragte ich.

»Nein, ich gehe nicht zurück, bevor wir Geld haben.« Ich seufzte unhörbar.

»Vielleicht sollten wir versuchen, im Hafen Arbeit zu finden. Oder in der *garment industry*. Herr Cooper kann uns vielleicht helfen. Er hat auch . . .«

»Und wie kommst du an Herrn Cooper ran?«, fragte Jack scharf. Ich schwieg.

»Entschuldigung, so habe ich es nicht gemeint«, sagte er leise. Er griff nach meiner Hand und drückte sie kurz. »Aber das sind genau die Orte, an denen uns Pelluccis Männer zuerst suchen werden. Wir müssen schlauer sein als diese Männer. Ihnen immer einen Schritt vorausbleiben.« Er sah mich plötzlich verzweifelt an, die Augen so groß wie bei einem Welpen. »Ich will dich nicht verlieren, Adrian, ich will euch nicht verlieren.« Seine Stimme klang brüchig. Ich bekam einen Kloß in den Hals.

Auf einmal blieb Jack stehen und starrte auf das Gebäude, vor dem wir standen. Es war eine Kirche. Sie fiel nicht auf, weil sie von Gebäuden umschlossen war, die viel größer und imposanter waren. Kirchen tauchten hier immer plötzlich auf. In Belgien konnte man sich kilometerweit im Umkreis an einem Kirchturm orientieren. Man wusste immer genau, wo man hinmusste. Hier lief man an ihnen vorbei, ohne es zu merken.

»Sollen wir eine Kerze anzünden?«, fragte Jack. Was hatte das zu bedeuten? Jack war überhaupt nicht gläubig. Ich folgte ihm in die dämmrige Kirche. Ich steckte meine Hand ins Weihwasserbecken und schlug ein Kreuz. Nur ein Bleiglasfenster an der Straßenseite ließ ein wenig Licht herein. Es spiegelte in zarten Tönen das Bildnis des guten Hirten auf dem Boden wider. Kerzen in hohen Leuchtern an den Säulen des Mittelschiffs warfen Flecken aus Licht und Schatten an die Wände. Hinten in der Kirche brannten die Kerzen des Volkes. Jack ging sofort dorthin. Er stieß gegen das Eisenkästchen, in dem das Geld steckte, das die Leute für die Kerzen bezahlten.

»Was glaubst du, wie viel hier drin ist? Zwei Stücke Fleisch? Oder vier? Vielleicht sogar ein Stück Pastete.«

»Du wirst doch nicht . . . Die Kirche bestiehlt man nicht!«

»Bist du so ein braver Katholik? Nach allem, was wir getan haben, landest du sowieso in der Hölle. Mach dir keine Sorgen. French und ich werden auch da sein.«

»Aber . . .«

»Und Jesus sagte: Die Hungrigen werde ich nähren, die Nackten kleiden und den Armen gebe ich im Überfluss«, deklarierte er laut.

»Das hast du gut gesagt, mein Sohn«, erklang plötzlich eine Stimme hinter uns. Ich drehte mich wie von einer Schlange gebissen um. Es war der Pastor.

»*Father,* ich würde gern eine Kerze entzünden«, sagte Jack, »für meine kranke Mutter. Aber ich habe kein Geld mehr. Haben Sie vielleicht fünf Cent für mich?«

»Deine Mutter ist krank, mein Sohn?«, fragte der Mann. Wie viel hatte er gehört?, fragte ich mich. Wusste er, was wir vorhatten? Und was hatten wir eigentlich vor? Der Mann brachte plötzlich, als hätte er es schon in der Hand parat gehalten, fünf Cent zum Vorschein.

»Bitte sehr, mein Sohn.«

»Und mein Bruder hier möchte gern beichten«, fuhr Jack fort. Ich war perplex. Der Priester sah mich an.

»Natürlich, mein Sohn.« Er ging vor mir her zum Beichtstuhl, ganz auf der anderen Seite der Kirche. Er trat ein und ich nahm hinter dem Vorhang Platz.

»Sprich nur, mein Sohn«, kam seine Stimme hinter dem Gitter hervor.

»Vergib mir, denn ich habe gesündigt«, ratterte ich wie von jeher herunter. »Meine letzte Beichte war . . .« Oje. Vor zwei Jahren? ». . . vor zwei Tagen.«

»Und nun hast du schon wieder gesündigt, mein Sohn?«

»Ich habe . . . meiner Mutter nicht geholfen«, erfand ich schnell.

»Deiner kranken Mutter?«

»Yes, father.«

»Und ich habe . . . meinen Bruder angelogen.« Ich versuchte mich zu erinnern, was wir als Kinder gesagt haben, wenn wir zur Beichte gingen, aber mir fiel nichts anderes ein als: »Ich habe meinen Vater belogen, ich habe meine Schwester geärgert, ich habe von den Plätzchen genascht, während sie abkühlten.«

»Ich habe schwer gesündigt, *father.«* Ich versuchte, genügend Mut zu sammeln. Wenn ich den Mann schon ablenken sollte, wollte ich meine Sache auch gut machen.

»Was hast du getan, mein Kind?«

»Ich habe mit einem anderen Mann geschlafen.« Es blieb einen Moment still auf der anderen Seite des Gitters, als der Priester nach Luft schnappte.

»Du meinst, du hast neben ihm geschlafen?«, erklang eine hoffnungsvolle, aber heisere Stimme.

»Nein, ich habe *mit* ihm geschlafen. Ich habe ihn liebkost, wie ein Mann seine Ehefrau liebkost.« Der Mann atmete schwer und allmählich bekam ich Gefallen daran. Hinten in der Kirche hörte ich ein leichtes Poltern, aber der brave Beichtvater hatte nun wirklich etwas anderes im Kopf.

»Ich habe ihn geküsst und gestreichelt und festgehalten und . . .«

»Es ist schon gut, mein Sohn, das brauchst du mir nicht alles zu erzählen«, keuchte er. »Du weißt doch, dass dies eine Todsünde ist?«

»Komme ich nun nie mehr in den Himmel?«, fragte ich unschuldig.

»Wenn du es nicht tun wolltest und aufrichtig bereust und wenn du vier Ave-Maria betest, dann . . .«

Plötzlich zog Jack den Vorhang auf.

»Aber ich wollte es ja, *father*. Es war herrlich. Er hat mich auch gestreichelt«, fuhr ich fort. Jacks Augen wurden groß. Ich grinste.

»Komme ich dann nie in den Himmel?«, fragte ich wieder. Aber wir warteten die Antwort des Priesters nicht ab. Ich rutschte aus dem Beichtstuhl und wir rannten auf Zehenspitzen aus der Kirche, drückten die schwere Tür auf und standen draußen.

»Hast du es?«, keuchte ich.

»Ich habe es!« Er ließ seine Jackentasche kurz los und ich hörte die Münzen klingeln.

Selbstzufrieden schüttete Jack das Geld vor French und JoAnne aus.

»Wo hast du denn das her?«, fragte JoAnne. Sie schlug den bewundernden Ton an, den Jack gern hören wollte. Sein Grinsen wurde noch breiter.

»Aus der Kirche.« Er erzählte die ganze Geschichte. Mit der

Fünfcentmünze des Priesters hatte er die Schrauben des Kästchens gelöst.

»Das Kästchen war nicht besonders stabil. Sie vertrauen den Gläubigen zu sehr«, sagte er. »Und ich hatte Zeit genug, denn Adrian hatte offensichtlich eine Menge zu beichten und wusste auch, wie er die Aufmerksamkeit des Pastors fesseln konnte.« Und dann musste ich natürlich erzählen, was ich gebeichtet hatte. Frenchy lachte sich fast tot.

»Du kommst nie in den Himmel!«, gluckste er.

»Nein, das hat er mir auch gesagt.«

Von dem misslungenen Versuch im Hotel erzählte Jack nichts.

»Ich bin doch bei Alfie gewesen«, gestand JoAnne auf einmal.

»Was?!« Aber bevor Jack wütend werden konnte, sagte sie: »Ich habe ihn *nicht* um Geld gebeten! Aber ich wollte wissen, wie es ihm geht.« Sie zog die Beine an und legte ihren Kopf auf die Knie. »Ich wollte einfach sehen, ob es noch ein anderes Leben gibt neben diesem hier.«

Jack schwieg. Er legte seinen Arm um ihre Schultern und gab ihr einen Kuss auf die Haare.

»Und wie ging es ihm?«, fragte er leise.

»Gut«, erklang ihre gepresste Stimme.

Achtunddreissig

Allmählich wurde unser Maulwurfdasein wieder ein Leben. Ein Überleben. Wir warteten nicht mehr still auf unserem Speicher, bis wir verhungern oder von Pelluccis Männern gefunden werden würden. Wir gingen wieder raus, versuchten, Geld zu verdienen – so nannten wir das beschönigend –, und bauten wieder ein Leben auf, aus dem wir die Routine zu bannen versuchten. Routine war schließlich gefährlich, damit waren wir leichter aufzuspüren.

Morgens kaufte Jack Brot und Tee bei der Frau des Hutreinigers. French, JoAnne und ich ließen uns kaum bei ihr oder ihrem Mann blicken. Wir hofften, dass sie vergessen würden, wer wir waren und wie wir aussahen. Tagsüber versuchten wir auf alle mögliche Art und Weise und an allen möglichen Orten in der Stadt Geld zu sammeln. Wir arbeiteten nie zu viert. Niemand durfte sich an uns als Gruppe erinnern. Niemand sollte die Fragen von Pelluccis Leuten über drei junge Männer und eine junge Frau beantworten können. Einzeln oder zu zweit fielen wir weniger auf, sahen aus wie so viele andere. Aber wir hatten nicht immer so gute Ideen wie Jack damals in der Kirche. Nicht alles funktionierte und manchmal lief ich stundenlang durch die Stadt auf der Suche nach einer Chance, die sich nicht ergab. Kurz bevor es dämmerte und die Menschen ihre warmen gemütlichen Wohnzimmer aufsuchten, gingen auch wir wieder auf unseren Speicher. Jeden Tag war es ein banges Abwarten, ob auch wirklich alle zurückkehrten. Abends gingen wir noch einmal hinaus, um zu essen. Wir hatten keinen Ofen, konnten also auch nicht kochen. Aber viele Familien hatten keine Küche. Dadurch gab es genügend kleine anonyme Lokale, wo man schnell und billig an eine Mahlzeit kam. Aber unsere Gewohnheiten durften eben keine Regelmäßigkeiten aufweisen. Deswegen gingen wir nicht jeden Tag hinaus, um Geld aufzutreiben, sondern nur, wenn es dringend notwendig war. Wir gingen nie ins selbe Lokal. Wir aßen nie zur selben Zeit. Solche Gewohnheiten, die man fast von allein annahm, konnten uns zum tödlichen Verhängnis werden. Sie machten es leicht, uns zu verfolgen. Das wussten wir nur allzu gut aus eigener Erfahrung. So hatten wir schließlich die Fischausnehmer, den Tippgeber und den Kurier erwischt. Wir hatten ihre Gewohnheiten beobachtet, und weil wir genau wussten, was sie als Nächstes tun würden, und weil wir ihnen einen Schritt voraus waren, hatten wir ihnen im richtigen Moment und am richtigen Ort auflauern und zuschlagen können. Jetzt mussten wir Pelluccis Männern immer einen Schritt vorausbleiben. Niemand durfte sich an uns vier erinnern. Kein einziger Besitzer durfte sagen können, wir kämen jeden Tag um sieben Uhr in seinem Lokal essen. Noch nicht einmal, dass wir jeden Donnerstag irgendwann zwischen zwölf und zehn Uhr in sein Lokal zum Essen kamen, durfte einer der Besitzer sagen können. Wir waren zu Schatten geworden.

Doch das alles nahm mir nicht die Angst. Wir waren nicht unfehlbar.

French war immer noch nicht zurück. Ich schaute hinaus. Der Himmel war bewölkt, aber es sah nicht nach Schnee aus.

»Wir müssen eine Möglichkeit finden, es hier ein wenig wärmer zu kriegen«, sagte Jack, als würde er nicht an Frenchy denken.

»Ein Ofen ist zu teuer.«

»Und den würden wir im Leben nie hier hochkriegen. Im Übrigen gibt es keinen Anschluss zum Schornstein«, ergänzte JoAnne. Wir hatten uns schon zigmal diese Frage gestellt. Kohlen in einen Eimer legen ging auch nicht – der Rauch würde uns innerhalb weniger Minuten ersticken. Jack und French hatten Zeichnungen gemacht, um zu versuchen, selbst einen Ofen zu bauen. Aber wir fanden keine Lösung für das Rauchproblem. Ich hatte zwei Tage zuvor Kerzen gekauft. Die spendeten zwar Licht, aber keine Wärme. Ich setzte mich neben JoAnne, den Rücken an den Schornstein gelehnt. Der Rauch der anderen Bewohner erwärmte die Steine ein klein wenig, aber nicht genug, um den Speicher zu heizen. Mit unseren Sachen, dem Strohsack, den Bechern, der Lampe, den Kerzen, dem Stuhl und den Gedichtbüchern hatten wir rund um den Schornstein ein kleines Wohnzimmer eingerichtet. Die Matratzen und Decken lagen am anderen Ende des Speichers, wo man nicht mehr aufrecht stehen konnte. Wenn einer von uns ins Bett wollte, konnte er wenigstens ungestört schlafen.

»Vielleicht sollten wir jemanden bitten, einen Eimer Wasser für uns zu kochen«, sagte Jack. »Der Dampf wird auch ein wenig Wärme abgeben.«

»Wen willst du das fragen?«, wollte JoAnne wissen. »Ist das nicht zu riskant? Unsere Nachbarn dürfen uns nicht kennen, sagst du selbst auch immer.«

»Die Frau des Hutreinigers.«

»Dann müssen wir einen Eimer kaufen.«

»Ist er vielleicht noch zu den Duschen gegangen?«, fragte ich plötzlich. Jack und JoAnne sahen mich fragend an.

»Frenchy«, verdeutlichte ich. Wer sonst?

»Könnte sein«, sagte Jack.

»Macht ihr euch denn gar keine Sorgen? Er bleibt so lange weg! Vielleicht ist etwas passiert. Er ist ja wohl der Erste, den sie suchen werden, oder?«

»Frenchy kann auf sich selbst aufpassen. Vielleicht musste er sich eine Zeit lang irgendwo verstecken«, versuchte JoAnne, mir meine Unruhe zu nehmen. Jack ging zum Fenster, obwohl er wusste, dass man die Straße nicht sehen konnte.

»Lies uns ein Gedicht vor, Adrian«, schlug JoAnne vor. »Dann vergeht die Zeit schneller.«

Kurz dachte ich an *The old huntsman*, aber ich befürchtete, das Hufgetrappel würde mich wieder verfolgen. Ich nahm eines der Bücher und blätterte darin.

Ich fand ein Gedicht in Frenchys Schrift.

Once on his star-gemmed, dazzling throne,
Sat an all bright and lofty One,
Unto whom God had given
To be the mightiest Angel-Lord
Within the range of Heaven
...
Oh he was pure! the fleecy snow
Falling through air to earth below
Was not more undefiled.
Sinless he was as the wreathed smile
On lip of sleeping child.
Haply, more like the snow was he,
Freezing, with all his purity. [8]

»Handelt das von Frenchy?« Jack lachte.

»Nein, es geht um den Stolz. *The Punishment of Pride* heißt es.« Aber er hatte schon recht. Es könnte von Frenchy handeln. Wusste er das selbst auch? Hatte er es deswegen aufgeschrieben? Hier und da standen Punkte zwischen den Zeilen. Vielleicht hatte er dort Dinge weggelassen, von denen er der Ansicht war, sie würden nicht auf ihn passen.

Genau in dem Moment kam Frenchy herein. Ertappt schlug ich sein Buch zu. Jack ließ ihm keine Zeit zu erzählen, wo er so lange gesteckt hatte, sondern stand sofort auf.

»Gut. Dann können wir essen gehen. Ich habe einen Bärenhunger.«

»Hast du etwas . . .?«, fragte JoAnne. Sie benutzte nie das Wort ›verdienen‹. Frenchy schüttelte den Kopf und wollte offensichtlich kein Wort darüber verlieren. Seine Haare waren nicht nass. Also war er nicht bei den Duschen gewesen?

French und Jack gingen als Erste. Ein paar Minuten später würden JoAnne und ich losziehen. Ich lauschte ihren Schritten auf der Treppe, die immer leiser klangen, und unwillkürlich zählte ich sie. JoAnne legte ihren Kopf auf meine Schulter und nahm mich am Arm.

»Was ist bloß zwischen euch dreien?« Ich hörte auf zu zählen. »Und wo gehöre ich eigentlich hin?« Die Schritte waren nicht mehr zu hören. Ich seufzte tief. Was sollte ich sagen? »Was ist das mit Jack und French, Adrian?« Die Frage schmerzte mich. Ich schüttelte ihre Hand ab.

»Ich weiß es nicht. Ich weiß nicht, was zwischen ihm und French ist.«

»Und was ist zwischen dir und French?«

»Nichts.« Aber das glaubte ich selbst nicht.

Sie warteten bestimmt schon auf uns.

»Wir müssen los«, sagte ich. JoAnne schwieg. Sie setzte ihre Mütze auf, stopfte die Haare darunter und folgte mir die Treppe hinab. Auf der Straße nahm sie wieder meinen Arm, aber sie sagte nichts mehr. French und Jack standen an der nächsten Straßenecke und rauchten. Als sie uns kommen sahen, gingen sie weiter. Wir folgten ihnen auf die andere Seite der Straße. Niemand merkte, dass wir eine Gruppe bildeten. Aber wir gehörten zueinander, und wenn etwas schiefging, konnten wir uns gegenseitig helfen.

Das Lokal, das wir diesmal ausgewählt hatten, war kahl und ungemütlich. Aber die Möglichkeiten in der näheren Umgebung wurden allmählich spärlicher. Wir waren fast überall gewesen. Ich hatte einen flüchtigen Blick auf die Angebote draußen auf dem Schild geworfen. Alles für fünf und zehn Cent, schrie die Reklame. Es war, als säßen wir in einer Küche. Die Wände waren weiß gefliest und die Gaslampen an der Decke strahlten ein kaltes Licht ab. Die Stühle schrappten laut kratzend über den Boden. Wir setzten uns zwar gemeinsam an einen Tisch, sprachen aber nicht viel miteinander. Wir achteten immer auf neugierige Ohren in unserer Umgebung.

Ich bestellte ein *roast beef sandwich* und eine Tasse warme Milch. Die Milch wärmte mich, aber das Roastbeef war zäh und das Sandwich alt. Wir mussten immer abwägen – in der Wärme des Lokals bleiben und doch nicht zu lange am selben Platz herumhängen, die Wahl zwischen Bequemlichkeit und Sicherheit. Wir aßen so langsam wie möglich, aber wenn unsere Mahlzeit beendet war, kam die Angst wieder und es dauerte nie lange, bevor wir wieder in die Kälte aufbrachen.

»Ich gehe noch schnell zur Toilette«, sagte ich, kurz bevor wir gehen wollten. Obwohl die Toiletten in solchen Lokalen nicht die gepflegtesten waren – sauberer als in unserem Wohnhaus waren sie allemal.

»Ich auch. Geht ihr schon mal vor?«, fragte French. Jack nickte.

Die Toilette war in diesem Fall kein Pissoir in einer Ecke im Hof, wie ich erwartet hatte, sondern ein echtes Badezimmer, in dem es genauso warm war wie im Lokal selbst. Frenchy kam auch herein.

»Weswegen bist du vorhin so lange weggeblieben?«, fragte ich, während ich pinkelte.

Er stellte sich neben mich, lehnte sich mit einer Schulter gegen die Wand und schaute ungeniert auf mich hinunter.

»Ich bin noch bei den Duschen gewesen. Ich fühlte mich so schmutzig unter all den Kleiderschichten.«

»Aber deine Haare waren gar nicht nass.« Es war heraus, bevor ich mir dessen bewusst war.

»Ich bin eine Weile in der Wärme geblieben, bis sie trocken waren. Ich hatte Angst, sonst draußen zu erfrieren.« Es klang glaubwürdig. Ich würde auch in der Wärme bleiben. So lange wie möglich. Ich knöpfte meine Hose wieder zu.

»Musst du nicht?«

»Nein.« Er sah zu meinem Gesicht hoch. »Ich bin einfach mitgekommen. Ich wollte mit dir allein sein.« Er streckte seine Hand aus, griff nach einem Knopf meiner Jacke und drehte daran. »Erstickt es dich nicht manchmal? So zu viert?« Sein Blick war ernst. In seinen Augen war keine Spur ihres üblichen spöttischen Funkelns zu entdecken. »Nur mit Jack, schon so eine lange Zeit.« Ich wusste nicht, was ich sagen sollte. Er interpretierte mein Schweigen als Bestätigung und kam einen Schritt näher, sodass er mir ins Ohr flüstern konnte.

»Ich will dich, Adrian, ich will dich.« Ich spürte, wie seine Finger den Knopf meiner Jacke öffneten. Er hatte tatsächlich geduscht, roch nach Seife. Er küsste mich in den Nacken. Sein warmer Atem bewegte sich weiter, strich an meinem Ohr entlang, an meiner Wange. Er küsste mich. Und ich erwiderte seine Küsse. Frenchy. Götterknabe Frenchy. Der seinen Namen nicht gestohlen hatte ... Er zog mir Hemd und Pullover aus der Hose. Meine Haut brannte vor Verlangen, seine Hände zu spüren. Seine geschmeidigen Finger streichelten über meinen Bauch und öffneten in Windeseile die Knöpfe meiner Hose. Seine Hand glitt nach unten, seine Berührung war warm und kraftvoll. Ich küsste ihn gieriger und fummelte gleichzeitig an seiner Hose herum. Meine Finger waren nicht so geschickt, meine Beine fühlten sich weich an und in meinem Kopf drehte sich alles. Als ich die Knöpfe endlich aufhatte, nahm French seine Lippen von meinen. Er sah mich an. Seine Augen waren unendlich tief. Er legte seine Hände auf meine Schultern und drückte mich langsam in die Knie.

Ich kniete vor ihm und er warf den Kopf in den Nacken.

»Adrian!«

Auf dem Heimweg konnte ich nur einen einzigen Gedanken fassen. Mein Herz klopfte in seinem noch immer erregten Rhythmus: Jack, Jack, Jack, Jack. Das durfte er nie erfahren!

»Du wirst Jack doch nichts sagen, nicht wahr, French?«, flehte ich wie ein Kleinkind.

»Natürlich nicht«, antwortete er. Aber ich war davon überzeugt, dass Jack es unseren Gesichtern ansehen würde.

Neununddreissig

Vorsichtig schleppte ich den Eimer mit dem kochend heißen Wasser im Dunkeln durch den Flur und polterte die Treppen hinauf. Der Schnee sorgte draußen für Helligkeit, sogar nachts, sodass es hier drinnen nur noch dunkler schien. Wir waren schon mittags essen gewesen und mich hatten sie jetzt losgeschickt, einen Eimer zu kaufen und diesen von der Frau des Hutreinigers mit kochendem Wasser füllen zu lassen. Wir wussten immer noch nicht, wie sie hieß, aber das war in Ordnung – dann brauchte sie auch unsere Namen nicht zu kennen. In einem kleinen Laden in der Christopher Street hatte ich Tee gekauft. Wenn wir schon das kochende Wasser bezahlen mussten, konnten wir genauso gut auch Tee daraus machen, um uns zu wärmen. Auf jeder dritten Stufe stellte ich den Eimer vorsichtig ab und versuchte, so wenig wie möglich zu verschütten. Es dauerte eine ganze Weile und ich fürchtete, das Wasser würde schon abgekühlt sein, bis ich den Speicher endlich wieder erreicht haben würde.

Alle drei schauten mich erwartungsvoll an. Ich stellte den Eimer in unsere Sitzecke. Dennoch behielt ich meine Jacke, Handschuhe und meinen Schal an, bis ich mich davon überzeugt hatte, dass die Idee auch tatsächlich funktionierte und der warme Dampf seine Arbeit verrichten würde. JoAnne hatte überall Kerzen angezündet.

»Ist dir jemand gefolgt?«, fragte Jack. Er wandte sich vom Fenster ab. Ich schüttelte den Kopf.

»Lass die Sorgen draußen und setz dich«, sagte JoAnne, »wir köpfen eine Flasche.« Sie brachte eine Flasche Rotwein zum Vorschein. »Nicht fragen, woher ich die habe«, sagte sie geheimnisvoll lachend.

Wir setzten uns im Kreis auf den Boden, Kerzen in der Mitte. Der Wein glänzte dunkel in den Bechern. Wie Blut . . . Ich verjagte das Bild aus meinem Kopf. Wir tranken und schwiegen und lauschten alle vier auf Geräusche, die uns alarmieren könnten.

»Adrian, erzähl doch mal was aus deiner Kindheit in Belgien. Etwas, das du uns noch nie erzählt hast. Das du noch nie irgendjemandem erzählt hast . . .«, bat JoAnne plötzlich. Frenchy und Jack stimmten ihr zu. Mir fiel nicht sofort etwas ein. Hatte ich Geheimnisse als Kind? Jetzt hatte ich *ein* großes Geheimnis. Ich warf French einen verstohlenen Blick zu. Aber das würde ich nicht erzählen. Nie. Sie hatten nach meiner Kindheit gefragt.

»Ich war Messdiener«, sagte ich. Das war das Erste, woran ich dachte. Sie fanden es gut, verlangten mehr.

»Als wir acht waren, wollte Mutter, dass wir Messdiener wurden. Wir mussten alle Texte in Latein auswendig lernen und dann dem Priester zeigen, was wir konnten. Aber der Mann brauchte nicht überzeugt zu werden. Er kannte uns und nahm uns sofort an. Ich wusste nicht, weshalb. Vielleicht fand er uns ja besonders süß, zwei so gleiche Kerlchen im weißen Gewand.« Ich lachte bei der Erinnerung. »Alexander hasste es. ›Kleider sind für Mädchen‹, sagte er. Und dann bekam er von Mutter eine Ohrfeige. Das seien heilige Kleider, sagte sie, und wir sollten uns geehrt fühlen, dass wir sie tragen und dem Priester bei seiner heiligen Aufgabe helfen durften. Aber wir fühlten uns gar nicht geehrt. Nach der Messe, in der Sakristei, wenn wir dem Pastor aus seinem ›heiligen Gewand‹ geholfen hatten, mussten wir unseres noch eine ganze Weile anbehalten. Wir mussten die Kännchen und Schälchen und all den anderen heiligen Kram spülen. Er rührte keinen Finger, schaute nur zu und wurde böse, wenn wir aus Versehen den Kelch anfassten. Danach mussten wir uns, immer noch in diesen dummen Kleidern, auf das Holzbänkchen setzen und er begann Fragen zu stellen.« Ich hielt kurz inne, aber sie sahen mich voller Erwartung an. Sie wollten es hören. »Es waren immer dieselben Fragen. Erst wollte er wissen, ob wir auch brave Jungs seien und jeden Tag unsere Gebete aufsagten. Und ob wir auch für die armen Kinder in Afrika beteten. »Ja, Herr Pastor«, sagten wir, »ja, Herr Pastor.« Aber das taten wir nicht, denn Vater hielt das alles für Unsinn. Beten hätte noch nie auch nur einem Kind in Afrika mehr Essen gebracht, sagte er. Das Essen fiele nicht vom Himmel, das sei zu Moses Zeiten geschehen. Aber Mose sei tot. Der Pastor fragte uns aus, über unsere Eltern, unsere Schulkameraden, über alle Leute aus dem Dorf. Wir nickten, sagten, dass sich jeder ordentlich verhielte oder dass wir es nicht wüssten. Denn wenn wir etwas sagten, das ihm nicht gefiel, begann er auf Latein zu rufen und die Arme zu schwenken.«

»Warum wollte er das alles wissen?«

Ich zuckte die Achseln. »Keine Ahnung. Irgendeine Art von Voyeurismus, glaube ich. Er endete auch ständig mit der Frage, ob wir auch keusche Jungs seien und immer mit den Händen über unserer Decke schliefen. Einander nicht berührten. Nicht heimlich ins Maisfeld gingen, um Dinge zu tun, die Mutter Maria zum Weinen brächten.« Ich grinste. »Wir hatten keine Ahnung, worüber er sprach. Damals jedenfalls noch nicht. Später haben uns seine Fragen zwischen dem Mais auf Ideen gebracht.« Frenchy grinste.

»Verdammt, hätten wir hier bloß ein Maisfeld«, sagte Jack.

»Hast du diesem Pastor jemals etwas anderes gesagt, als dass ihr keusche Jungs gewesen seid?«, fragte JoAnne. Ich schüttelte den Kopf. »Diesem Pastor jedenfalls nicht!« Frenchy lachte. »Dem Pastor hier um die Ecke dagegen . . .«

»Hast du auch eigene Erinnerungen?«, fragte Jack auf einmal. »Du redest immer von ›wir‹. Hast du auch Dinge allein erlebt?«

»Vielleicht. Aber daran erinnere ich mich nicht. Wir haben immer alles zusammen gemacht. Die Leute sahen uns auch als *eine* Person, als *ein* Wort, Adrianalexander.« Ich nahm einen Schluck Wein. »Jetzt seid ihr dran.«

Jack stellte seinen Becher auf den Boden.

»Meine Schwester hat mich mal verkauft.« Wir sahen ihn stirnrunzelnd an. Er lachte.

»Ich war noch klein. Was genau dahintersteckte, weiß ich auch nicht. Aber ich weiß, dass sie immer Mutter und Kind spielen wollte. Sie schleppte mich überall mit hin. Ich musste auf ihrem Schoß sitzen, im Kinderwagen liegen, zum Tee zu ihren Freundinnen mitgehen. Sie zog mich an und aus, gab mir Dinge zu essen und zu trinken, die sie selbst gemacht hatte. Ich hasste das. Und sie war noch strenger als unsere echte Mutter. Einmal ist sie im Spiel so weit gegangen, dass sie mich an eine ihrer Freundinnen verkauft hat. Für einen Becher warmen Kakao. Ich weiß noch, dass es eiskalt war. Das Mädchen nahm mich mit zu sich nach Hause und versteckte mich in ihrem Zimmer. Sie sagte, ich sei jetzt ihr Brüderchen. Ich blieb die ganze Nacht bei ihr, ohne dass ihre oder meine Eltern etwas merkten. Erst gegen Morgen, als ich aus dem Bett kletterte, um nach etwas Essbarem zu suchen, bemerkten mich ihre Eltern.«

»Ich kann kaum glauben, dass du dir das hast gefallen lassen!« JoAnne lachte.

»Wie alt warst du damals?«, fragte ich.

»Fünf oder so.«

Ich lächelte. Es gefiel mir, dass er endlich einmal etwas über seine Kindheit erzählt hatte. Ich versuchte mir den kleinen Jack vorzustellen.

»Und du, French? Du hast uns noch nie etwas über dich erzählt«, bemerkte JoAnne.

Frenchy schenkte uns nach, den Blick starr auf den Wein gerichtet. Wir sahen ihn alle drei abwartend an.

»Ich bin nie Kind gewesen«, sagte er, ohne aufzusehen.

Es blieb eine Weile still.

»Ach komm«, sagte JoAnne sanft. »Teil eine Erinnerung mit uns, Schatz. Etwas Kleines. Etwas ... über deine Familie oder so ...«

Frenchy schaute auf.

»Okay.« Seine Stimme klang hart. »Ich weiß nicht, wer mein Vater ist. Meine Mutter vermutlich auch nicht. Sie hat es mir nie erzählt, ich habe sie nie danach gefragt. Lange Zeit wusste ich sogar kaum, wer meine Mutter war. Sie arbeitete in einer Bekleidungsfabrik und beachtete mich nicht. Als ich noch klein war, schleppten mich größere Mädchen aus der Nachbarschaft mit sich, aber die mochte ich schon bald nicht mehr. Und sie mich nicht. Ich wollte nicht ihr Spielzeug sein. Also spielte ich allein. Ich bekam überall und nirgends zu essen. Wenn ein Mann über Nacht bei meiner Mutter blieb, musste ich weg. Erst schlief ich im Korridor, aber ihre Geräusche hielten mich wach, also zog ich immer häufiger nachts durch die Straßen und schlief tagsüber, wenn sie nicht zu Hause war. Meine Mutter ignorierte mich vollkommen, bis ich etwa zwölf war. Wegen eines Unfalls in der Fabrik hatte sie keine Arbeit mehr und wurde auf einmal unglaublich streng. Plötzlich schien ihr zu dämmern, dass sie einen Sohn hat-

te. Bislang hatte ich keine Regeln gekannt, aber jetzt dachte sie sich für alles etwas aus. Ich durfte nicht mit Schuhen hereinkommen. Ich musste mir die Hände waschen, bevor wir uns zu Tisch setzten. Ich durfte nicht mit den Zähnen Stücke vom Brot abreißen. Aber sie bestrafte mich nicht. Na ja, sie schlug mich zumindest nicht. Nein, jedes Mal, wenn ich etwas falsch gemacht hatte, zwang sie mich, bei ihr zu schlafen. Jede verfluchte Nacht.« Er schwieg kurz. »Seit dem Unfall in der Fabrik hatte sie eine hässliche Narbe quer über ihrem Gesicht und konnte offensichtlich nicht mehr so leicht an Männer kommen.«

»Warum bist du nicht weggelaufen?«, fragte JoAnne leise.

»Ich hatte kein Geld. Sie hatte mir einen Job als *newsie* besorgt, aber den Lohn bekam sie vom Zeitungsverteiler, nicht ich. Also musste ich wohl oder übel zu ihr zurück. Ich habe es zweimal versucht. Jedes Mal hat mich die Polizei wieder abgeliefert. Wahrscheinlich irgend so ein Scheißkerl, den sie doch noch um den Finger wickeln konnte. Am Anfang erzählte sie mir Geschichten. Sagte, Kinder müssten ihre Mutter lieben, so was in der Art. Ich glaubte es. Eine Zeit lang. Beim dritten Weglaufversuch hatte ich es besser geplant. Und es klappte. Ich war vierzehn.«

Eine unbehagliche Stille trat ein. Ich wollte gern zu der fröhlichen Stimmung von gerade eben zurückkehren, aber ich wusste nicht wie.

»Ach, ich habe immerhin eine ganze Menge gelernt. Dinge, die ich normalerweise auch ausgeknobelt hätte, aber es hätte mehr Zeit gekostet. Und vielleicht auch mehr wehgetan.« Frenchy lehnte sich zurück, als würde er die gespannte Stimmung nicht bemerken.

»Sex ist eine Transaktion. Ein Mittel, um Macht zu erzielen.

Macht oder Geld. Oder deine eigenen Gelüste zu stillen. Eine Transaktion. Mehr nicht. Hat nichts mit Liebe zu tun.« Mir war, als drücke eine eisige Hand gegen meine Brust.

»Wenn zwei Menschen es miteinander treiben, dann nur, weil sie dringend körperliche Befriedigung brauchen. Nicht, weil sie sich lieben.« Ich wollte etwas sagen, protestieren, aber ich brachte keinen Ton heraus. »Macht oder persönlichen Vorteil. Hat nichts mit altruistischer Liebe zu tun.« Ich warf Jack einen hilflosen Blick zu und sah zu meiner großen Erleichterung ebenfalls ein Stirnrunzeln.

»Schon sehr schwarz-weiß, French«, sagte er trocken.

»Ich will nicht euch persönlich angreifen, Jack . . . Adrian.« Er sah kurz zu mir. »Aber so denke ich darüber. JoAnne, was meinst du?« In seiner Stimme lauerte ein gefährlicher Unterton.

»Ach, ich weiß nicht . . .« Sie fühlte sich gefangen. Wir zwangen sie, Partei zu ergreifen.

»Träumst du noch von deinem Prinzen oder hast du es aufgegeben? Bleibst du deswegen bei uns? Weil du denkst, dass dich sowieso kein Kerl mehr will, wenn er hört, dass du einmal Tänzerin warst? Erzähl mir nicht, dass du an die Liebe glaubst, JoAnne.« Frenchys Bemerkung war wie ein kalter Dolch. JoAnne sah ihn gekränkt an.

»Ich habe Liebe gesehen. Ich glaube daran«, sagte sie unsicher. »Aber ich weiß, dass sie selten ist. Ich wage es nicht, für mich selbst darauf zu hoffen. Darauf zu warten. Und Sex ist . . . natürlich ein Machtmittel oder sogar ein Tauschmittel. Aber wenn man ihn mit Liebe in Verbindung bringt, dann . . .«

»Ach, JoAnne, Liebe gibt es nicht. Du kannst Sex nicht mit etwas in Verbindung bringen, das es nicht gibt. Gib's zu, ›Liebe‹ ist eine rein egoistische Erfindung von Menschen, damit sie nicht allein zu sein brauchen. Damit sie glauben, dass sie mehr und besser sind als in Wirklichkeit.«

Hör auf, French. Hör auf, wollte ich ihn anflehen. Seine Worte taten mir weh, zerrissen mich. Und Jack . . . Er starrte wortlos zu Boden. Warum sagte er nichts?

»Wie viele Kerle haben dir schon gesagt, dass sie dich liebten, JoAnne? Bloß weil du die Beine breit gemacht hast für sie?« French war nicht mehr zu bremsen. Ich wollte nichts mehr hören.

»Ich leg mich hin«, murmelte ich heiser. Ich stand auf und ging zu den Matratzen.

Ich zog mir die Decke über den Kopf und versuchte, sie nicht mehr zu hören. Jack sagte etwas, was ich nicht verstand. Frenchy klang nachgiebiger.

Himmel, wie konnte er nur so denken? Jack und ich . . . Ich schlief doch nicht nur mit Jack, um . . . Wenn Liebe nicht existierte, was hatten Jack und ich dann miteinander? Das war doch kein reiner Egoismus? Dann würde ich doch mit jedem schlafen, den ich wollte?

Etwas in mir zerbrach, als mir bewusst wurde, dass Frenchys Worte auch zu seinen Taten passten. Dieses eine Mal in den Toiletten hatte ihm also nichts bedeutet. Reine körperliche Befriedigung. Ich war zufällig zur richtigen Zeit am richtigen Ort. Es hätte jeder sein können. Ich bedeutete Frenchy überhaupt nichts. Seine Finger an meinem Bauch. Seine geflüsterten Worte. Sein Lächeln. Das alles bedeutete ihm überhaupt nichts. Ich biss mir auf die Faust. Versuchte, den Schmerz nicht zu empfinden. Versuchte, erleichtert zu sein. Ich konnte ruhigen Herzens bei Jack bleiben. Ich musste French vergessen. Jack liebte mich jedenfalls. Warum sollte ich das wegwerfen? Jack konnte ich einschätzen, sagte eine Stimme in meinem Kopf, die ich nicht hören wollte. Ich konnte Jack durchschauen, ich wusste ganz genau, was ich an ihm hatte. Frenchy war aufregend, aber Jack liebte mich!

Außer, wenn Frenchy recht hatte und Liebe gar nicht existierte. Und wirklich nur die Erfüllung eines egoistischen Bedürfnisses darstellte. Wenn dem so war, warum entschied ich mich dann nicht einfach für JoAnne? Ich mochte sie. Ich mochte sie sehr gern. Warum ließ ich dieses so verdammt komplizierte Scheißleben nicht einfach hinter mir? Warum waren JoAnne und ich nicht einfach ein ganz normales Paar, wie alle anderen auch? JoAnne war perfekt. Sie war lieb und freundlich. Sie verstand mich. Sie war immer für mich da. Was hatte Jack eigentlich, das sie nicht hatte? Ich biss mir noch fester auf die Faust. Verdammt, wie konnte ich nur so denken . . . Frenchy lag falsch. Warum glaubte er nicht daran?

Jemand kam zu mir, aber ich drehte mich nicht um.

»Fass mich nicht an, egal, wer du bist«, sagte ich spröde.

»Habe ich dich aus der Fassung gebracht?«, fragte French.

»Nein.« Es klang heiser. Er kroch neben mir ins Bett, berührte vorsichtig meine Hüfte.

»Es tut mir leid«, flüsterte er.

»Lass mich in Ruhe!« Er nahm seine Hand weg.

Ich rutschte noch etwas näher an den Rand. Wo blieb Jack? Er sah doch auch, dass Frenchy mich verletzt hatte. Dachte er vielleicht auch so darüber? Ich spürte die Tränen warm über meine Wangen laufen, aber ich wollte nicht, dass Frenchy mich weinen sah. So leise wie möglich versuchte ich einzuschlafen.

VIERZIG

Ich wusste nicht, wann sie zu Bett gegangen waren, aber ich wusste sicher, dass sie alle schliefen, als ich zum ersten Mal hinunterpolterte, um mich zu übergeben. Ich kroch wieder ins Bett, ganz an den Matratzenrand, wo ich mich am Abend hingelegt hatte. Jack lag zwischen JoAnne und Frenchy. Sollte Frenchy ihm auch ... Ich fühlte mich elend. Sosehr ich es auch versuchte, ich konnte nicht mehr einschlafen.

Aber plötzlich schrak ich aus einem Traum auf. Ich hatte also doch geschlafen ...

Als die anderen allmählich wach wurden, befand ich mich in einem Zustand zwischen Schlafen und Wachen. Ich hörte sie aufstehen und wollte das auch gern, aber ich fühlte mich todkrank. Ich war nicht in der Lage, mich zu bewegen oder auf etwas zu reagieren. Bis ich den Brechreiz wieder aufkommen spürte. Ich stolperte aus dem Bett, die Treppen hinunter zur Toilette im dritten Stock. Nur noch Galle und Schleim. Alle Nahrung hatte ich schon in der Nacht ausgebrochen. Ich blieb ein Weilchen bei der Toilette sitzen, um wieder zu mir zu kommen, und dachte an nichts.

»Adrian, ist alles in Ordnung?« Ich schüttelte träge den Kopf. JoAnne legte einen Arm um mich und half mir beim Aufstehen. Ich stützte mich auf sie und sie schleppte mich fast die Treppen hinauf. Meine Beine fühlten sich schlaff an wie Gummi. Wieder oben kroch ich ins Bett und zog mir die Decke bis unters Kinn.

»Was ist los?« Jack kniete neben mir.

»Krank«, sagte ich heiser.

»Was tut dir weh?« Ich zuckte unter der Decke mit den Schultern. »Der Bauch. Der Kopf. Alles.«

»Willst du etwas essen?« Ich konnte nicht einmal an das Wort Essen denken, ohne Brechreiz zu empfinden.

»Oder trinken? Soll ich Tee holen?« Ich schüttelte wieder den Kopf. Ich wollte nur schlafen, bis es vorbei war. Jack legte seine Hand auf meine Stirn.

»Du bist knallheiß.« Er streichelte mich von der Stirn über die Wange bis in den Nacken. Ein kalter Schauder überlief mein Rückgrat.

Jack holte dennoch einen Eimer mit kochendem Wasser und JoAnne machte eine Tasse Tee, die sie vorsichtig neben meiner Matratze abstellte. Ich hörte, wie sie frühstückten und versuchten, leise zu reden, um mich nicht zu wecken.

Ich schlief ein, wurde wach und schlief wieder ein. Ich musste mich nicht mehr übergeben, aber die Übelkeit in meinem Bauch und der Schwindel im Kopf gingen nicht vorüber. Mir war abwechselnd kalt und glühend heiß. JoAnne saß den überwiegenden Teil der Zeit neben mir. Sie hatte den großen Eimer mit Wasser neben uns gestellt und ein wenig Wasser in eine Schüssel gegossen, um es abkühlen zu lassen. Wenn mir warm wurde, tunkte sie ein Taschentuch in das kalte Wasser und legte es auf meine Stirn. Wenn mir kalt wurde, machte sie ein anderes Taschentuch mit dem warmen Wasser aus dem Eimer nass und legte das in den Nacken. Wenn ich schlief, strickte sie, bis sie merkte, dass ich wieder wach war. Sie legte den Arm um meine Schultern und sagte nichts.

Jack und Frenchy saßen auf dem Strohsack. Sie redeten leise, sodass ich sie nicht verstehen konnte. Als ich das nächste Mal wach wurde, waren sie verschwunden. Aber aus meinen Träumen verschwanden sie nicht.

Sie gingen Arm in Arm geradewegs auf das Maul eines großen Hundes zu, der am anderen Ende der Straße lag – der Hund war so groß, dass sein Maul die gesamte Straße einnahm – sie lachten und hüpften und sahen nicht, worauf sie zuliefen – aus dem Hundemaul tropfte der Sabber – plötzlich auch so viel, dass er wie ein Fluss durch die Straße strudelte und Frenchy und Jack mitriss, aber bevor sie kopfunter gingen, veränderten sie sich in Herrn und Frau Cooper und Angela stand oben auf dem Kopf des Hundes – sie hielt einen kleinen Hund in ihren Armen und schaute und schaute mit ihren großen dunklen Augen – langsam öffnete sie den Mund und schrie ganz laut ›TOT!‹, aber Herr und Frau Cooper lachten sie aus – ich hörte Hufgetrappel in der Ferne und wollte Herrn und Frau Cooper warnen, aber sie hörten nicht zu – sie sangen und tanzten und waren nicht mehr auf der Straße, sondern in *The Cat* – sie sangen und tanzten auf der Bühne, aber Casey war auch da und wurde böse, weil es nicht gut genug war – die Glocke läutete und Angela kam herein und hörte, dass Casey ihre Eltern ausschimpfte – sie ließ den kleinen Hund aus ihren Armen fallen, aber noch bevor dieser den Boden berührte, wuchs er auf einmal und wurde so groß wie der Hund auf der Straße und rannte mit offenem Maul auf Casey zu – der Sabber tropfte heraus.

Ich schreckte wieder auf. JoAnne saß noch immer neben mir.

»Alles ist in Ordnung«, flüsterte sie, »ich bin bei dir.«

Ich wusste nicht, wie viele Stunden verstrichen, wie oft ich wach wurde und wieder einschlief, wie oft mir kalt wurde und dann wieder warm. Aber nach einiger Zeit blieb ich etwas länger wach. Ich hörte Frenchy und Jack zurückkommen und roch, dass sie Pastetchen mitgebracht hatten. JoAnne fragte, ob ich Hunger habe. Ich hatte Hunger, aber keine Lust auf Pastetchen. Ich versuchte, mich langsam aufzurichten. Als ich saß, musste ich einen Augenblick warten, bis der Speicher sich nicht mehr drehte. Mit JoAnnes Hilfe stand ich auf und ging zu Frenchy und Jack. Sie half mir, auf dem Strohsack Platz zu nehmen, und ich lehnte meinen Kopf an den Schornstein. Ich fühlte mich schlapp, aber das schwindelige Gefühl im Kopf nahm ab. Ich aß das Brötchen, das sie am Morgen für mich gekauft hatten. Es schmeckte und ich fühlte mich wieder ein wenig kräftiger.

»Geht es schon etwas besser?«, fragte Jack beunruhigt.

»Ein bisschen«, brachte ich mühsam heraus. French hatte noch kein Wort zu mir gesagt. Ich wollte ihn auch nicht anschauen. Nicht nach dem, was er tags zuvor alles gesagt hatte.

»Wir gehen gleich zu den Lafayettebädern.«

»Du hast doch gestern erst geduscht«, sagte JoAnne.

»Wir gehen, um Geld zu verdienen«, antwortete Jack kurz. »Dort gibt es genügend Männer, die einen Dollar für uns übrig haben. Mit ein wenig Charme braucht man noch nicht einmal Eintritt zu zahlen.« Sie hatten das offensichtlich schon besprochen. »Wir gehen vor sechs Uhr, dann sind noch keine Arbeiterjungs da, die unseren Preis unterbieten.« Ich sah Jack an, aber er wich meinem Blick aus.

»Ich dachte, du würdest solche Sachen nicht machen. Dass nur Harwood dich kaufen dürfe«, sagte ich scharf.

»Das ist eine leichte Art, schnell Geld zu verdienen. Diese Typen bezahlen einen ganzen Dollar!« Er sah mich immer noch nicht an.

»Eine leichte Art? Findest du es leicht, dich selbst zu verkaufen?«

»Du weißt, was ich meine«, sagte er leise.

»Weißt du vielleicht was Besseres, um an Geld zu kommen?«, fragte French herausfordernd.

»Halt du dich da raus!«, rief ich wütend.

»Adrian«, sagte Jack vorwurfsvoll. Ich schaute verzweifelt von ihm zu JoAnne. Sie starrte auf einen Punkt am Boden. Was hielt sie eigentlich hiervon? Warum unterstützte sie mich nicht?

»Ich will das nicht, Jack. Ich will nicht, dass ein anderer Kerl mit seinen dreckigen Pfoten an dir herummacht. Ist das so schwierig zu begreifen?« Ich spürte Tränen hinter meinen Lidern brennen. »Fändest du es gut, wenn mich irgendein Unbekannter fickte?« Frenchy schnaubte spöttisch.

»Halt die Klappe!«, schnappte ich. Jack antwortete nicht.

»Und? Fändest du das gut?« Sag Nein, sag Nein, sag Nein, flehte ich im Stillen. Aber er sagte nichts.

»Wir müssen doch Geld verdienen?«, warf er schwach ein.

»Und das ist die beste Art? Ich dachte, du hättest noch Prinzipien, aber du bist keinen Deut besser als Frenchy! ›Sex ist eine Transaktion. Liebe existiert nicht.‹ Denkst du auch so darüber?«

»Ach, Adrian, das ist doch . . .«, begann Jack, aber ich wollte es nicht hören. Ich brauchte seine Ausflüchte nicht.

»Du bist einfach nicht mehr als eine Hure, Jack! Eine Hure!« Jack stand wütend auf.

»Wenn du so darüber denkst, bin ich dir keine Verantwortung mehr schuldig!«

Frenchy ging zur Tür und lief die Treppe hinunter. Jack folgte ihm.

»Bleib hier, bitte bleib hier, Jackie«, weinte ich, aber er hörte nicht und knallte die Tür hinter sich zu.

Ich lauschte seinen Schritten, die rasend schnell die Treppen hinunterpolterten, und schleppte mich wieder zu den Matratzen. Ich zog mir die Decke über den Kopf und versuchte, aufzuhören zu schluchzen, denn das verursachte mir bohrende Kopfschmerzen. Ich spürte, wie sich JoAnne neben mich setzte und einen Arm um mich legte.

»Adrian«, sagte sie leise. So leise, dass ich sie über das Dröhnen in meinem Kopf fast nicht hören konnte. »Ich weiß, dass das schwierig ist für dich.« Sie hatte keine Ahnung davon! »Aber Jack liebt dich. Er macht das nur, um Geld zu verdienen. Er würde es nie tun, wenn wir uns nicht in so einer Situation befänden.«

»Er würde das nie tun, wenn er mich liebte«, sagte ich unter der Decke.

»Versuch es zu verstehen, Adrian.« Verdammt! Ich wollte es nicht versuchen zu verstehen. Warum musste JoAnne immer alles von zwei Seiten betrachten? Sie hätte Jack auch davon abhalten können. Aber nein. Sie wollte immer alles verstehen. Sie wollte immer das Positive sehen. Sie war immer freundlich und hilfsbereit und verständnisvoll. Ich hasste es! Ich hasste ihre sanfte Stimme und ihren mitleidigen Blick . . .

»Lass mich in Ruhe«, fuhr ich sie an und schob ihren Arm von mir. Wieder wurde sie nicht böse, wieder war sie nicht enttäuscht oder fühlte sich angegriffen. Sie versuchte wahrscheinlich zu verstehen, weshalb ich so böse war. Sie legte die Taschentücher, ein warmes und ein kaltes, bereit, stellte Tee in meine Reichweite und ging ohne ein Wort. Man konnte ihr nicht böse sein und das machte mich noch wütender.

Ich war wohl doch wieder eingeschlafen, denn ich wurde wach, als die Tür aufging. Draußen war es dunkel. Die Gaslampe und die Kerzen brannten. Ich hörte Jack leise etwas zu JoAnne sagen, aber ich verstand ihn nicht. JoAnne antwortete. Ich stellte mich schlafend.

»Sechs Dollar«, sagte Frenchy quälend triumphierend. Ich hörte, wie er die Münzen auf den Stuhl legte. Sechs Dollar. Das waren drei Männer. Drei verschiedene Männer, mit denen Jack ... Mir graute bei dem Gedanken und ich ballte die Fäuste, bis meine Nägel in meine Handflächen schnitten. Wie tief können wir sinken?, fragte ich mich mutlos.

»Schläft er?«, fragte Jack. Seine Stimme klang plötzlich näher. Ich schloss schnell die Augen.

»Ja«, antwortete JoAnne. Ich hörte, wie er zum Schornstein zurückging und sich auf den Strohsack setzte.

Sie sprachen zu leise, um verstehen zu können, was sie sagten, und ihre monotonen Stimmen ließen mich wieder einschlafen.

Einundvierzig

Auch in den nächsten Tagen ging es mir noch nicht besser. Ich schlief stundenlang an einem Stück durch oder lag zitternd und schwitzend wach. Ich wies jegliche Hilfe von JoAnne zurück und stand einmal am Tag auf, um ein Brötchen zu essen und eine Tasse Tee zu trinken. Ich sagte nichts mehr zu Jack, ich würdigte Frenchy keines Blickes. Die Träume kamen immer wieder und waren so erschreckend echt, dass ich nicht einschlafen wollte und immer wieder mit einem Schrei wach wurde. Jedes Mal hatte eine schwarze Angst meinen ganzen Körper gefüllt. Ich fühlte mich elend und allein. Manchmal schreckte ich aus einem traumlosen Schlaf hoch, weil ich Schritte auf der Treppe zu hören glaubte. Pellucci!, durchfuhr es mich dann und ich wurde von meiner Angst fast verschlungen. Aber da war niemand.

Als ich am Morgen des dritten Tages wach wurde, fühlte ich mich ein wenig besser, aber ich blieb bis zum Mittag liegen, bis Frenchy und Jack zum Essen gingen – JoAnne blieb immer hier seit ich krank war. Ich schob die Decke von mir und versuchte aufzustehen. Mein Kopf war klarer. In dieser Nacht hatte ich nicht geträumt und die Übelkeit war langsam abgeflaut, aber als ich aufstand, spürte ich, dass ich noch schlapp war und sich alles drehte. Ich schleppte mich zum Strohsack und lehnte mich mit dem Rücken an den Schornstein.

»Wie geht es dir?«, fragte JoAnne vorsichtig. Ich hatte keine Lust zum Reden. Ich aß mein übliches Brötchen und trank meinen Tee, aber zum ersten Mal seit Tagen hatte ich noch Hunger.

»Ich hole noch ein Brötchen. Ist noch Geld übrig?«, fragte ich JoAnne geschwächt.

»Ja, Geld ist noch da, aber so gehst du nicht auf die Straße«, antwortete sie resolut. »Kommt überhaupt nicht infrage. In dem Zustand fällst du von der Treppe. Wenn du noch Hunger hast, hole ich dir etwas.«

»Lass nur, JoAnne, du brauchst mir nicht immer zu helfen. Ich werde schon selbst ein Brötchen kaufen.«

»Was willst du? Ein Brötchen oder etwas Kräftigeres?«

»Ein Brötchen«, grollte ich und ein wenig launisch ließ ich sie gehen.

Auch das zweite Brötchen verspeiste ich schweigend und begann sogar mit einem dritten, aber nach der Hälfte hatte ich wirklich genug, aus Angst, ich würde alles wieder ausbrechen. Ich trank noch eine zweite Tasse Tee und blieb sitzen. Ich hatte keine Lust, mich wieder hinzulegen. Ich hatte genug vom Schlafen.

»Hast du unangenehm geträumt in den letzten Tagen?«, fragte JoAnne im Versuch, ein freundliches Gespräch zu beginnen.

»Ja.« Mehr sagte ich nicht. Sie spürte, dass ich nicht reden wollte, und begann daher selbst zu sprechen, um die Stille zu füllen. Sie erzählte, wo Jack und French in den vergangenen Tagen essen gewesen waren und was sie darüber berichtet hatten. Ich hörte nicht zu. Über ihren Ausflug in die Lafayettebäder sagte sie nichts, obwohl ich gehört hatte, dass sie anschließend mit einem dieser Männer essen gegangen waren. Oder hatte ich das nur geträumt? Ich wusste es nicht mehr.

Jack und French kamen zurück und JoAnne atmete erleichtert auf. Jack sah mich an, in seinen Augen den Anfang einer Entschuldigung, aber ich beantwortete den Blick mit einem Ausdruck, der ihm gleich deutlich machte, dass er es gar nicht erst zu versuchen brauchte. Das würde ich ihm nie vergeben können. Er brauchte mich deshalb gar nicht erst darum zu bitten.

Ich ging zu den Matratzen zurück und legte mich wieder hin. Aber ich konnte nicht mehr schlafen, das hatte ich in den vergangenen Tagen schon zu viel getan. Ich lauschte den plätschernden Gesprächen über dies und jenes. Wieder dieselben Sprüche über die Routine, die nicht zur Routine werden durfte, und das Gejammer über die Kälte. Selbst als ich eine Zeit lang vorgab zu schlafen, sprachen sie nicht über mich. Oder darüber, was Frenchy gesagt hatte, am Abend bevor ich krank wurde. Oder über die Lafayettebäder. Ich fragte mich, ob es bei diesem einen Mal geblieben war. Waren sie später noch einmal dorthin gegangen? *Leicht verdientes Geld*. Ich kannte Jack und Frenchy gut genug, um zu wissen, wie versessen sie darauf waren. Um dann sofort nutzloses Zeug davon zu kaufen.

Warum hatte sich Jack nicht von Frenchy abgekehrt, nachdem der so schreckliche Dinge gesagt hatte? Glaubte er auch nicht an die Liebe? Was hatten wir beide denn dann zweieinhalb Jahre lang gehabt? *We two boys together clinging, one the other never leaving* . . . Ich spürte meine Augen wieder brennen, aber ich hielt die Tränen verbissen zurück.

Auf einmal hörte ich Schritte auf der Treppe. Ich fuhr geradezu hoch. Mir war schwindelig und mein Herz raste. Jack, French und JoAnne hatten es auch gehört. Sie schwiegen und schauten mit großen Augen zur Tür. Die Schritte kamen über den Flur . . . und die Treppe hinauf zu unserem Speicher. Jack sprang auf und stellte sich neben die Tür, mit dem Rücken zur Wand. Frenchy tat sofort dasselbe. JoAnne verkroch sich in einer Ecke des Speichers. Ich rollte mich blitzschnell bis zur Wand. Es klopfte. Niemand antwortete. Ich hielt den Atem an. Es klopfte erneut. Jack legte den Finger an die Lippen. Seine Hand ging langsam zum Türknauf. Aber bevor er ihn zu fassen bekam, bewegte sich der Knauf und die Tür ging langsam auf. Frenchy griff nach dem Knauf und zog die Tür weiter auf. Im selben Moment machte Jack einen Ausfallschritt auf den Eindringling zu. Aber seine Bewegung stockte auf halbem Wege.

»Alf!«

»Jack, du jagst mir einen höllischen Schrecken ein. Ihr seid also doch da. Warum antwortet ihr nicht, wenn ich klopfe?«

»Woher weiß du, wo wir wohnen?«, fuhr Frenchy ihn an.

»Ich . . .« Alfie war verwirrt. »JoAnne hat es mir erzählt.« Mit einem Ruck drehte sich Frenchy zu JoAnne.

»Ich fand, dass er es wissen durfte. Vor allem für den Fall, dass etwas wäre«, wehrte sie sich.

»Es ist etwas!«, rief Alfie aus. Jetzt erst sah ich, dass seine Augen rot gerändert waren und seine Lippen geschwollen.

»Erzähl!« Wir setzten uns in unsere Sitzecke. Alfie holte tief Luft.

»Sie haben Robert.«

Die Stille dauerte ewig.

Bis einer von uns die Frage stellte, auf die wir alle die Antwort kannten. Dennoch wäre es erst wahr, sobald Alfie es laut aussprechen würde.

»Wer?«

»Pellucci.«

Ich schloss die Augen und spürte den Schwindel wieder aufsteigen.

»Sie wollen ihn gegen Frenchy eintauschen.« Ich spürte, wie nun jeder zu Frenchy schaute, wie Frenchy versuchte zu verstehen, was Alf gerade gesagt hatte.

»Kommt nicht infrage«, sagte Jack.

»Wir haben noch bis morgen Zeit. Wenn Frenchy nicht morgen Nacht um zwölf Uhr auf Pier 24 steht, werden sie Robert . . .« Alfies Stimme stockte. »Sie werden ihn bei lebendigem Leib verbrennen«, brachte er mit einem Schluchzen heraus.

Das hier geschah nicht wirklich. Das war wieder einer von diesen scheußlich realistischen Fieberträumen.

»Was glaubst du, was sie mit mir machen werden, wenn ich auf diesem Pier stehe?«, fragte Frenchy beißend.

Blicke flogen hin und her. Von French zu Jack, von Jack zu French. Von Alf zu French und zu JoAnne. Von Jack zu mir . . .

»Das können wir nicht machen«, sagte Jack. »Wenn French geht, bringen sie beide um.«

»Sie sagten, sie würden Robert gehen lassen«, sagte Alf heiser.

»Und du glaubst ihnen?«, fragte French. »Glaubst du Pelluccis Männern? Warum sollten sie Robert laufen lassen? Damit er zur Polizei gehen kann? Und sie verpfeifen kann?«

»Sie werden ihn lebend verbrennen«, flüsterte Alfie entsetzt.

»Vielleicht müssen wir diese Sache kurz von allen Seiten betrachten«, schlug ich vorsichtig vor.

»Wir machen es nicht, Adrian!«, rief Jack schrill. »Wir bringen uns alle in Gefahr. Sie suchen nicht nur nach Frenchy. Das ist nur der erste Akt. Sie suchen uns alle!«

»Aber es ist schon Frenchy, der . . .«

»Das interessiert sie nicht. In ihren Augen sind wir gemeinsam schuldig«, sagte JoAnne auf einmal. Ich hielt den Mund. Wo blieb sie jetzt mit ihrem ewigen Verständnis? Sah sie denn nicht, dass Frenchy sich um Roberts Schicksal einen Dreck scherte? Dass er wieder einmal nur und ausschließlich an sich dachte?

»Wir verraten niemanden aus unserer Gruppe. Wir sind *eins*, das weißt du doch«, flehte Jack. Ich las den Schmerz in seinen Augen.

Ich traute meinen Ohren nicht. Sie wollten Robert aufgeben, um unsere eigene Gruppe zu retten. Genau, wie sie die Coopers aufgegeben hatten, es nicht für notwendig befunden hatten, sie zu warnen. Und jetzt wollten sie Robert opfern. Sogar Jack gab ihn einfach so auf. Sogar JoAnne . . . Mir war, als sähe ich mich aus einiger Entfernung in unserem kleinen Kreis sitzen. Wir hatten einander mitgerissen, mitgezogen in die Tiefe. Und jetzt hatten wir den Boden erreicht. Ich spürte die Übelkeit durch meinen Körper wogen.

Ich rappelte mich auf und nahm meine Jacke.

»Adrian, was hast du vor?«, rief Jack.

»Ich brauche frische Luft«, stieß ich hervor und polterte hinaus. Jack rief mir nach, aber ich wollte ihn nicht mehr hören.

Ich trampelte die Treppen hinunter. Niemand kam hinter mir her.

A year, a week, perhaps to-morrow, brings the huntsman's Death halloo!

Die Pferdehufe klapperten in meinem Kopf.

Als ich ins Freie trat, musste ich brechen. Ich suchte Halt an der Wand, der Boden unter meinen Füßen drehte sich. Ich atmete tief ein und aus. Alles kam wieder zum Stillstand. Ich richtete mich auf, wischte mir den Mund an meinem Ärmel ab und begann schnell zu laufen.

Ich wusste nicht, wohin ich lief. Ich wusste nicht, wie lange ich lief. Ich versuchte, mich nur auf den Rhythmus meiner Schritte zu konzentrieren. Richtete meine gesamte Aufmerksamkeit auf meine Füße. Hob sie hoch und stellte sie immer wieder voreinander. Ich wollte an nichts denken. Nur laufen. Ich irrte durch die Straßen, ohne zu wissen, wo ich mich befand. Ich achtete nicht auf Kreuzungen, schaute nicht nach Gebäuden. Ich lief. Und lief. Und lief.

Plötzlich endeten die Straßen. Der Wind wehte durch meine Haare. Die Dämmerung setzte ein. Ich war am East River. Das dunkle Wasser strömte vorbei und ich begann dem Fluss zu folgen. Ich lief am Kai entlang, an den Schiffen und Verkäufern. Ich kam an den großen Tonnen vorbei, die bereitlagen, um auf die Schiffe geladen zu werden, vorbei an Duckdalben und Flaschenzügen. Ich hörte Möwen kreischen und Männer rufen, aber ich hatte nur Augen für das Wasser des Flusses, das schneller strömte, als ich laufen konnte. Ich lief, bis ich die Brooklyn Bridge erreichte.

Langsam glitt mein Blick an dem riesigen Bauwerk entlang. Die Häuser daneben schienen im Nichts zu versinken. Breitbeinig stand die Brücke fest auf dem Land, während sie einen Arm über den East River ausstreckte. Sie war robust und majestätisch zugleich. Die Eisentrosse, die die Brücke über dem Wasser hielten, waren fein, aber kräftig. Vom Land aus lud der andere Arm dazu ein, den Fluss zu überqueren. Es schien der Anfang einer neuen Welt.

Ich betrat die Brücke, lief bis ganz in die Mitte. Kutschen und Autos fuhren an mir vorbei. Möwen kreischten über mir und unter mir strömte das Wasser. Immer schneller und schneller in Richtung des Ozeans. Ich blieb stehen und schaute hinunter. Hier war ich nirgends. Ich war nicht in Manhattan, ich war nicht in Brooklyn. Ich war nicht an Land und nicht auf dem Wasser. Ich war nirgends. An diesem Ort wollte ich nun sein und für immer bleiben.

Ich steckte die Hände in meine Jackentaschen, lehnte mich an die Reling und schaute hinunter auf das schwarze Wasser. Meine Hand umschloss etwas. Ich zog es heraus, um zu sehen, was es war. Eine silberne Eindollarmünze. Wie die Münzen, die Frenchy auf den Stuhl gelegt hatte, als er und Jack von den Lafayettebädern zurückkamen. Ich hatte aus Versehen Jacks Jacke erwischt statt meiner. Ich legte das Geldstück auf meinen Zeigefinger und schnippte es mit dem Daumen weg. Mein Blick folgte der Münze, beobachtete, wie sie durch die Luft segelte und mit einem unhörbaren Plumpsen im dunklen Wasser landete. Es machte mir nichts aus. Ich hatte gerade einen ganzen Dollar ins Wasser geschnippt, aber es ließ mich vollkommen kalt. Das Geld hatte alle Probleme verursacht. Meine Gedanken waren nun nicht länger benebelt. Mein Kopf wurde plötzlich sehr klar. Es war das Geld, worum sich alles gedreht hatte. Reich werden war unser einziger Antrieb gewesen. Wegen des Geldes war Casey ermordet worden. Wegen des Geldes waren wir zum Stehlen ausgezogen, hatten Grenzen überschritten. Wegen des Geldes gingen French und Jack in die Bäder. Alles hatte begonnen, als wir beschlossen hatten, mit *The Fancy Cat* reich zu werden. Und es hatte mit Mord geendet. French hatte den Mörder eines Freundes getötet. Und er würde nun einen anderen Freund ermorden lassen, um seine eigene Haut zu retten. Ein grausamer Zirkel . . .

Geld war der Grund gewesen, nach Amerika zu kommen. Wir waren vor dem Hunger geflohen, der Armut. Wir wollten reich werden. Was für ein bitterer Scherz. Ich war nicht reich geworden hier in Amerika. Und ich hatte es so sehr versucht. Aber das Einzige, was ich erreicht hatte, war, dass Geld und Geldsucht mein Leben beherrscht hatten, mein Leben in ein unentwirrbares Knäuel verändert hatten, das mich in die Tiefe zog. In Belgien hatte ich nie reich werden wollen. Dort war das Leben einfach gewesen.

Ich folgte dem Wasser und spähte grübelnd zum Ozean, der in der Ferne im Schein der Stadt glitzerte. Auf der anderen Seite dieses Ozeans . . . War es zu lange her? Konnte ich hier noch weg? Weg aus diesem komplizierten und gefährlichen Leben, das einen die Augen vor dem Wichtigen verschließen ließ?

Konnte ich noch zurück zu diesem alten Kontinent?

Ich konnte nicht mehr zurück in mein altes Leben. Ich hatte mich zu sehr verändert. Ich wollte nicht, dass Vater und Mutter, Charlotte und Charles mich als den Menschen kennenlernten, der ich jetzt war. Ich wollte, dass sie sich meiner erinnerten als den guten, unkomplizierten und unschuldigen Adrian, der ich früher gewesen war, nicht den amerikanischen Adrian.

Ich wusste auf einmal, was ich machen musste. Ich würde das Land des Reichtums und der Versprechen hinter mir lassen. Dieses Leben war vorbei. Ich würde nach Antwerpen zurückgehen und dort in der Menge verschwinden. Alles war jetzt ganz klar. Ich würde verschwinden.

Liebster Alexander!

Wieder bin ich von all denen abgeschnitten, die ich liebe. Wieder lasse ich mein gesamtes Leben zurück. Es tut weh. Aber ich kann nicht anders. Ich kann nie vergessen, nie vergeben, wie sich Frenchy und Jack verhalten haben. Mir gegenüber. Robert gegenüber. Manchmal überfällt mich das Heimweh. Dann wünschte ich, ich könnte einfach zu ihnen zurückkehren, wünschte, ich könnte unser altes Leben, das Leben vor The Fancy Cat, *wieder aufnehmen. Aber man kann die Zeit nicht zurückdrehen. Ich muss mit den Folgen unserer Taten leben.*

Ich will mich nicht schönreden. Ich habe auch Fehler gemacht. Ich habe auch Schuld. Darum gehe ich jetzt.
Du denkst sicherlich, ich hätte klüger sein sollen. Hätte auf Dich hören sollen, als Du aus New York weggingst. Dass ich mit Dir hätte gehen sollen. Aber – ich weiß, dass das schwierig ist für Dich, doch es ist die einzige Wahrheit – ich konnte Jack nicht zurücklassen. Ich liebte ihn zu sehr. Ich liebe ihn noch immer.
Dies alles fällt mir schrecklich schwer. Noch nie habe ich mich so allein gefühlt. Ich habe Dich verloren. Und jetzt auch Jack. Die beiden Menschen, die mir auf dieser Welt am wichtigsten sind.
Hier bleibt nichts mehr für mich zu tun. Ich fange von vorn an. Weit weg von euch beiden. Versuche, mich zu verstehen, Alexander, um mehr bitte ich Dich nicht. Dies war mein letzter Brief an Dich, ich werde nie wieder versuchen, mich Dir zu nähern.
Du bleibst für immer in meinem Herzen, Bruder.

Adrian

Quellenverzeichnis

[1] Fragmente aus *As Adam Early in the Morning,* Walt Whitman, *Leaves of Grass, 1900.*

[2] *We wear the Mask,* Paul Laurence Dunbar, *Lyrics of Lowly Life,* 1896.

[3] Fragment aus *We wear the Mask,* Paul Laurence Dunbar, *Lyrics of Lowly Life,* 1896.

[4] *The Pansy,* Margaret Deland, *The Old Garden,* 1887.

[5] Fragment aus *The Return,* Emily Dickinson (1830 – 1886), *The Complete Poems,* 1924.

[6] Fragment aus *The old huntsman,* Sir Arthur Conan Doyle, *Songs of Action,* 1898.

[7] Fragment aus *The old huntsman,* Sir Arthur Conan Doyle, *Songs of Action,* 1898.

[8] Fragment aus *The Punishment of Pride,* Walt Whitman, *Leaves of Grass,* 1900.

Aline Sax

Eine Welt dazwischen

New York 1910: Der 18-jährige Adrian erreicht auf einem Auswandererschiff das »Gelobte Land«. Allein und der Sprache nicht mächtig, muss er sich in der fremden Großstadt durchschlagen. Dabei entdeckt er nicht nur eine faszinierende Welt, sondern auch eine unerwartete Liebe: Die Liebe zu Jack, seinem besten Freund.
Aline Sax zeichnet ein bewegendes Bild vom Schicksal der Auswanderer, von ihren Hoffnungen und von den Lebensumständen in New York. Die junge Autorin lässt den Leser eintauchen in diese andere Welt und teilhaben an Adrians Geschichte, an seiner Zerrissenheit, an der Entdeckung seiner Homosexualität und an der schwersten Entscheidung seines Lebens.

Arena

320 Seiten. Ab 12 Jahren. Gebunden.
ISBN 978-3-401-06091-0

www.arena-verlag.de